Unexpected Surprise

Sarah J. Brooks

ISBN-13: 9781697152845

Für meine Leser

INHALT

Kapitel 1 – Sinclair

Es gab mal eine Zeit, da hatte ich es geliebt, zu Filmvorführungen zu gehen. Ich hatte geradezu dafür gelebt. Für die hundertste Vorstellung von „Der Dunkle“, unserem erfolgreichsten Film, fehlte mir jedoch inzwischen ein wenig die Begeisterung. Ich hatte den Film derart oft gesehen, dass ich ihn Wort für Wort vortragen könnte.

Diese Vorstellung war ein besonderes Event anlässlich Halloween. Der Produzent würde für eine anschließende Fragestunde zur Verfügung stehen. Ich musste also hingehen. Die Vorführung war extra für den Sonnenuntergang geplant. Unsere Marketingabteilung hatte die ganze Werbung darauf ausgerichtet. Denn zum Sonnenuntergang kamen die Dunklen vom Himmel herab. Das gab dem Ganzen eine gruselige Note.

„Sie kommen immer vor Anbruch der Nacht, wenn die Sonne sich hinter dem Horizont verbirgt und uns hier allein zurücklässt, als ihre Beute“, sagt die Stimme eines Mädchens aus dem Off, während geflügelte Kreaturen aus dem Himmel herabfliegen.

Auf der Leinwand sieht man die Figuren, wie sie aus dem dunklen Himmel hinabsinken in die Straßen von New York.

„Sie waren schon einmal da. Ich habe sie in meinen Alpträumen gesehen.“ Die Frau spricht weiter, während sich eine der großen, schwarz-geflügelten Kreaturen ihr nähert.

Ein schwer bewaffneter Fremder stellt sich vor die Frau und hebt seine Waffe.

„Wage es ja nicht, sie anzurühren, du widerlicher, fliegender Wurm!“, schreit der dunkelhäutige, muskulöse Mann die Kreatur an.

Die Frau verbirgt sich tiefer in seinem Schatten, als der Mann eine Machete aus dem Lederholster auf seinem Rücken zieht. Der dunkle Engel kommt auf ihn zu. „Geh mir aus dem Weg, Made."

Ohne zu antworten sticht der Mann nach dem dunklen Engel. Der Gefallene macht eine einzige Handbewegung und die Machete fliegt dem Mann aus der Hand.

Davon unbeeindruckt zieht der Mann eine weitere Waffe aus seinem umfangreichen Arsenal. Mit dem Messer in der Hand weicht er aus, bewegt sich zur Seite und tritt dem Engel gegen das Knie, um ihn aus dem Gleichgewicht zu bringen. Der Engel legt seine langen, blassen Finger um den Hals des Mannes. Mit leichtem Druck lässt er die Augäpfel des Mannes aus ihren Augenhöhlen treten. Er reißt den Mund auf und versucht, nach Luft zu schnappen. Das Messer fällt zu Boden, der Körper erschlafft.

Das Gesicht des Engels bleibt friedfertig, ein krasser Gegensatz zu dem, was er soeben angerichtet hat. Langsam geht er auf das Mädchen zu, das noch immer im Schatten kauert.

„Diese Gegend ist sehr gefährlich", knurrt der dunkle Engel mit tiefer, rauer Stimme. „Du solltest dich irgendwo im Haus aufhalten und die Tür verriegeln. Weißt du denn nicht, dass Krieg herrscht?", fragt er lachend. Ihre Angst wächst mit jedem Schritt, den er näherkommt.

„Lass mich in Ruhe!", schreit sie und schlägt mit ihren Fäusten auf seine nackte Brust ein …

„Geh! Geh doch! Geh mit ihm, Mädchen. Er gibt dir den besten Sex, den du je hattest. Da verdrehst du die Augen", rief eine Frau im Publikum.

Andere Zuschauer kicherten und stimmten ihr zu.

„Und sein schicker Hintern wird die Welt retten", rief eine

andere Frau.

Offenbar hatten einige Besucher dieser Halloween-Vorführung den Film bereits mehrmals gesehen. Sie hatten recht. Unter den gefallenen Engeln war der Dunkle ihr Wächter, der dafür sorgte, dass sie die Menschheit nicht gänzlich auslöschten. Er hatte Gefolgsleute, die mit Gott darüber verhandelten, dass einige von ihnen in den Himmel zurückkehren dürften, weil sie der Menschheit Gutes getan hatten.

Die Frau im Publikum hatte recht, er würde dem Mädchen eine Nacht voller ungezügelter Lust bescheren. Er würde es ihr dermaßen besorgen, dass der Film ursprünglich mal eine FSK-18-Einschränkung hatte. Wir mussten ein paar Szenen herausschneiden, in denen männliche Geschlechtsteile zu sehen waren, um eine allgemein vertretbarere Bewertung zu bekommen.

Ich wollte die sexuelle Ausstrahlung des Films nicht einschränken. Dante, der gefallene Engel, sollte einer der heißesten Helden in der Geschichte des Actionfilms werden. Der Charakter bewegte sich auf dem schmalen Grat zwischen Gut und Böse auf eine sehr provokante und verführerische Art und Weise, und er war auf dem Weg, eine Kultfigur zu werden.

Alles in allem war der Film ein umstrittener Erfolg. Die Besucherzahlen waren enorm und die Kritiken waren okay. Es war der erste Film dieser Art, der in der Filmindustrie einen bleibenden Eindruck hinterließ und es mir ermöglichte, meine Produktionsfirma an den Start zu bringen.

Ich war längst Multimillionär. Mein Großvater war ein Ölbaron gewesen und hatte einen Treuhandfond für mich eingerichtet. Aber ich wollte eigenes Geld verdienen. Ich hatte einiges Geld aus dem Fond in meine Firma investiert und die warf nach dem Erfolg mit Der Dunkle einigen Gewinn ab.

Jetzt arbeiteten wir an einer Fortsetzung. Der Autor des

Drehbuchs hatte ein paar mittelmäßige Ideen eingeworfen, aber bisher sprach mich nichts davon an. Wir brauchten den nächsten großen Wurf für die Saga. Ich hätte auch kein Problem damit gehabt, einen anderen Autoren anzuheuern. Dem letzten war der Ruhm offenbar zu Kopf gestiegen. Seit er 6-stellige Summen für seine Projekte kassieren konnte, fehlte ihm die Leidenschaft für den Job. Zeit, sich nach jemand anderem umzuschauen.

Bei der anschließenden Fragestunde beantwortete ich einige Fragen von jüngeren Frauen zu Dragon Kensington, dem heißen Star des Films. Leider war er selber nicht anwesend, denn er hatte sich eine Grippe zugezogen. Nachdem ich eine Stunde lang Fragen beantwortet hatte, gefühlt zum hunderttausendsten Mal, hatte ich angekündigt, dass eine Fortsetzung in Arbeit war. Dann gab ich noch ein paar Autogramme und unterhielt mich mit aufstrebenden Filmemachern. Dann machte ich mich auf den Heimweg, um noch rechtzeitig zur heißesten Halloweenparty des Jahres zu kommen.

Mein Bruder Sage, der im Musikgeschäft arbeitete, hat uns Einladungen besorgt. Es klang nach jeder Menge Spaß mit Frauen, hervorragendem Essen und Diskretion für all jene, die es ein wenig spezieller mochten. Ich war in der richtigen Stimmung für unverbindlichen Sex heute Nacht. Blöderweise war auch mein älterer Bruder Shelton eingeladen. Er war Promi-Anwalt und ich nahm an, er wäre dort, um mögliche Fehltritte von vornherein juristisch abzuwenden. Jedenfalls war er nur mit Mühe zu ertragen.

Ich würde versuchen, ihm aus dem Weg zu gehen und mich an meinen coolen jüngeren Bruder zu halten. Jeder, der Rang und Namen hatte, würde dort sein, es war also eine ideale Gelegenheit, um meine Produktionsfirma besser bekannt zu machen.

Kapitel 2 – Reyna

Ich hätte meine Mitbewohnerinnen Charlynn und Melody dafür küssen können, dass sie mit mir zur Hollywood Haunted Mansion Party gingen. Ich arbeitete als Aushilfe für den widerlichsten Typen auf der ganzen Welt. Es gab in ganz Hollywood keinen Produzenten, der schmieriger oder ekelhafter war. Aber Job war Job, und seine Firma war die beste in der Branche für unabhängige Filmemacher.

Wenn ich meine Drehbücher Leuten geben wollte, die mir helfen konnten, sie in Filme umzusetzen, dann musste ich für die Besten arbeiten. Selbst wenn Regent Pictures meine Storys nicht selbst verfilmte, würde irgendjemand in der Firma jemanden kennen, der das vielleicht tat.

Es hatte Monate gedauert, bis ich von Christopher Regent angestellt worden war, selbst als Aushilfe. Als er mir sagte, ich sei für diesen Abend seine Begleitung, wäre ich fast gestorben. Ich nahm an, wir würden arbeiten. Einige bekannte Schauspieler und Schauspielerinnen und auch Autoren würden dort sein und er hatte eine Liste mit Leuten, die er ansprechen wollte.

Ich weigerte mich. Er war irritiert, aber nicht überrascht. Er hatte schon einige Male versucht, mich zum Essen einzuladen, und ich hatte jedes Mal abgelehnt. Schließlich erklärte er mir, dass es sich um eine Party handelte und ich könnte ein paar Freundinnen mitbringen, wenn ich ihm nicht vertraute.

„Ich vertraue dir nicht", sagte ich flirtend, denn das war die einzige Möglichkeit, Christopher Regent dazu zu bringen, einem zuzuhören.

„Wieso nicht? Ich bin doch ein vollendeter Gentleman."

Das gierige Leuchten in den Augen sprach Bände.

„Chris, ich habe ein Privatleben“, klagte ich, als er mir mit den Einladungen zu meinem Schreibtisch folgte.

„Solltest du aber nicht. Du arbeitest für mich. Es ist allgemein bekannt, dass jeder, der für mich arbeitet, kein Privatleben außerhalb von Regent Pictures hat. Außerdem willst du doch wohl deinen Film irgendwann mal machen, oder? Oder bist du Schauspielerin? Ich erinnere mich nicht mehr.“ Er war wirklich ein Mistkerl.

„Ich gehe nicht hin.“ Ich drehte mich zu ihm um. „Es ist Freitagabend. Ich bin seit 11 Stunden hier. Das muss auch für dich mal reichen.“ Ich blieb standhaft, griff nach meinem Mantel und wollte gehen.

„Friedensangebot“, sagte und stellte sich mir in den Weg. „Mein Angebot bleibt. Du kannst ein paar Freundinnen mitbringen. Keine Freunde. Mehr Männer braucht die Party nicht. Spärlich bekleidete Mädchen hingegen sind immer willkommen.“ Sein Blick drückte reine Fleischeslust aus.

„Meine Freundinnen arbeiten aber nicht für dich“, sagte ich neckend. Wenn ich die Sache nicht locker anging, würde er mich rausschmeißen.

Wenn ich es auch hasste, für Chris zu arbeiten, so konnte ich wenigstens Kontakte knüpfen zu Leuten, die meine Drehbücher vielleicht endlich mal lasen. Außerdem machte es sich später gut in weiteren Bewerbungen. Jeder in der Branche wusste, wenn man ein Jahr bei Christopher Regent durchgehalten hatte, dann war man in Hollywood angekommen.

„Aber …“, sagte er und kam näher.

„Okay, ich gehe hin. Aber nur, wenn ich meine Freundinnen mitbringen und auch wieder mit ihnen gehen kann.“ Ich konnte kaum fassen, dass ich tatsächlich mit ihm darüber verhandelte.

Aber das war notwendig, denn ich brauchte zur Not einen Fluchtplan. Ich wollte keineswegs in seinem Bett enden.

Er war ein echter Profi im Verhandeln. Er wollte genau festlegen, was er haben wollte, und ich wollte ihm klarmachen, was er zu erwarten hatte und was nicht.

„Du gehst mit mir hin und auch wieder da weg. Ansonsten brauchst du am Montag nicht wieder zur Arbeit kommen.“ Die kaum verhohlene Drohung jagte mir einen eisigen Schauer über den Rücken. Seine Finger strichen über den Metallrahmen meines Schreibtisches. Er war kein hässlicher Mann, eigentlich sogar ziemlich gutaussehend für einen Mann in den Fünfzigern. Es war eher sein abstoßender Ruf, es mit Schauspielerinnen und Möchtegern-Nachwuchs-Starlets zu treiben, der mich anwiderte.

Es gab außerdem Gerüchte, dass er sie zur Not auch zwang. Er bekam, was er wollte, und scherte sich nicht darum, was andere wollten. Das, kombiniert mit seiner sexuellen Gier, machte aus ihm einen widerwärtigen Mistkerl. Wenn mehr Frauen den Mut hätten, sich dagegen aufzulehnen, würde sein Imperium wie ein Kartenhaus zusammenstürzen. Aber bisher trauten sich nicht genug Frauen, das zu tun.

„Wirklich? Du schmeißt mich raus? Nur weil ich heute Nacht nicht mit dir schlafen will? So läuft das nicht mehr. Oder hast du die ganze ‚Me too‘-Debatte nicht mitbekommen?“ Denn um nichts anderes ging es hier doch.

„Ich habe nichts von Sex gesagt. Du liest zu viele Klatschblätter. Ich will, dass du auf der Party bleibst, bis ich gehe. Dann bringe ich dich nach Hause. Ich muss dafür sorgen, dass heute Abend auch über Geschäfte geredet wird. Wenn du dich da herumtreibst, laberst du vielleicht mit den falschen Leuten und uns geht ein Geschäft durch die Lappen. Vielleicht wird heute für

Carmine's Jungle geboten, da muss ich dranbleiben. Wenn du mit jemandem darüber redest, ruinierst du mir vielleicht die Chance, das Drehbuch zu einem Spottpreis zu erwerben.“ Er grinste schmierig.

Ich schob ihn an die Seite und drängte mich an ihm vorbei.

„Ich bin kein Vollidiot. Ich weiß, dass ich mich nicht verplappern werde. Meine Güte. Es ist ein Wunder, dass du dich überhaupt an meinen Namen erinnern kannst, so ahnungslos bist du manchmal.“

Er packte mich am Arm. „Wie auch immer. Ich werde dich nach Hause bringen.“ Sein Lächeln wirkte echt, aber seine Worte klangen wie eine Drohung.

„Du versprichst, mich nach Hause zu bringen und mehr nicht.“ Es gab keine andere Möglichkeit, als nachzugeben und sich später nach einem anderen Ausweg umzuschauen. „Und meine Freundinnen kommen mit und können mich zur Not retten.“

Er lachte auf. „Ich bezweifle, dass du gerettet werden willst, Schätzchen. Es geht heute ums Geschäft.“ Wieder lächelte er freundlich und ich glaubte ihm. Er ließ mich los und ich konnte gehen.

„Na gut.“

„Ich hole dich ab um …“ Bevor er weiterreden konnte, unterbrach ich ihn.

„Ich gehe, wenn du gehst, aber da meine Freundinnen mitkommen, werde ich mit ihnen dahinfahren.“ Es war immerhin einen Versuch wert.

„Nein.“ Er schrieb etwas auf die Einladung. „Wie viele bringst du mit?“

„Zwei.“ Ich las, was er schrieb.

Diese zwei Gäste bitte meiner Liste hinzufügen.

„Ihre Namen?" Er war auf einmal kurz angebunden, geradezu geschäftsmäßig.

Das war mir lieber als diese Gratwanderung zwischen geschäftlich und privat, die er sonst immer zur Schau stellte.

„Charlynn Reeves und Melody Chambers", sagte ich.

„Die Namen klingen wie Pornodarstellerinnen", erwiderte er, ohne von der Einladung aufzublicken.

„Sei still", schnaubte ich und boxte ihm gegen die Schulter.

„Mach das noch mal, junge Dame, und ich überdenke noch einmal unsere Abmachung." Das schmierige, lüsterne Grinsen war wieder da.

„Sei doch mal nett. Das sind doch hübsche Namen. Du schaust einfach zu viele Pornos", schimpfte ich und verschränkte die Arme vor der Brust. Ein Schutzreflex.

Er lachte. „Das muss ich gar nicht." Er reichte mir die Einladung. „Gib das hier deinen Mitbewohnerinnen und ich hole dich in einer Stunde ab. Ich erwarte, dass du umwerfend aussiehst. Die Presse wird da sein." Mit diesen Worten drehte er sich um und kehrte ohne weitere Bemerkung in sein Büro zurück.

Unsere Gespräche ließen mich immer so ratlos zurück. Ich konnte nur hoffen, dass ich nicht aus Versehen irgendetwas zugesagt hatte, was ich nicht wollte.

Ich rief auf dem Heimweg vom Auto aus die Mädels an und erzählte ihnen von der Party. Sie waren ganz aus dem Häuschen, denn es war die angesagte Party des Jahres. Wenn sie jemand Berühmtes treffen wollten, dann war das ihre Chance.

Ich kannte Melody und Charlynn schon seit dem College, wir waren alle Ende zwanzig. Melody war eine aufstrebende Musikerin, ihre Mutter hatte sie Melody genannt, weil sie wollte, dass aus ihr eine Sängerin wurde. Und tatsächlich war es genau das, worin Melodys Talent lag. Charlynn arbeitete als Architektin für eine kleine Firma. Sie hatte sich auf Nachhaltigkeit und Recycling von alten Materialien spezialisiert. Ihre Entwürfe waren ziemlich cool. Sie waren genau die Leute, die auf einer solchen Hollywood-Party gern gesehen wurden: hinreißend, klug und interessant.

„Hier steht, dass es sich um eine Kostümparty handelt. Ich hoffe, ich habe etwas Passendes", sagte Melody mit leichter Besorgnis in der Stimme.

„Wir haben doch noch die Cosplay-Outfits von der letzten Comicon. Sailor Moon ist immer noch angesagt, das sollte doch gehen", meinte Charlynn und sprang von der Couch auf. „Das wird der Hammer!"

Ich war froh, dass sie begeistert war. In meinem Magen verwandelten sich die Schmetterlinge gerade in Nagetiere mit Messern. Ich befürchtete ernsthaft, mich übergeben zu müssen.

„Du solltest dein Kostüm auch anziehen, Reyna", flötete Melody begeistert.

„Ich dachte eher an das Gefallener-Engel-Kostüm, das ich letztes Jahr getragen habe. Das hatte eine Maske. Vielleicht schreckt es Christopher ab? Das Cosplay-Ding ist zu sexy." Ich hoffte, die Maske würde ihm sein Interesse an mir austreiben.

„Mädchen, das Gefallener-Engel-Outfit … dein Körper ist heiß darin", erinnerte mich Charlynn.

„Schon, aber die Maske, die sperrigen Flügel, das sind Waffen, verstehst du?"

„Nimm den sexy gefallenen Engel. Dein Sailor-Moon-Outfit zeigt zu viel Titten", meinte Melody.

„Aber meinst du wirklich?", mahnte Charlynn.

„Ich bin mir sicher. Ich ziehe eine Jacke drüber." Ich

lächelte sie an und wusste genau, wovon sie sprach. Das Kostüm betonte einige Körperpartien ziemlich.

„Als ob die Jacke da helfen würde. Aber wie du meinst." Sie ging in ihr Zimmer, um sich umzuziehen.

„Wie meint sie das?" Ich sah Melody verwirrt an.

„Sie meint, dass dein Gefallener-Engel-Kostüm rattenscharf ist. Also sei auf der Hut." Und damit zog Melody sich ebenfalls zurück.

Binnen einer Stunde waren wir zum Aufbruch bereit. Meine beiden Freundinnen würden in Melodys Wagen fahren, der Platz für uns drei bot und damit für einen schnellen Abgang von der Party geeignet war. Wir hatten uns abgesprochen. Falls Chris irgendetwas tat, das nicht abgemacht war, würden wir verschwinden. Andernfalls würde ich ihnen ein Zeichen geben oder eine Nachricht schicken, dass alles in Ordnung war und er mich nach Hause bringen würde.

Es war ein gutes Gefühl, sie dabei zu haben. Ich wusste, ich würde das durchstehen. Zumindest redete ich mir das ein, als Chris vor meiner Tür stand.

„Heilige Scheiße, Reyna. Das ist ein Wahnsinnskostüm", sagte er, als ich die Tür öffnete.

Mist. Vielleicht hätte ich doch das Sailor-Moon-Ding anziehen sollen. Oder ein Bettlaken, um mich als Geist zu verkleiden.

„Deines aber auch", sagte ich, um seine Aufmerksamkeit von mir abzulenken.

Er trug ein Teufelskostüm, einen schwarzen Frack mit blutroter Krawatte, rote Lederschuhe und rote Hörner.

„Das ist mein übliches Halloweenkostüm. Bist du fertig? Der Verkehr ist die Hölle. Ich muss unterwegs noch ein paar

Anrufe erledigen." Er war wie üblich grummelig und ungeduldig. Dieser Ton gefiel mir deutlich besser als der lüsterne, daher kam ich einigermaßen klar.

„Bin bereit, schätze ich." Ich drehte mich zu den Mädels um und verzog das Gesicht.

Melody lachte und Charlynn deutete auf ihr Handy, um mich daran zu erinnern, dass ich nicht ganz auf mich allein gestellt war. Ich nickte und machte mich mit ihm auf den Weg.

Kapitel 3 – Sinclair

Wir kamen auf der Party an und wie erwartet entdeckte ich eine Menge wunderschöner Frauen. Sage wirkte ein wenig überwältigt, aber ich war genau in meinem Element. Die Villa war riesig und die Gäste verteilten sich über das gesamte Anwesen.

Hier und da standen ein paar Grüppchen herum und unterhielten sich, andere spazierten paarweise herum. Die meisten Frauen trugen derart freizügige Outfits, dass rein gar nichts der Fantasie überlassen blieb. Der ganze Ort vibrierte vor sexueller Anspannung.

In einigen Ecken waren Leute schon kurz davor, es miteinander zu treiben. Vielleicht war es nur eine Show. Andere standen drum herum und schauten zu, als ob sie nur darauf warteten, selber dranzukommen. Es war irre. Es roch nach Sex.

„Lass uns was trinken“, schlug ich vor und schob mich durch die Menge zur Bar. Solche Partys hatten immer eine offene Bar. Es gab hier reichlich zu trinken. Ich war kein Pfennigfuchser und kaufte nach Geschmack und nicht nach Preis, aber ich hatte nichts dagegen, mir auf Kosten anderer etwas zu genehmigen.

„Ja, unbedingt.“ Mein Bruder sah so aus, als müsste er sich ein wenig Mut antrinken.

„Hast du Shelton schon irgendwo entdeckt?“ Ich war nicht gerade scharf drauf, meinem älteren Bruder über den Weg zu laufen.

„Hoffen wir einfach, dass er schon jemanden gefunden hat“, meinte mein jüngerer Bruder und rollte mit den Augen.

Wir holten uns zwei Grey-Goose-Martinis und mischten

uns unters Volk.

„Ich kann nicht glauben, dass du dir ausgerechnet das Ding aus dem Kostümladen geholt hast“, sagte mein Bruder leicht angewidert.

„Das war unser erfolgreichster Film. Ich bin quasi ein wandelndes Werbebanner“, witzelte ich. Mit genug Humor konnte man jede Peinlichkeit überspielen, fand ich.

Das Kostüm war nicht der Rede wert. Es bestand aus einer schwarzen Lederhose, riesigen schwarzen, gefiederten Flügeln, mit denen man sich nur mühselig durch die Menge bewegen konnte, und sonst nichts. Glücklicherweise trainierte ich viermal die Woche im Fitnessstudio. Mein trainierter Körper wurde in dem Outfit ziemlich zur Schau gestellt. Ich war dankbar, dass dereinst die Kostümabteilung vorgeschlagen hatte, der gefallene Engel Dante solle in dem Film eine Maske tragen.

Der eigentliche Grund, warum wir eine Maske ins Drehbuch schreiben mussten, war der Umstand, dass der Star des Films, Dragon, eine üble Akne auf der Stirn hatte, die wir einfach nicht vertuschen konnten. Also dachten wir uns eine Hintergrundgeschichte aus, dass er seine Identität verbergen musste vor seinem Vater, Gott, der ihn aus einer Laune heraus aus dem Himmel geworfen hatte.

Als er die Maske abnahm und enthüllte, wer sich darunter verbarg, ließ sein Vater ihn wieder in den Himmel rein, weil er inzwischen ein Held geworden war. Wer hätte ahnen können, dass ein bisschen Akne die Ursache für diesen Plot sein würde. Und ich war nun sehr dankbar dafür, denn die Maske verbarg mein Gesicht und ich konnte es genießen, außergewöhnlich und verführerisch zu sein.

Irgendwann würde ich die Flügel abnehmen und ein Jackett anziehen. Aber zunächst genoss ich den großen Auftritt.

Mein Bruder sah sehr gut aus. Er sah unserer Mutter am ähnlichsten, was bedeutete, er hatte fein geschnittene, beinahe weibliche Züge. Das gab ihm etwas Zerbrechliches, was mir und Shelton fehlte. Sage trug ein Cowboy-Kostüm, welches, bis auf den Hut, so aussah, als könnte er es an jedem normalen Tag tragen.

Die meisten der anwesenden Männer trugen solche Kostüme, unauffällig und schlicht. Ein wenig bereute ich es, so ein auffälliges Outfit gewählt zu haben, aber es erregte eben auch Aufmerksamkeit. Die meisten erkannten den Dunklen. Und wenn ich dann die Maske abnahm und die Leute sahen, dass ich der Produzent des Films war, kam schnell ein Gespräch zustande. Zumindest war das der Plan. Bis ich sie entdeckte.

Ich erhaschte nur einen kurzen Blick auf sie, aber es raubte mir den Atem. Sie trug ebenfalls das Kostüm des gefallenen Engels. Wo mein Oberkörper nackt war, trug sie schwarzen Samt. Das weiche Material tanzte über ihre blanken Brüste und schrie geradezu nach Sex, selbst vom anderen Ende des Raumes. Ihre Brüste waren mittelgroß, klein genug, um keinen BH tragen zu müssen, aber groß genug, um meine Hand zu füllen. Ihr schwarzes Haar hing lose über den Rücken und allein der bloße Anblick ihres Körpers ließ manchen Mann zum Orgasmus kommen, da war ich sicher. Ihre Kurven waren umwerfend. Ihre Flügel waren beinahe so groß wie meine. Armes Ding. Ich hoffte, sie war nicht auch mit so vielen Leuten ins Gehege gekommen wie ich.

Sie war mit Christopher Regent gekommen, der passend dazu als Teufel verkleidet war, aber sie hing nicht an seinem Arm. Das war vielversprechend.

Ich sah sie nur kurz aus der Entfernung, dann war sie in der Menge verschwunden. Ein Mann in einem schicken Anzug und einem Tablett kam zu mir und meinem Bruder Sage, als wir uns von der Bar in die Menge bewegten.

„Sinclair und Sage Harris“, sagte er mit einem freundlichen Lächeln. Auf dem Tablett lagen einige Dutzend goldener Schlüssel.

„Ja.“ Ich blickte auf das Tablett. „Oh, danke, das ist nicht nötig. Wir sind mit dem Taxi gekommen“, sagte ich. Offenbar sammelte der Mann Autoschlüssel ein, wobei mir merkwürdig vorkam, dass es alles einzelne waren und golden.

Er lachte ein wenig herablassend. „Nein, nein. Ich bin Gerald Raymond, dies ist meine Party.“

Wie peinlich.

„Ach so, Gerald, tut mir leid.“ Ich hob meine Maske an. „Wir haben bisher nur miteinander telefoniert.“ Ich reichte ihm meine Hand.

Mein Bruder, etwas cooler als ich, gab ihm nicht die Hand. „Was geht, Bruder?“, fragte er und umarmte ihn kumpelhaft.

„Alles gut, Sage. Ich warte auf dein neues Album. Meine Frau ist ein riesen Fan von dir“, gestand Gerald und meinem Bruder schwoll vor Stolz die Brust.

„Ich schicke euch mein neues Album. Ich habe es als .mp4 auf dem Computer.“ Sage sprach lässig und cool über das Album, an dem er und seine Band The Grind seit Monaten Tag und Nacht gearbeitet hatten.

„Das wird sie umhauen. Ich sehe, ihr habt schon etwas zu trinken. Die Bar ist die ganze Nacht auf. Und ihr seid natürlich eingeladen, einen der Schlüssel zu benutzen. Wäre gut, wenn ihr den nicht verliert, aber falls doch, kriegen wir das wieder hin. Die Villa steht uns bis Sonntagmorgen zur Verfügung und die Schlüssel gehören zu einigen der Zimmer. Die Nummer steht jeweils auf dem Schlüssel. Nehmt einen, wenn ihr ihn braucht. Die Villa hat dreißig Schlafzimmer, ist praktisch ein Hotel. Es ist also genug Platz für uns alle. Falls ihr kein Zimmer braucht, hättet ihr mal besser eine Freundin mitgebracht. Natürlich könnt ihr in den Zimmern auch einfach übernachten, aber wir haben die Räume so vorbereitet, dass man sich da nach Herzenslust später vergnügen kann." Er grinste anzüglich. „Wenn ihr keine Verwendung für ein Zimmer habt, legt den Schlüssel einfach in die Glasschale am Eingang, wenn ihr geht. Wenn ihr bleiben wollt, gibt es morgen früh Cocktails und Brunch. Entweder im Zimmer oder im Speisesaal."

Mit diesen Worten reichte er uns jeweils einen Schlüssel.

„Ganz im Ernst, Gerald, du hast es voll raus!" Sage konnte seine Bewunderung nicht verbergen.

„Es soll doch Spaß machen." Gerald strahlte vor Stolz.

„Das ist der Hammer. Danke", sagte ich, nahm einen Schlüssel und steckte ihn in die Tasche meiner Lederhose.

„Ich hoffe, ihr nutzt ihn auch." Gerald zwinkerte uns zu. „Ich drehe dann mal weiter meine Runde. Wenn ihr etwas wünscht, sprecht einfach einen der Kellner an. Wir haben einfach alles."

„Danke", sagten Sage und ich fast gleichzeitig. Es war schon fast ein bisschen peinlich.

Er ließ den Schlüssel vor mir baumeln. „Ich werde den heute Nacht auf jeden Fall benutzen." Seine Augen glänzten vor Verlangen.

„Kaum ist die Beziehung zu Ende, drehst du wieder voll auf", spottete ich.

Allerdings hoffte ich, dass es nicht zu früh war. Amelia war die Liebe seines Lebens gewesen, aber sie hatte ihn abserviert, weil er ihr keinen Heiratsantrag gemacht hatte. Sie waren fünf Jahre zusammen gewesen, aber er hatte die Frage nicht über die Lippen gebracht. Das war schon seltsam. Er sah mich finster an.

„Wenigstens bin ich nicht mit einem Paar Flügel hergekommen und tue so, als wäre ich der schärfste Typ der Filmgeschichte." Touché. Das hatte gesessen.

„Okay, schon gut." Ich hob abwehrend die Hände und er grinste. „Nun, ich habe ebenfalls vor, den Schlüssel zu benutzen." Ich klopfte auf meine Hosentasche. „Mit ihr." Ich nickte in die Richtung, wo der gefallene Engel mit Christopher Regent stand.

Mein Bruder lachte und stieß mich in die Seite.

„Ich mische mich mal unter das Volk." Da ich nun meinen Plan angekündigt hatte, wollte er sich ebenfalls umsehen.

„Alles klar, viel Spaß." Ich nickte ihm zu und er ging los, sicher zu irgendjemandem, der weniger peinlich war als ich. Es stand zu befürchten, dass mein anderer Bruder bald auftauchen würde, aber ich wollte mir die Gelegenheit nicht entgehen lassen und die Frau ansprechen.

Die Eingangshalle war zwei Stockwerke hoch und hatte auf beiden Seiten breite Treppen. Ideal für einen dramatischen ersten Auftritt. Einen Moment lang dachte ich, sie käme auf mich zu, aber dann bog sie zur Bar ab. Der Widerling Christopher Regent war ihr direkt auf den Fersen. Im Vorbeigehen bemerkte sie, dass wir ähnliche Kostüme trugen. Sie lächelte mich an, was Christopher Regent nicht entging.

„Da bist du ja", sagte ich ernst und befehlsmäßig, stellte mich ihnen in den Weg und hoffte, sie damit aufzuhalten.

„Ich?" Sie sah sich um. Christopher trat neben sie und legte einen Arm um sie. Er war widerlich. Ich spürte, wie mich eine Welle des Hasses erfasste.

„Ja." Ich kam näher.

„Sie ist mit mir hier", mischte Christopher sich ein.

„Nein, bin ich nicht", sagte die Frau entschieden.

„Mir gefällt dein Outfit." Ich strich behutsam über ihre Flügel, beinahe verführerisch. „Kann es sein, dass wir uns kennen? Aus dem Himmel vielleicht?", säuselte ich.

„Im Ernst?", schnaubte Christopher.

„Oder vielleicht aus der Hölle?" Sie rollte mit den Augen und wir lachten beide.

„Das muss es wohl sein."

Es war total peinliches Gelaber, aber auch wunderbar.

„Zieh Leine, Kumpel, sie gehört mir", knurrte Christopher.

Das Mädchen blieb unbeeindruckt. „Nein, tue ich nicht." Sie sah aus, als wollte sie ihm gleich eine verpassen.

„Hölle? Hallo? Das ist ja wohl mein Metier." Er deutete auf sein Kostüm. „Außerdem, welcher Vollidiot läuft auf einer Party oben ohne herum? Werd erwachsen." Christopher schob die Frau ein Stück von mir weg. Aber sie ließ sich nicht beirren und blieb standhaft. „Geh und hol dir einen Drink, Chris. Ich bleibe hier, bis du wieder zurückkommst."

„Ich habe dich auf diese Party gebracht. Du bleibst bei mir", ermahnte er sie wie ein Kind.

„Ich bin deine Assistentin, nicht deine Sklavin", erwiderte sie. Ihre roten Lippen schimmerten im schwachen Licht, das sich auf ihrer Maske spiegelte.

Mein Schwanz regte sich. Sie war wunderschön, sexy und gleichzeitig mit einem Hauch von Unschuld. Sie war weder lüstern noch abgebrüht auf mein Flirten eingegangen, sondern eher süß und spielerisch. Sie hatte sich durchgesetzt und ich wollte Nägel mit Köpfen machen.

„Ich bin als Der Dunkle verkleidet." Meine Stimme klang ernst, wie ein erfolgreicher Geschäftsmann. „Es ist mein Film. Du hast vielleicht davon gehört", sagte ich und lächelte ihn falsch an.

„Ja, richtig. Sehr erfolgreicher kleiner Horrorfilm. Was hat er dir eingebracht?" Christophers Interesse war geweckt.

„Mehr oder weniger hundert Mille." Ich klang beiläufig und entspannt, als sei das eine normale Zahl für alle unsere Filme. In Wahrheit hatten wir bis zu dem Erfolg von Der Dunkle arg zu kämpfen gehabt. Erst mit diesem Franchise hatten wir uns einen Namen gemacht. Christopher wusste das. Er wusste auch, dass wir damit immer noch mehr Geld machten und der Film irgendwann zu einem Klassiker werden würde. Er wäre bescheuert, wenn er da nicht einsteigen würde. Er zog eine Karte aus der Brieftasche und reichte sie mir.

„Ruf mich an, wenn ein neues Projekt ansteht. Oder wenn ihr dieses Franchise noch ein wenig auskochen wollt", sagte er kühl und bedrohlich. „Ich lasse meine Assistentin einen Moment hier. Vielleicht kannst du ihr ein paar Vorschläge unterbreiten. Sie weiß, wonach meine Firma sucht." Er klatschte ihr auf den Hintern, was sie einen halben Schritt nach vorn machen ließ.

Sie atmete tief durch und presste die Lippen zusammen. „Sicher", sagte sie einigermaßen respektvoll.

„Bin gleich wieder da." Christopher küsste ihren Hals, streifte mit der Hand über ihre Brust und drückte sie einmal fest. „Wenn ich zurück bin, werden wir herausfinden, zu welchem Zimmer dieser Schlüssel passt."

Ihr Blick verfinsterte sich, er wandte sich ab und ging zur Bar.

„Ich frage mich, warum er nachgegeben und dich bei mir gelassen hat", sagte ich leise. Ich wollte sie nicht verschrecken. Ihr Boss war schon schlimm genug.

„Er riecht das Geld." Sobald Christopher außer Sicht war, entspannte sie sich wieder. „Mit Horror kenne ich mich allerdings nicht aus." Sie lächelte. „Christopher hingegen schon. Er ist der reinste Horror.“

Wir brachen beide in Gelächter aus.

„Willst du mit ihm auf ein Zimmer gehen?“ Ich machte mir Sorgen, dass sie ihm gefügig sein müsste, egal, was er verlangte.

„Ich bin hier, um zu arbeiten. Mit ihm auf ein Zimmer zu gehen, stand nicht in der Jobbeschreibung.“ Ihr Mund wurde zu einer schmalen Linie.

Ich wünschte, ich könnte ihr ganzes Gesicht sehen. Ich stellte es mir hinreißend vor. Der Rest von ihr war auf jeden Fall himmlisch. Dass sie eine Maske trug, war zwar der Sinn des Abends und sollte für mehr Spannung sorgen, aber ich wollte ihr das Ding einfach nur noch vom Gesicht reißen und sie küssen. Überall.

Kapitel 4 – Reyna

Meine Pläne, Christopher irgendwo stehen zu lassen und mich mit meinen Freundinnen zu vergnügen, war hinfällig, nachdem Chris verkündet hatte, mit mir in eines der Schlafzimmer gehen zu wollen. Ich hielt seine Drohung nicht für echt. Er würde seinen ohnehin schon angeschlagenen Ruf nicht wegen einer Aushilfskraft aufs Spiel setzen.

Außerdem waren wir gerade erst eingetroffen. Bestimmt hatte er doch noch einige Leute zu treffen. Nein, diese Drohung war eher für den scharfen Typen mit der Maske bestimmt gewesen. Chris wollte mich einfach nur aus dessen Reichweite bringen, weil er Interesse an mir bekundet hatte. Ich bezweifelte sogar, dass er das Zimmer noch einmal erwähnen würde. Zumindest hoffte ich das.

Es gefiel mir, mich mit dem scharfen Maskenmann zu unterhalten, aber es war auch anstrengend. Die sexuelle Energie, die er ausströmte, überforderte mich etwas. So sehr ich es auch genoss, mit ihm zu reden, so wollte ich doch erst einmal meine Freundinnen finden. Ich sah mich um und entdeckte sie. Charlynn war umringt von ein paar Leuten, die ihr begeistert an den Lippen hingen, und Melody hatte sich mit ein paar anderen Musikern in einer Ecke zusammengefunden und spielte. Ich hätte mich leicht unter die Gruppe der Bewunderer beider mischen können, aber das reichte sicher nicht, um Chris loszuwerden. Er würde mich entdecken und wieder an mir kletten.

Der heiße Fremde hier war also meine einzige Chance derzeit. Sein muskulöser Körper sah perfekt aus. Den Teil des Gesichts, den ich sehen konnte, fand ich auch sehr sexy.

Scharfkantiges Kinn, weiche Lippen, eine perfekt geformte Nase, der Beginn eines Drei-Tage-Bartes. Ich starrte ihm auf den Mund, als er wieder sprach.

Er lachte. Ich hatte gerade durch die Blume mitgeteilt, dass ich nicht Chris' persönliche Hure war.

„Es gibt Gerüchte, dass Christopher Regent sich nicht darum schert, was in der Jobbeschreibung stand. Wenn er etwas will, bekommt er es auch“, warnte der maskierte Engel.

„Mich aber nicht“, erwiderte ich flirtend und ernsthaft gleichermaßen.

Leider kam Chris viel schneller zurück, als ich gedacht hatte, und reichte mir einen kalten Drink. Ich hatte keine Ahnung, was es war, und auch nicht die Absicht, davon zu trinken, denn es konnte wer weiß was reingemischt worden sein.

„Das ist die Spezialität des Hauses“, meinte Chris, als er sah, wie misstrauisch ich das Glas beäugte.

„Was ist drin?“ Ich hoffte, es war nichts total Abgefahrenes.

„Trink es einfach“, befahl er leicht irritiert. Dann musterte er den maskierten Fremden.

„Bist du immer noch da?“ Chris sah mich an. „Hat er ein gutes Angebot gemacht?“

„Wie hätte er das tun sollen, du warst ja keine Minute weg.“ Ich runzelte die Stirn.

„Es lohnt sich eben, Beziehungen zu haben.“ Er holte den Schlüssel wieder aus seiner Tasche und ließ ihn vor meinem Gesicht herumbaumeln. „Ich habe genug von der Party. Komm, lass uns herausfinden, wohin uns dieser Schlüssel führt.“ Chris blickte mich mit gierigem Blick an.

„Nein, danke. Ich bleibe noch auf der Party. Da du

offenbar nicht mehr arbeiten willst, mische ich mich unter die Leute.“ Ich schenkte ihm ein falsches Lächeln und machte einen Schritt zurück.

Er packte mich fest am Arm und zog mich zurück. „Den Teufel wirst du tun.“ Seine Stimme war ein wütendes Zischen.

„Langsam, Kumpel. Ich bin mir sicher, gehört zu haben, dass sie sich auf der Party umsehen wollte“, sagte der Fremde und zog Chris' Hand von mir weg.

Christopher schaute auf seine Hand. „Ich würde das lassen, falls dir etwas daran liegt, mit dem wichtigsten Produzenten von Hollywood Geschäfte zu machen.“ Er sah wütend aus. Ich war froh, eine Maske zu tragen, sodass Chris nicht sehen konnte, wie angewidert ich von ihm war.

„Es überrascht mich, dass du trotz der ganzen Me-Too-Kampagne dreist genug bist, eine Frau, die für dich arbeitet, zwingen zu wollen, dir gefällig zu sein. Wir wissen doch beide, wofür der goldene Schlüssel gedacht ist.“ Der Maskierte war die Ruhe selbst, während er Chris zurechtwies.

Die wenigsten Leute taten das. Die meisten hielten den Mund und spielten mit. Es hatte ein paar Skandale um ihn gegeben, aber mehr als ein paar Zeilen in den Klatschspalten waren nie dabei herausgekommen. Meine Vorgängerin hatte zwei Jahre als Aushilfe für ihn gearbeitet, bevor er sie fest einstellte. Um das zu feiern, nahm er sie mit in eine Wohnung in der Nähe seines Büros, von der seine Frau nichts wusste. Er kaufte ihr Blumen, Pralinen, Champagner und eine Packung Kondome. Sie hatte eine Beziehung und sagte Chris, sie wäre nicht an ihm interessiert. Er erwiderte, ihr Job könnte auch jederzeit neu besetzt werden. Sie erzählte mir das alles an dem Tag, als sie ging und ich in der Firma anfing.

„Er hat einfach gelacht“, sagte sie, während sie mich

einarbeitete, „und gemeint, wenn ich es in der Firma zu etwas bringen wollte, wäre das der erste Schritt auf der Leiter."

Danach war mir klar, dass es in den Jobverhandlungen immer auch um Sex gehen würde. Sie hatte entschieden, dass es nichts brachte, sich zu wehren, und war ein paar Mal mit ihm in die Kiste gestiegen. Dann war er ihrer überdrüssig geworden.

„Sein Ding ist klein und er kommt ziemlich schnell, es dauert höchstens zwanzig Minuten. Dann raucht er eine Zigarre, macht ein kleines Nickerchen, dann wird noch mal gevögelt und das war es", flüsterte sie. „Es ist schwer, an so einen Job zu kommen. Ich wollte, dass du Bescheid weißt. So ergeht es allen hier." Es klang wie eine Drohung.

Anschließend packte sie ihre Sachen und wechselte in eine andere Abteilung, wo Chris ihr eine gute Position besorgt hatte.

„Das hat sich letztendlich also doch gelohnt für mich." Sie sagte es, aber ihr Gesichtsausdruck wirkte nicht überzeugend.

Mir wurde bewusst, was für ein Widerling Chris war, und ich beschloss, mich nicht von ihm einwickeln zu lassen. Meine Drehbücher würden verfilmt werden, auch ohne solche Nummern. Ich wusste, dass ich talentiert war. Es war nur eine Frage der Zeit, bis das auch andere erkannten und mir eine Chance gaben. Ich musste nur standhaft bleiben und auf meine Stärken vertrauen. Meine Selbstachtung erforderte das. Schade, dass meine Vorgängerin das nicht ebenso gesehen hatte. Sie tat mir leid, auch wenn sie behauptete, es wäre ihre freie Entscheidung gewesen.

„Was ich mit ihr in dem Zimmer mache, geht dich nichts an", sagte Chris und zog mich von dem Dunklen fort.

Ich entzog mich seinem Griff. „Ich gehe nicht mit dir auf eines der Zimmer."

„Das ist doch lächerlich. Los, komm jetzt. Schick mir dein

Angebot am Montag ins Büro“, sagte Chris zu dem sexy halbnackten Engel und zog mich von ihm weg.

„Nein, Chris.“ Ich schlug ihm gegen die Brust und hoffte, dass es wehtat. „Das hier ist lächerlich. Wir sind offensichtlich fertig mit der Arbeit. Geh du in das Zimmer und tu, was immer dir Spaß macht. Wir sehen uns am Montag.“ Ich befestigte die Flügel wieder, die sich ein wenig gelockert hatten, und drehte mich um.

„Wenn du jetzt nicht mit mir kommst, brauchst du Montag gar nicht erst ins Büro zu kommen“, zischte Chris.

„Schön.“ Ich schenkte ihm ein falsches Grinsen und ging weiter.

Der heiße dunkle Engel reichte mir einen Arm, als ich mich ihm näherte. „Darf ich um diesen Tanz bitten?“

Die Band, die schon eine Weile Hintergrundmusik gedudelt hatte, drehte gerade den Verstärker auf und fing an zu rocken.

„Ich liebe diesen Song!“ Ich strahlte. Musik war jetzt genau das Richtige, um die Anspannung loszuwerden und damit klarzukommen, dass ich gerade meinen Job verloren hatte, weil mein Chef ein widerliches Arschloch war.

Ich wagte nicht, mich umzudrehen, um zu sehen, ob Chris uns beobachtete. Stattdessen nahm ich den Arm des Fremden und ging mit ihm auf die überfüllte Tanzfläche.

„Ist er noch da?“, fragte ich, als wir anfingen zu tanzen. Ich wollte es eigentlich nicht wissen, aber gleichzeitig irgendwie doch.

„Ja, ist er. Guckt uns zu. Der Typ ist echt widerlich, was?“ Mein maskierter Retter war auf der Hut.

„Ja, er ist ekelhaft.“ Ich rollte mit den Augen und schwang die Hüften. „Lass uns einfach tanzen. Ich war sowieso nur eine Aushilfe bei ihm.“ Ich warf lachend den Kopf in den Nacken und überließ mich der Musik.

„Wenn er dich rauswirft, kannst du ihn auf jeden Fall verklagen“, sagte er und wirbelte mich herum. Ich jauchzte vor Vergnügen.

Sein Körper war wundervoll. Ich musste mich zusammenreißen, um nicht mit meinen Fingern über seine Bauchmuskeln zu fahren. Ich wollte ihm die Maske vom Gesicht reißen, ihn wild küssen und mit den Händen in sein braunes Haar greifen. Ich war noch nie so geil gewesen. Eigentlich war ich sogar ziemlich prüde. Ich küsste gern und flirtete, aber mehr wurde meistens nicht draus. Hin und wieder hatte ich zugelassen, dass meine Verabredungen es mir mit den Fingern gemacht hatten, aber oft genug war für sie nicht einmal ein Blowjob dabei herausgesprungen. Ich machte das nicht, um sie zu ärgern, mir lag so beiläufiger Sex einfach nicht.

Der eigentliche Grund dafür war, dass ich Angst davor hatte. Ich war 28 und hatte erst mit einem Mann richtigen Sex gehabt. Das war Emanuel, mit dem ich auf der Highschool zusammen war. Wir waren zusammen, seit wir 14 waren. Nach dem Abschlussfest hatten wir Sex. Da war ich 17. Das erste Mal war nicht berauschend, wir waren beide ziemlich nervös gewesen. Über die nächsten fünf Jahre lernten wir aber dazu und hatten viel Spaß im Bett. Er konnte mich echt scharf machen. Ich dachte, das wäre etwas Festes mit uns. Es hat eine Weile gedauert, bis ich merkte, dass er sich langsam von mir entfernte.

Es fing an, als er sich zur Armee meldete. Ich wartete sehnsüchtig darauf, dass sein erster Einsatz zu Ende ging. Das waren die schlimmsten 18 Monate meines Lebens. Als er heimkam, vögelten wir wie die Karnickel. Sechs Tage lang trieben wir es morgens, mittags und abends. Dann steckte er sich eine Zigarette an und hörte auf zu reden, zu lachen oder er selbst zu sein. Ich fragte nach, bettelte, bedrängte ihn, mir den Grund zu nennen, warum er sich zurückzog.

Ich bemühte mich, all die Dinge zu tun, die wir immer gern gemeinsam unternommen hatten. Wir machten einen Ausflug zu den riesigen Hollywood-Buchstaben in den Bergen, wir gingen ins Freiluftkino, surften am Strand von Santa Monica, aber nichts brachte den Funken zurück. Ich gab der Armee die Schuld.

Dann rief eines Tages Daleann Rivers an, als Emanuel gerade im Bad war. Ich ging ans Telefon, denn es war bereits das dritte Mal, dass diese Nummer anrief. Ich dachte, es wäre vielleicht dringend. Nun, es stellte sich heraus, dass es zumindest für sie ziemlich dringend war. Er hatte sie nicht angerufen.

„Bist du seine Vorgesetzte?“, fragte ich und wunderte mich, warum sie so verzweifelt klang.

„Und wer bist du?“, fragte sie frustriert.

„Ich bin seine Freundin“, erwiderte ich ohne Hintergedanken.

„Von wegen!“, schrie sie. „Ich bin seine Freundin!“

Mir brach das Herz. Das erklärte einfach alles. Ich verstand nicht, wie er mich mit dieser wütenden Frau am anderen Ende der Leitung betrügen konnte. Ich habe nie kapiert, was an ihr besser war als an mir. Vielleicht war es einfach das Neue, das ihn reizte, während ich ihm zu vertraut war. Oder es lag daran, dass unsere politischen Einstellungen sich immer mehr voneinander entfernten. Er war sehr konservativ und ich bewegte mich zur liberalen Seite. Aber trotz dieser wachsenden Unterschiede hatten wir davon gesprochen zu heiraten, bevor er seinen ersten Einsatz hatte. Ich hatte eigentlich damit gerechnet, dass er mir bei seiner Rückkehr einen Antrag machen würde, aber nicht, dass er noch eine zweite Freundin irgendwo hatte.

Ich hätte um ihn kämpfen können, aber ich wollte nicht. Seit er mir gesagt hatte, dass er sich zur Armee melden wollte, war mir klar, dass wir uns in unterschiedliche Richtungen bewegten. Ich war Drehbuchautorin und Pazifistin, die einfach nur gefühlvolle Filme machen wollte. Er war eine wandelnde Actionfigur. Das war in Ordnung, solange wir noch jung waren. Aber mit dem Erwachsenwerden entfernten wir uns voneinander. Auch wenn die Trennung die richtige Entscheidung war, brauchte ich Jahre, um darüber hinwegzukommen.

Aber jetzt war ich stolz auf mich, denn ich hatte kein Problem damit, meinen Job aufzugeben, um mit diesem großen, geflügelten Dunklen zusammen zu sein. Ich war von meinem Liebeskummer endlich geheilt.

Kapitel 5 – Sinclair

Das Mädel hatte Mumm, so viel war klar. Ich kannte nicht viele Leute, die Christopher Regent verbal eine verpassen würden und ihm so leicht den Laufpass gaben. Für mich sah es so aus, als würde er seine Drohung wirklich wahr machen und sie am nächsten Tag feuern. Aber er blieb in der Nähe und beobachtete uns, sah zu, wie wir tanzten. Genauer gesagt, wie sie tanzte. Ihr Körper bewegte sich himmlisch. Sie flirtete und war gleichzeitig total cool und selbstbewusst. Kein Wunder, dass Chris einen Steifen bei ihr kriegte. Er musste wirklich davon ausgegangen sein, dass er diese tanzende Göttin flachlegen würde.

Ihre spitzen Brüste wippten sanft zum Rhythmus, die Brustwarzen reckten sich hoffnungsvoll nach vorn. Ein leichter Schweißfilm lag auf ihrer Haut, was den seidenen Stoff sanft über ihre Brüste gleiten ließ. Mein Blick glitt über ihre schmale Hüfte und hinunter zu den endlos langen Beinen. Sie war groß, schlank und wundervoll gebaut. Sicher war sie mal Tänzerin gewesen, so elegant, wie sie sich bewegte.

Ich war sehr versucht, sie nach ihrem Namen zu fragen und die Masken abzulegen, um sie besser kennenzulernen. Aber nach der Sache mit Christopher hielt ich es für unklug. Buchstäblich die Masken fallenzulassen, würde die Angelegenheit unnötig komplizieren. Aber es machte ungemein Spaß, hier in dieser Villa mit ihr zu tanzen, während der Hollywood-Mogul am Rande stand und vor Wut bei unserem Anblick kochte. Die ganze Geschichte machte mich scharf.

„Das muss man dir echt lassen, du hast den Kerl echt um den Finger gewickelt", sagte ich und hoffte, dass es nicht zu aufdringlich klang.

Sie rollte erneut mit den Augen. „Der ist immer noch da? Wie armselig."

Da sie nun wusste, dass Christopher sie immer noch beobachtete, fuhr sie mit ihren Händen über meine verschwitzte Brust und tanzte noch näher an mich heran. Sie war gefährlich. Aber es zeigte Wirkung. Christopher stürmte wütend davon. Ich lachte laut auf.

„Es stört dich wirklich nicht, dass du deinen Job verloren hast?", fragte ich und rieb meinen Körper an ihrem. Mein Schwanz war so bereit, aus der engen Lederhose befreit zu werden. Ich zog mich ein wenig zurück, damit sie es nicht bemerkte und einen falschen Eindruck bekam.

„Ich möchte lieber etwas Spaß haben." Sie strahlte mich an. „Ich habe ziemlichen Durst. Lass uns etwas trinken."

Ich nahm ihre Hand und bewegte mich mit ihr durch die Menge zur Bar, die ebenfalls überfüllt war. Zum Glück stand mein Bruder auch da.

„Sage!", rief ich und schlug mich bis zu ihm durch. Das war zwar unhöflich, aber in Hollywood ging es eben nur darum, wen man kannte. Mein Bruder machte freundlicherweise Platz für uns und niemand wagte es, sich zu beschweren.

„Na, amüsierst du dich?", fragte er, als er meine geflügelte Begleiterin sah.

Sie lächelte Sage verführerisch an und lehnte sich etwas näher zu mir herüber.

„Und ob", sagte ich und drückte ihre Hand. „Und du?"

„Das Spielen mit der Band hat Spaß gemacht." Mein Bruder sah aus, als wäre schon Weihnachten.

„Ihr wart echt gut. Du hast gut gespielt." Ich meinte es

ernst. Mein Bruder fasste endlich Fuß in der Musikindustrie.

Er war der Leadsänger von The Grind und spielte auch Gitarre. Wer hätte ahnen können, dass mein pickeliger kleiner Bruder mal so ein Prachtkerl werden würde? Die Leute lagen ihm zu Füßen. Mir auch, aber ich konnte schon mal ganz schön fies werden. Ich war ein Alphatier. Aber heute Abend hielt ich mich etwas zurück. Mein Bruder hatte auch solche Momente, er konnte den Leuten einiges abverlangen. Aber meistens war er friedlich und sanftmütig. Deutlich mehr als ich. Vielleicht lag es daran, dass ich das mittlere Kind war und mich in beide Richtungen behaupten musste.

„Das warst du, der eben gesungen hat? Wow, das hat gerockt, echt." Die Göttin neben mir war sichtlich beeindruckt.

Ich war ein wenig eifersüchtig. Mein Bruder hatte das Aussehen, um sie mir vor der Nase wegzuschnappen. Aber das war nicht seine Art.

„Danke", sagte er schlicht.

„Hast du Shelton schon gesehen?", fragte ich und bereute es sofort. Es war mir egal, wo Shelton steckte, sein Anblick würde mir doch nur die Laune verderben.

„Er treibt sich hier irgendwo herum." Sage reichte der Göttin und mir einen Drink. „Diese sind der Kracher." Er grinste breit. „Amüsiert euch weiterhin. Ich gehe zurück zur Band."

Und damit verschwand mein Bruder von der Bar.

„Woher kennst du den Typen?", fragte die maskierte Göttin und nippte an ihrem Drink.

„Er ist mein Bruder. Willst du noch mal tanzen?" Ich wollte nicht länger über meinen Bruder reden, denn ich wollte nicht hören, dass sie ihn interessanter fand als mich.

„Nein, nicht unbedingt. Es sei denn, du willst." Sie war

leicht errötet und brauchte offenbar etwas frische Luft.

„Komm, wir schnappen mal frische Luft, du siehst etwas erhitzt aus."

„Ja, mir ist ziemlich heiß."

Oh, ja. Heiß war sie.

Draußen auf der Veranda war es noch voller als im Haus. Daher schlug ich das gar nicht erst vor. Aber hier drinnen war es so laut, dass man sich nicht unterhalten konnte. Also wagte ich, etwas Privateres vorzuschlagen, und erwähnte meinen goldenen Schlüssel. Natürlich hatte ich auch Hintergedanken dabei. Die Gelegenheit war einfach zu gut, um sie näher kennenzulernen.

„Versteh mich bitte nicht falsch, aber ich habe auch einen goldenen Schlüssel. Wir könnten auf das Zimmer gehen, um einen Moment etwas Ruhe zu haben. Wir können später ja wieder zu den anderen gehen." Ich bemühte mich, ein Gentleman zu sein. Wäre ich einfach nur ich selbst gewesen, hätte ich sie längst an die Wand gedrängt und genommen. Ich versuchte es mal auf eine andere Tour. Schnell und gierig war hier nicht angesagt und auch nicht sonderlich befriedigend im Allgemeinen.

„Klar, ich würde gern mal raus aus der Menge." Ihr Lächeln war hinreißend.

Einfach aus Neugier ließ ich meinen Blick noch einmal über die Menge schweifen. Und siehe da, Christopher Regent war ganz in der Nähe. Allerdings gab es mir ziemlich zu denken, dass er sich ausgerechnet mit meinem Bruder Shelton unterhielt. Ich wusste, dass Shelton seine Firma juristisch vertrat, aber ich vermutete eher, dass Shelton ihn gerade absichern sollte. Vielleicht war ihm doch bewusst geworden, dass er gerade vor meinen Augen seine Assistentin sexuell belästigt hatte. Er wusste, dass ich Sheltons Bruder war. Es wäre mir auch nicht schwergefallen, herauszufinden, wer meine umwerfende Begleiterin war.

Aber mir gefiel dieses kleine Mysterium. Sie nur als maskierte Göttin zu sehen, erhöhte den sexuellen Anreiz für mich. Meine eigene Maske erlaubte mir außerdem, der Dunkle zu sein, und nicht der dominante, arbeitswütige Sinclair Harris, der aufstrebende Filmproduzent. Sollte ich durch gemeinsame Bekannte erfahren, dass sie wirklich ihren Job verloren hatte, würde ich ihr helfen, einen anderen zu finden. Ich würde dafür sorgen, dass Regent dafür bezahlte, auch wenn mein Bruder sein Anwalt war.

Glücklicherweise gelang es uns, unentdeckt davonzuschleichen. Das war wegen unserer Flügel gar nicht so einfach, aber in der tanzenden Menge und den vielen anderen Kostümen schafften wir es, ungesehen zu den Fahrstühlen zu gelangen.

Als wir einstiegen, mussten wir lachen, denn unsere Flügel passten kaum hinein. Wir mussten uns verbiegen und die Hälse strecken, während wir gleichzeitig aufpassen mussten, dass wir unsere Drinks nicht verschütteten. Es sah sicher lustig aus und machte uns etwas lockerer. Ich wollte sie unbedingt ficken. Ich konnte eigentlich an nichts anderes mehr denken, als ihr diesen kleinen Fetzen Stoff auszuziehen.

Ich bemühte mich, auf andere Dinge zu achten wie ihren Mund. Aber mein Blick wanderte immer wieder zu ihren Titten und hinunter zu ihren Hüften. Es gehörte eine Menge Selbstbeherrschung dazu, ihr nicht an den süßen Arsch zu packen. Immer wieder ermahnte ich mich, dass wir auf dem Zimmer nur reden wollten, nicht vögeln. Ach, was machte ich mir denn da vor.

Ich war froh, als die Fahrstuhltür endlich aufging. Nicht nur, weil es eng und unbequem war, sondern vor allem, weil ihre Nähe mich erregte. Ich hatte längst einen Steifen in der engen Lederhose. Außerdem trug ich nicht einmal eine Unterhose, weil man die gesehen hätte. Außerdem mochte ich das Gefühl von weichem Leder an meinem Schwanz und meinen Eiern. Die Hose war sehr teuer gewesen und das Leder atmete ganz hervorragend. Es fühlte sich fantastisch auf der Haut an.

„Puh“, sagte sie und streckte sich, als sie den Fahrstuhl verließ. „Das war eng.“ Sie lächelte und sortierte ihre Flügel.

„Kann man so sagen.“ Ich ignorierte die Doppeldeutigkeit ihrer Aussage. „Okay. Zimmer 35.“ Ich blickte auf ein Schild mit Nummern. Unser Zimmer war auf der linken Seite.

„Hier steht, wir müssen nach links.“ Ihr Blick wanderte hinunter zu meinem harten Schwanz. „Hier entlang.“ Sie biss sich auf die Lippen und ging zu unserem Zimmer. Offenbar hatte sie es eilig, dorthin zu gelangen.

Kapitel 6 – Reyna

Ich sah mich nicht nach ihm um, aber ich wusste, er hatte den größten Steifen, den ich je gesehen hatte. Auf der Tanzfläche hatten wir uns aneinander gerieben. Da war mir schon klar gewesen, wohin der Abend sich bewegen würde. So recht konnte ich es noch nicht glauben, dass ich das wirklich tat. Ich war noch nie einfach so mit jemandem aufs Zimmer gegangen. Erst recht nicht mit einem Mann, dessen Gesicht ich nicht einmal gesehen hatte. Ich beschimpfte mich selbst als Idioten, aber er war einfach umwerfend. Ich musste mir eingestehen, dass mir diese Fantasie gefiel. Seit ich ein kleines Kind war, dachte ich mir schon Geschichten aus. Ich verlor mich gern in anderen Welten.

Wir betraten ein sehr minimalistisch und funktional eingerichtetes Zimmer. Das wunderte mich ein wenig, denn der Rest der Villa war so opulent und antik eingerichtet. Der ganze Abend kam mir mehr und mehr surreal vor. Ich wusste, worauf ich mich einließ, und ich konnte es nicht erwarten.

Ich drehte mich zu dem schönen Fremden um, bemüht, nicht auf seinen Schwengel zu starren. „Sollten wir?“ Ich deutete auf meine Maske und fragte mich, ob es die Fantasie zerstörte, wenn wir sie ablegten.

Er war gerade dabei, seine Flügel irgendwie richtig in Position zu bringen und gleichzeitig seinen Steifen zu verbergen. „Also, die Flügel müssen runter, das ist mal klar.“ Er lachte, als ihm bewusst wurde, wie schräg er gerade aussah. „Aber ich finde, die Masken sollten wir auflassen.“ Seine Stimme klang rau und tief. Mein Körper kribbelte.

„Alles klar, Flügel runter, Masken bleiben.“ Ich nahm

meine Flügel ab, was mir leichter fiel als ihm, weil meine kleiner waren. Ich hatte das Kostüm von einem teuren Geschäft gekauft, als ich im Jahr zuvor zu einer Wohltätigkeitsveranstaltung eingeladen worden war, die Charlynns Firma veranstaltete. Das Ding war ziemlich teuer gewesen, aber ich hatte mich sofort verliebt, als ich es sah. Es war schlicht und elegant und der weiche Stoff schmiegte sich perfekt an meine Kurven, ohne zu viel zu enthüllen.

„Ich weiß, es mag seltsam klingen, aber mir gefällt die Anonymität, die die Masken mitbringen. Du musst nicht glauben, dass du zu irgendetwas verpflichtet bist. Wenn du gehen willst, kannst du das jederzeit tun. Aber ich muss die Maske auflassen. Immerhin ist es ein Maskenball."

Er lächelte jungenhaft und hatte offenbar das Bedürfnis, Ausreden zu finden, warum er seine Identität nicht enthüllen wollte. Entweder war er ein berühmter Schauspieler und wollte nicht, dass ich ihn erkannte, oder er war ein Serienmörder und ich würde sterben. Beides machte mir keine Angst. Ich war fest entschlossen, mich wollüstig mit einem maskierten Fremden zu vergnügen, dessen Identität ich wahrscheinlich niemals erfahren würde.

„Du bist kein Serienmörder, oder?", fragte ich scherzhaft.

„Ich schwöre, dass ich keiner bin." Seine Stimme war die reinste Verführung. „Bist du hungrig? Man kann Essen aufs Zimmer bestellen." Er nahm ein iPad vom Tisch und warf einen Blick auf das Display.

„Wenn du willst." Ich war nicht wirklich hungrig, nur nach ihm. Das sanfte Licht, der Duft nach Holz, jemand hatte dieses Zimmer ganz auf Sex ausgerichtet. Das machte mich an, elektrisierte meinen Körper.

„Ich bin nicht sehr hungrig. Es gibt hier Champagner und

Schoko-Erdbeeren. Das klingt doch gut.“ Er tippte auf dem Gerät herum. „Ich bestelle welche. Und Wasser.“ Er lächelte verführerisch und legte dann das Tablet beiseite. „Sollte nicht lange dauern.“

„Klingt perfekt.“ Ich wollte nicht merkwürdig erscheinen, aber eigentlich sehnte ich mich nur noch danach, ihn endlich zu küssen.

Ich nahm einen Schluck von dem Drink, damit meine Hände und mein Mund wenigstens beschäftigt waren. Ich war mir sicher, er konnte meine Nervosität spüren, wie ich da auf der Couch saß. Es gab einen großen Sessel, ein riesiges Bett und die Couch, die vor einem riesigen Fernseher stand.

„Fühlst du dich nicht wohl?“, fragte er und kam zu mir.

„Ein bisschen nervös“, gab ich zu und zog eine Grimasse.

„Musst du nicht sein. Es wird hier nichts passieren, was du nicht möchtest.“

Er reichte mir eine Hand.

Ich stellte mein Glas ab und nahm seine Hand. Sie war viel wärmer als meine. „Das ist es ja, was mir Angst macht.“ Ich senkte den Blick, während in meinem Magen ein Feuerwerk losging. Dieser Mann brachte mich dazu, verwegene Dinge zu tun. Er zog mich von der Couch hoch und umfasste mich mit dem anderen Arm, um mich an sich zu ziehen. Ich spürte, wie kräftig er war. Durch den dünnen Stoff meines Kleides konnte ich außerdem seinen Steifen spüren. Wir erwähnten das nicht, aber es war auch nicht zu ignorieren.

„Hab keine Angst“, flüsterte er und bewegte unsere Körper zu einer unhörbaren Melodie. „Sich gehen zu lassen und Lust zu empfinden ist ganz natürlich. Was auch immer wir tun werden, geschieht nur mit unser beider Zustimmung und ganz anonym. Lass uns diese Fantasie ausleben und damit spielen.

Ohne Verpflichtungen, ohne Reue, einfach nur den Moment genießend."

Ich schmiegte mich an seinen warmen Körper und wir tanzten zum Rhythmus unserer klopfenden Herzen. Seine Hüfte rieb sich an meiner. Der harte Schwanz zwischen meinen Schenkeln machte mich feucht. Ich wusste, was er von mir wollte, und ich hatte nichts dagegen, es ihm zu geben. Ich schmiegte mich enger an seine Brust.

Er war einen Kopf größer als ich und ich fühlte mich klein, aber keineswegs hilflos an seiner Seite. Er dominierte mich nicht, wie Chris es getan hätte, aber er genoss unsere Nähe. Während wir uns miteinander bewegten, elektrisierte das unsere Körper mehr und mehr. Mein Verlangen nach ihm wuchs ins Unermessliche. Wir bewegten uns unwiderruflich auf ein Ziel zu und er wusste das.

„Ein bisschen Musik wäre jetzt ganz nett." Er sah mich mit verschleiertem Blick an. Auch wenn ich nicht alles von seinem Gesicht sehen konnte, so wusste ich doch, was er dachte. Erstaunlicherweise machte es die Maske sogar einfacher, in seinen Augen zu lesen. Sie betonte seine wunderschönen grünen Augen. Sie leuchteten wie Edelsteine, umrahmt von schwarzem Samt und goldenen Nähten. Dagegen erschienen mir meine braunen Augen langweilig.

Mir war immer wieder gesagt worden, dass meine Augen großartig und exotisch aussahen. Meine Haut war von Natur aus gebräunt, Augen und Haar waren fast schwarz. Das wirkte offenbar anziehend und geradezu mystisch. Die meisten Menschen fanden mich so umwerfend schön, dass es schon beinahe unwirklich auf sie wirkte. Ich habe mich nie sonderlich um mein Aussehen gekümmert und nur das Übliche zur Pflege getan. Ich kaufte mir keine üppigen Klamotten oder gab Unmengen Geld aus, um besonders gut auszusehen.

Ich war eine natürliche Schönheit und glücklich damit. Aber dennoch war ich sehr erleichtert, hier und jetzt eine Maske zu tragen. Ich stand da, mit zitternden Knien und nasser Muschi. Es brauchte nichts als ein einziges Wort von dem schönen Mann vor mir und ich würde zu allem ja sagen. Ich war mir sicher, ich würde sogar Dinge tun, die ich später bereute. Daher war es gut, dass niemand hier wusste, wer ich war. Zumindest hoffte ich das. Aber ich wusste eigentlich, dass ich mir etwas vormachte.

„Etwas Musik wäre nett“, flötete ich. Er stellte seine Apple-Uhr auf den Lautsprecher im Zimmer ein. Auf einmal war der Raum von Musik erfüllt. Er hatte genau das Richtige ausgewählt, nicht zu schwülstig oder romantisch, sondern eher jazzig. Er wiegte sein Becken an meinem und ich spürte seinen Schwanz zwischen meinen Schenkeln auf und ab gleiten.

Ich trug nicht viel unter meinem Kleid, und das mit voller Absicht. Ich wollte mich sexy fühlen und schön. Da ich mit Christopher auf der Party erschienen war, wollte ich mich an seiner Seite machtvoller fühlen. Ich war nicht gewillt, mich ihm hinzugeben, aber ich wusste, er dachte oft mit seinem Schwanz, und ich wollte ihn provozieren. Allerdings hatte ich auch gehofft, dass ich ihn im Zaum halten konnte. Zum Glück war der Traumtyp hier genau im richtigen Moment aufgetaucht.

„Ich mache so etwas normalerweise nicht“, platzte es aus mir heraus, als wäre ich ein verkrampfter Teenager auf dem Abschlussball, der den ersten Kuss erwartete.

„Wenn du es tätest, wärst du jetzt nicht so nervös.“ Seine Stimme war ein samtweiches Schnurren. „Ich verspreche, nichts zu tun, was du nicht möchtest. Wenn wir nichts weiter machen als Champagner zu trinken, Erdbeeren zu essen und zu tanzen, ist es auch in Ordnung. Du bist wunderschön. Ich kann dich den Rest des Abends anschauen und bin der glücklichste Mann auf der Welt.“

„Das wäre ja kaum merkwürdig", sagte ich lachend und gab mich der Musik hin.

„Ich würde lediglich bedauern, nicht alles von deinem hübschen Gesicht zu sehen." Er nahm meine Hand und drehte mich mühelos herum. „Aber es ist Halloween, also sollten wir uns der Fantasie überlassen, wie im Film."

Sein geschwollenes Gerede brachte mich zum Lachen. „Wie soll das denn gehen? Und ist es nicht eigentlich dämlich, einen Mann sitzen zu lassen, um mich dem nächsten in dir Arme zu werfen?" Ich flirtete und hatte Spaß, aber für einen Moment wurde ich ernst. „Ich war noch nicht mit vielen Männern zusammen." Ich konnte ihm unmöglich sagen, wie wenige es tatsächlich waren, aber er sollte wissen, dass ich keine Schlampe war. „Ich mache … so etwas nicht." Oh, Mann, ich hatte es richtig gut drauf, Dinge zu erklären.

„Sex wird von Verlangen gesteuert. Wenn du das hier willst, ist es in Ordnung. Es ist okay, sich mit jemandem körperlich zu vereinen, auch wenn man nicht die Absicht hat, ihn zu heiraten oder für immer zusammen zu sein. Oder ihn überhaupt irgendwie näher zu kennen. Wenn du das hier möchtest, dein eigenes Verlangen erkunden möchtest, dann ist das okay. Solange du immer daran denkst, dass du die Wahl hast. Ich kann dir nicht sagen, wer ich bin. Aber ich kann dafür sorgen, dass du dich heute Nacht wie eine Königin fühlst. Ich kann deinem Körper Vergnügen bereiten, wie du es dir bisher nur in deiner Fantasie ausgemalt hast. Oder wir lassen es sein. Es ist deine Entscheidung." Seine Stimme war ruhig und aufrichtig. Ich fühlte mich wohler und sicher. Bei Chris war das nicht zu erwarten.

Er hatte gerade zu Ende gesprochen, da klopfte es an der Tür.

„Herein", sagte der Maskierte. Eine Frau in einem langen

schwarzen Kleid und rubinroten Lippen mit einem geschminkten Bluttropfen im Mundwinkel öffnete die Tür und rollte einen Servierwagen herein.

„Wo soll ich das hinstellen?“, fragte sie freundlich.

„Hier ist in Ordnung.“ Er ließ mich los und ging zu ihr hin. „Soll ich irgendetwas unterschreiben?“

„Nein, das geht alles aufs Haus.“ Sie lächelte, nickte knapp und ging wieder hinaus.

„Mein Gott, im Ernst? Wer gibt denn diese Party?“, fragte ich erstaunt. Wer konnte sich denn so etwas leisten?

„Jemand, der sehr großzügig ist.“ Er grinste süffisant und hielt mir eine Schoko-Erdbeere vor den Mund.

Es fühlte sich etwas merkwürdig an, als ich meinen Mund für ihn öffnete.

Sein warmherziges Lächeln beruhigte mich etwas. „Ich bin dein Prinz“, sagte er leise und ein wenig bestimmend. „Und du, Göttin, gehörst mir.“ Er nahm meine Hand und zog mich an sich.

Es kostete mich einige Anstrengung, nicht zu kichern oder Erdbeersaft über mein Kinn zu sabbern und damit alles zu ruinieren. „Du bist mein was?“, brabbelte ich, nachdem ich den Happen heruntergeschluckt hatte.

„Spiel mit“, befahl er mir leise. „Ich bin dein dunkler Engel, dein Prinz, dein Liebhaber. Ich habe dich befreit aus den Händen unseres gemeinsamen Feindes. Meine Göttin ist jetzt frei.“

Ich konnte nicht anders und musste kichern. „Meine Güte. Also schön, spielen wir.“ Ich starrte ihm fest in die Augen, bemüht, mein Kichern unter Kontrolle zu kriegen.

„Ich bin nicht dein Herr“, fuhr er fort. „Du bist diejenige, die mein Herz und meine Seele in ihren Händen hält.“ Seine Hand fuhr über meinen Rücken und ruhte knapp über meinem Hintern.

Sein Schwanz ragte zwischen uns auf und seine Größe, die ich durch den Stoff spüren konnte, machte mich an. Er würde kaum in mich hineinpassen. Seine Hand glitt über meinen Arsch, sanft, wie ein Hauch. Mehr brauchte es für meinen sexhungrigen Körper nicht. Mein Kopf fiel zurück, er küsste meinen Hals, sein Atem war heiß auf meiner Haut.

„Und heute Nacht werde ich dich endlich bekommen."

Worauf zur Hölle hatte ich mich da nur eingelassen?

Kapitel 7 – Sinclair

Ich war froh, dass sie mitspielte. Seit ich sie gesehen hatte, musste ich sie einfach haben. Sie war wunderschön, sexy und verführerisch. Sie war elegant und hinreißend in dem Samtkleid. Die Maske versetzte mich in eine Fantasy-Welt. Ich mochte inzwischen beinahe ein Millionär sein, aber im Grunde meines Herzens war ich immer noch der kleine Filmnarr. Ich mochte Filme über Engel und Prophezeiungen. Ich konnte mich leicht in solchen Dingen verlieren. Aber ich mochte es auch, die Kontrolle zu haben, daher war es absolut wichtig, dass sie mitspielte.

Um sie zum Mitspielen zu bewegen, musste ich ihr zeigen, wie viel Spaß diese Nacht uns beiden bringen konnte. Nachdem ich ihr die Erdbeere gegeben hatte, küsste ich sanft ihre weichen Lippen und schmeckte das Aroma der Schokolade darauf. Ihre Augen funkelten. Dann entließ ich sie aus meiner Umarmung und schenkte uns Champagner ein. Der war besser geeignet als das starke Zeug, das sie uns an der Bar gegeben hatten. Davon hatten wir beide nur wenig getrunken. Champagner war viel besser.

„Wie soll ich dich nennen?“, fragte sie, trank einen Schluck und wirkte deutlich interessierter am Spiel als eben noch.

„Herr“, sagte ich mit ernstem Gesicht, auch wenn ich es als Scherz meinte.

„Wirklich?“ Sie runzelte die Stirn und verzog den Mund. „Ist das nicht ein bisschen viel Klischee?“ Sie seufzte schwer.

„Dann nenn mich Der Dunkle.“ Ich versuchte, nicht zu lachen, aber hatte es schon ziemlich übertrieben.

„Nein“, sie schüttelte lachend den Kopf. „Das geht nicht. Ich könnte im Leben nicht ernst bleiben.“

„Wie wäre es mit Bill?“ Wir fingen an, uns richtig zu amüsieren.

„Auf gar keinen Fall!“ Sie verschränkte die Arme vor der Brust und schmollte wie ein kleines Kind.

„Um ehrlich zu sein, mein Spitzname ist Sin. Du kannst mich so nennen.“ Ich löste ihre Arme und küsste sie erneut.

„Sin? Sünde? Im Ernst?“ Sie wirkte sehr amüsiert.

„Todernst.“

Sie starrte mich mit ihren köstlichen braunen Augen an.

„Na schön, also dann, Sin. Ironischer geht es wohl kaum. Genau das tun wir ja wohl hier, sündigen.“ Ihre Stimme wurde zu einem Flüstern.

„Nur, wenn du eine gläubige Katholikin bist.“

„Mein Spitzname ist Rey.“ Ihre schönen, vollen Lippen lächelten.

„Rey. Klingt schön. Rey, meine wunderschöne gefangene Göttin.“ Ich prostete ihr mit meinem Glas zu, sie tat das ebenfalls.

„Auf Rey und Sin und einen unvergesslichen Abend.“ Ich nahm einen Schluck von dem köstlichen Champagner.

Sie trank ebenfalls. „Und ich hoffe, du bist kein Serienmörder.“ Sie grinste schief.

„Bin ich nicht“, hauchte ich und näherte mich ihr, um sie auf das Kinn zu küssen. „Wollen wir den Rest auf dem Balkon austrinken, bevor ich dich vernasche?“

Sie keuchte lautlos auf und nickte. Oh, das würde viel Spaß machen. Es war mehr als offensichtlich, dass sie nur wenig Erfahrung mit dieser Art von Date hatte. Sie war nervös, aber auch tapfer. Mit anderen Frauen, die ich für so ein Vergnügen benutzte, wäre ich jetzt schon ein Stück weiter und längst nackt oder gar schon beim Drink nach dem Sex und nicht erst in der Aufwärmphase. Ich musste sie langsam und schonend darauf einstimmen, ließ mir Zeit, war sanft. Das war eigentlich nicht so mein Ding.

Ich war ein aggressiver Jäger. Ich besorgte mir, was ich wollte. Ich mochte vielleicht Fantasien ausleben, aber ich hatte immer das Sagen, in allem.

Wir gingen hinaus auf die Terrasse und blickten auf Hollywood hinab. Ich stellte mich nahe hinter sie und strich über ihre wunderbaren Hüften, während mein Schwanz zwischen ihre Arschbacken drängte. Nervös nippte sie an ihrem Champagner. Meine Hände glitten nach vorn und streichelten ihren strammen, flachen Bauch. Ich liebte ihren Körper. Sie war vollendet geformt, weiblich und weich. Ihr Atem stockte bei meinen Berührungen. Ich konnte es kaum erwarten, sie unter mir zu haben. Da sie so schüchtern war, baute ich das in meine Fantasien ein, während ich ihre Schulter küsste.

„Wirst du dich mir unterwerfen?"

Sie kicherte, während meine Lippen von ihrer Schulter zum Hals wanderten. „Wirst du behutsam mit mir sein?"

Sie stieg in die Fantasie mit ein, sehr gut.

„Das kommt darauf an, wie du dich benimmst." Ich biss sie in den Hals, als sie den Kopf auf die Seite legte.

„Was wirst du mit mir machen?", fragte sie und ein Schauer lief durch ihren Körper.

„Entspann dich", drängte ich sie und streichelte über ihre nackten Arme.

Ich merkte, dass sie noch nicht ganz bereit für mich war, daher setzte ich mich auf einen der großen Stühle und zog sie auf meinen Schoß. Natürlich saß sie direkt auf meinem Schwanz, was es schwierig machte, nicht gleich in sie einzudringen, aber ich bemühte mich, das zu ignorieren, und wir tranken unseren Champagner. Die Aussicht von hier war fantastisch, ähnlich der von meiner eigenen Villa aus. Die war kleiner als dieses Anwesen hier, aber ebenso opulent. Wir blickten hinunter auf die Stadt. Ich hielt sie auf meinem Schoß und streichelte sanft ihren Körper.

„Bei so einer Aussicht komme ich mir klein vor. Das ist einer der Gründe, warum ich schreibe“, sagte sie, als ich gerade ihre Schenkel spreizte, um ihre nackte Haut zu streicheln. „Ich möchte etwas hinterlassen, eine Geschichte, an die die Menschen sich erinnern.“ Der Glanz in ihren Augen war hinreißend. So sehr ich sie auch anheben und auf meinen Schwanz setzen und vögeln wollte, es machte auch Spaß mit ihr zu reden und über das Leben zu schwafeln.

„Ich glaube, Hollywood ist voller Unsterblicher. Einige werden zur Legende, weil ihre Arbeit unvergesslich ist und auf ewig bewundert wird. Vielleicht wirst du auch eines Tages eine Legende sein, Rey. Ich weiß zumindest, dass sich diese Nacht in meine Erinnerung brennen wird.“ Ich schwafelte, um sie einzuwickeln. Aber dann hielt ich es nicht länger aus und musste endlich meinen Trieben nachgeben.

„Du hast ausgetrunken. Denkst du, ich kann dich jetzt endlich vernaschen, meine Göttin?“ Ich hielt es nicht länger aus, sie nicht einfach auf meinem Schwanz sitzen zu haben.

Ihr Mund öffnete sich und sie hauchte: „Sei sanft mit mir.“

Mehr brauchte ich nicht als Einladung. Ich hob sie in meine Arme wie eine Braut und trug sie ins Zimmer. Ich legte sie auf das Bett, mich daneben und küsste sie leidenschaftlich. Meine Zunge glitt über ihre süßen Lippen und bettelte um Einlass, den sie mir schwer atmend gewährte. Ich glitt hinein, schmeckte sie, während meine Hände endlich ihre keusche Zurückhaltung durchbrachen und ihr das Kleid auszogen. Nun lag sie vor mir, nur noch mit Spitzenunterwäsche bekleidet. Ich streichelte über den seidenen Stoff und legte meine Hand auf ihre Brust. Sie schnappte nach Luft und stöhnte leise in meinen Mund.

Meine Finger spielten mit einer Brustwarze. Sie wurde härter und Rey drängte sich mir entgegen. Ich rieb mich an ihr, ließ meinen Schwanz hart über ihre Haut gleiten. Unser Rhythmus, langsam und sinnlich, steigerte sich zur lustvollen Raserei.

„Du bist umwerfend", flüsterte ich und streichelte wieder ihre erregten Nippel. Ich kniff sanft hinein und sie schrie auf.

„Sin, was tust du da?"

„Ich warte meiner Göttin auf. Da ich dich aus der Sklaverei befreit habe, werde ich dich nun vernaschen." Ich sprach leise und knabberte an ihrer Titte.

Sie bekam eine Gänsehaut, überall. Nachdem ich mit dem ersten Nippel fertig war, wanderte ich zum anderen und knabberte auch daran, bis er vollkommen hart war. Ich hatte nun ihre volle Aufmerksamkeit und lutschte und saugte an ihren zarten Brüsten, kniff mit den Fingern in die Brustwarzen und leckte anschließend darüber. Ihre Pussy rieb sich an meinem Schwanz.

Ich hörte auf sie zu lutschen und befahl ihr, mich anzufassen.

Sie wand sich unter mir und kicherte. Ich klatschte ihr spielerisch auf den Arsch. „Mein Schwanz erwartet dich."

„Ich dachte, ich wäre nicht deine Sklavin." Sie klatschte mir ebenso spielerisch auf den Hintern.

Ich mochte freche Frauen.

„Und du würdest wirklich meinen Schwanz dahinwelken lassen?" Meine Stimme klang dünn und jämmerlich. Ich war ein guter Schauspieler.

Sie erstickte beinahe. „Oh, ich glaube nicht, dass dein Schwanz Gefahr läuft zu verwelken." Sie lachte und ließ ihre Hand langsam über meinen Körper hinabgleiten. „Der piekt mich schon den ganzen Abend." Ihre Finger spazierten über meine Bauchmuskeln und mein Schwanz fing an zu tropfen.

Ich biss etwas stärker in ihre Titte und ließ meine Hand über ihre Muschi gleiten, die bereits tropfnass war. Ich zog die nasse Unterwäsche von ihrer Pussy und glitt mit den Fingern in ihre feuchte Mitte.

„Vielleicht kann ein kleines Vorspiel dich ermutigen." Meine Stimme war rau vor Erregung, während ich mit einem Finger in ihre Nässe eindrang.

Ein Keuchen entrang sich ihrer Kehle, aber ihre Finger ließen sich weiterhin Zeit. „Vielleicht sollte der Schwanz meines dunklen Herrn bleiben, wo er ist, da er so grollt und beißt", tadelte sie. In meinen Ohren klang es wie der Gesang von Sirenen.

„Meine Güte, jetzt nimm ihn endlich in die Hand, bevor ich in meiner Hose komme", knurrte ich, rollte mich auf sie und rieb mich an ihr durch den Stoff meiner Hose.

Sie leckte sich über die Lippen, starrte auf mein maskiertes Gesicht und machte endlich die Beine breit für mich.

Anstatt meinen Schwanz anzufassen, umschlang sie mich mit ihren Armen, glitt mit den Händen hinunter zu meinem Arsch und zog mich fester an sich, um sich mit ihrer Muschi an meinem Schwanz zu reiben. Ich ließ es eine Weile zu und merkte, wie sich meine Eier verkrampften. Ich würde wirklich gleich in meiner Hose kommen.

„Oh nein, so läuft das nicht", zischte ich, nahm ihre Hände und hielt sie neben ihrem Kopf fest. „Da bleiben die Hände jetzt", befahl ich. „Wenn du nicht gehorchst, gibt es eine Strafe." Ich zwinkerte ihr zu.

„Oh, für wen von uns beiden denn, frage ich mich?“ Sie grinste schief.

Ich kniete mich hin und blickte ihr fest in die Augen. „Da meine Göttin das Monster nicht befreien will, werde ich es selber tun. Und sie wird es bereuen.“ Mit einer schnellen Bewegung hob ich ihr Becken an und zog ihr das Spitzenhöschen aus.

Ich erblickte die süßeste Muschi, die ich je gesehen hatte. Das Schamhaar war ordentlich rasiert, ihre Schamlippen waren rosig und höchst erregt. Ich beugte mich vor, küsste ihre Muschi, spielte mit den Lippen und leckte über ihre Klitoris. Ich neckte sie ein wenig, bis sie mich so dringend wollte wie ich sie. Dann öffnete ich meine Hose, befreite meinen Schwanz, der bereits mit Ejakulat tropfte. Sie machte große Augen bei diesem Anblick. Ich war nicht zu groß, aber mein Schwanz war ziemlich dick. Vollkommen hart war er ein beeindruckender Anblick.

Es gab mal ein Wochenende, da war ich mit einem Freund und unseren beiden damaligen Mädels in der Stadt unterwegs. Es war ein kleiner Ort in Wyoming, wo es nicht viel gab außer einem kleinen Lebensmittelhändler, einer Bar, einen Tätowierer und einen Kunsthandel. Wir gingen in die Bar und betranken uns fürchterlich, dann wollten wir uns tätowieren lassen. Ich entschied mich für ein Tribal direkt unter der Gürtellinie. Außerdem ließ ich mir einen Pfeil machen, zwischen dem Daumen und dem Zeigefinger. Der Pfeil sollte mich daran erinnern, immer meine Ziele zu verfolgen, und das Ding über meinem Schwanz fand ich eben einfach sexy.

Sobald ich meine Hose ausgezogen hatte, sah Rey das Tattoo, dass wie ein Fingerzeig zu meinem dicken Schwanz wirkte. Ihr Mund öffnete sich und wandelte sich zu einem breiten Lächeln.

„Natürlich hast du ein Tattoo direkt überm Schwanz“,

neckte sie und glitt mit den Fingern darüber.

„Na na na, ich sagte doch, die Hände bleiben oben.“ Ich klatschte ihr sanft auf die Hüfte.

„Nein, so spiele ich nicht mit.“ Ihr Lächeln wurde breiter, sie fuhr mit der Hand in meinen Nacken und kam mir zu einem Kuss entgegen.

Ihr Kuss war so köstlich und süß. Ihre andere Hand spielte weiter mit meinem Tattoo, berührte dabei aus Versehen meinen Schwengel und brachte mich fast um den Verstand.

„Ich will dich ficken“, knurrte ich ihr ins Ohr.

„Ich will dich auch ficken“, knurrte sie ebenfalls.

Wir lachten beide, sie nahm meinen Schwanz in ihre Hände und verteilte das Ejakulat entlang des harten Schaftes. Sie schob die Vorhaut vor und zurück, was mich vor Lust erschauern ließ. Ich drehte mich um, hockte mich mit dem Schwanz über ihr Gesicht und drängte mein eigenes Gesicht an ihre süße Muschi. Ich leckte ihren Saft auf und spielte mit ihren Schamlippen, dem Höhepunkt entgegen.

Sie leckte an meinem Schwanz, lutschte das Ejakulat von der Eichel. Ich saugte an ihrer Klitoris und leckte an ihrer Pussy auf und ab, bis sie unter mir zuckte und sich aufbäumte. Sie war kurz davor zu kommen, daher drang ich mit der Zunge in ihre Muschi ein und schob sie so tief hinein, wie ich nur konnte. Sie nahm ihrerseits meinen Schwanz in ihren Mund. Wir vergnügten uns, bis wir beide kurz vorm Kommen waren. Ich nahm meinen Mund von ihr, zog meinen Schwanz aus ihrem Mund, drehte mich zu ihr um und nahm sie in die Arme.

„Ich will nicht in deinen Mund kommen“, sagte ich aufrichtig. „Ich will dich solange genießen wie möglich.“ Ich küsste ihre Wange und hatte noch immer den Geschmack ihrer Muschi auf meiner Zunge.

Ihre Beine schlangen sich um mich und sie drängte ihre Pussy an meinen Schwanz. „Ich genieße das auch.“ Ihre Stimme war voller Lust und sie schob sich langsam auf meinen Schwanz. Ich musste nur noch eindringen. Einen winzigen Moment lang war die Größe ein bisschen viel für sie. Aber dann öffnete sie ihre Muschi mit den eigenen Fingern für mich weiter und ich glitt langsam hinein. Sie stöhnte auf. Ihr Körper umfing mich und ihre Pussy übertraf all meine Erwartungen.

„Oh mein Gott, deine göttliche Vagina ist der reinste Himmel“, hauchte ich ihr ins Ohr und begann, sie zu ficken.

Sie konnte nur noch stöhnen, ihr Gesicht war zur Ekstase verzerrt.

Der Orgasmus, den sie beinahe schon an meinem Mund gehabt hatte, war schnell da beim Ficken. Sie erschauerte und erbebte mit mir drin. Während sie noch kam, rammelte ich sie wild. Ich war wie besessen. Ich zog ihre Beine fester um mich und trieb meinen Schwanz so tief in sie wie nur möglich. Sie verzog ein wenig schmerzvoll das Gesicht, aber ich küsste sie über dieses Unbehagen hinweg. Mein Mund beherrschte sie, mein Körper ebenfalls, ich rammte in sie, gierig und ungezügelt.

Ich weiß nicht, was mich ergriffen hatte, vielleicht lag es an den Masken, unseren Spielchen, ihrer Schönheit. Ich wusste es nicht. Aber ich fickte sie hart, bis sich meine Eier zusammenzogen. „Ich werde in dir kommen“, keuchte ich und schoss meine Ladung tief in sie hinein.

Ein weiterer Orgasmus erschütterte sie. „Zieh ihn doch …“, keuchte sie, kaum in der Lage, irgendetwas zu sagen oder zu tun. „Raus“, stöhnte sie, als ich ein letztes Mal in sie stieß und meine Ladung endgültig verspritzte.

Ich blieb noch in ihr, wir atmeten beide schwer. Als der intensive Moment nachließ, hatte ich sofort ein schlechtes

Gewissen, als mir klar wurde, was sie zuletzt gesagt hatte.

„Tut mir leid." Ich zog meinen halb harten Schwanz aus ihr heraus. „Ich hatte eigentlich nicht vor, derart die Kontrolle zu verlieren."

Ich hatte das Thema Verhütung nicht einmal angesprochen oder ihr auch nur Zeit gelassen, etwas dazu zu sagen, bevor ich mich in ihr entlud.

„Ist schon okay", sagte sie lächelnd. Ihre Wangen waren erhitzt und gerötet. „Ich weiß, worauf ich mich eingelassen habe. Ist schon okay. Kein Problem." Sie küsste mich zärtlich.

Ich betrachtete es als Geschenk. Sie vergab mir und übernahm die Verantwortung. „Falls es ein Problem geben sollte, also …" Ich wusste nicht, was ich sagen sollte.

Wenn sie schwanger wurde, hätte ich nicht gewusst, was ich tun sollte. Ich hatte die Absicht, anonym zu bleiben. Ich hatte es versaut.

„Was auch immer passiert, ich kümmere mich selber drum. Ich wollte das hier genau wie du. Ist schon okay." Sie küsste mich erneut und war so sanft und süß. „Das war umwerfend. Danke. Du hattest recht, das vergesse ich mein ganzes Leben lang nicht."

Wir liebten uns noch zweimal in jener Nacht und ich achtete jedes Mal darauf, mich rechtzeitig aus ihr herauszuziehen, bevor ich kam. Wir tranken mehr Champagner, aßen die Erdbeeren auf und genossen unsere Gesellschaft. Wir spielten noch ein wenig unsere Rollen, die gefangene Göttin und ihr geflügelter Retter. Als mich endlich die Erschöpfung einholte, fühlte ich mich warm und wunderbar. Und zwar in einem Ausmaß, dass ich ihr sagen wollte, wer ich war, als sie sich mit ihrem nackten Körper an mich schmiegte, um zu schlafen. Ich wollte mehr von dem, was wir hatten. Ich stellte mir vor, mit ihr auszugehen, um zu sehen, wohin es mit uns führen konnte.

Aber als ich am nächsten Morgen erwachte, war mir kalt und ich fühlte mich leer.

Auf ihrem Platz neben mir lag ein schlichter Zettel, den sie wohl auf dem Tisch gefunden hatte.

„An meinen dunklen Prinzen.

Danke für die Nacht meines Lebens. Ich werde dich nie vergessen und vielleicht niemals wieder jemandem wie dir begegnen. Ich bin sicher, du weißt, wie einzigartig du bist. Sei versichert, dass ich sehr geliebt habe, was wir miteinander teilen konnten. Du hast mich letzte Nacht zur Gänze besessen und ich habe mich dir gern übergeben. Sollten sich unsere Wege jemals wieder kreuzen, werde ich mich dir ebenso gern erneut hingeben. Möge dein Leben voller Magie sein und all deine Träume wahr werden.

In Liebe,

Deine gefangene Göttin."

Die Nachricht brach mir das Herz. Sie war fort.

Kapitel 8 – Reyna

Ein Jahr später

Arianna war das schönste und perfekteste Baby auf der ganzen Welt. Ich konnte es kaum glauben, dass sie wirklich meine Tochter war. Obwohl ich sie bereits drei Monate zuvor zur Welt gebracht hatte, erschien es mir immer noch wie ein Wunder. Ihr Anblick, wenn sie schlief, war so voller Friedfertigkeit und Unschuld. Ihr winziger Körper, die perfekten kleinen Finger mit den winzigen Fingernägeln, das alles erfüllte mich mit Ehrfurcht. Ihre kleinen Füßchen sahen zum Anbeißen niedlich aus. Ich liebte dieses Kind mehr als alles andere auf der Welt.

Es war wieder die Nacht von Halloween. Vor genau einem Jahr hatte ich Arianna mit einem dunklen, mysteriösen Engel gezeugt. Draußen auf der Straße hörte ich Leute rufen und feiern. Ich lebte in einem Apartment in Hollywood, hier gab es keine Kinder, die um Süßigkeiten bettelten, aber eine Menge Millennials hatten sich kostümiert und waren unterwegs, genau wie ich letztes Jahr.

Ich wusste damals, worauf ich mich einließ. Es war meine bewusste Entscheidung, mich ihm hinzugeben, auch wenn ich niemals seine Identität herausfinden würde. Wir waren so leidenschaftlich und im Zauber des Augenblicks gefangen, dass ich nicht eine Sekunde an Verhütung gedacht hatte. Ich ließ es zu, dass er sich in mir ergoss, und es hatte mir gefallen. Zwar hatte ich eigentlich nie geplant, mal alleinerziehende Mutter zu sein, aber als der Arzt mir sagte, ich sei schwanger, war das eben so. Ich hätte es auch nicht anders gewollt.

Als ich zum ersten Mal ihren Herzschlag auf dem Monitor

sah, wollte ich sie, wartete ich auf sie und feierte den Tag ihrer Geburt. Die Liebe zu meinem Kind wurde von nichts anderem übertroffen. Ich wünschte mir nur, ich könnte dem maskierten Fremden für dieses unglaubliche Geschenk danken. Und nun, an Halloween, war ich ganz wehmütig, denn ich musste an diese eine perfekte Nacht mit dem perfekten Fremden denken. Allerdings holte mich die kalte Realität gerade wieder ein, denn ich musste mir einen neuen Job suchen.

Ich hatte ein tolles Kindermädchen, eine nette ältere Nachbarin, die angeboten hatte, sich um Arianna zu kümmern, während ich auf der Arbeit war. Sie war für uns ideal, sie war freundlich, liebevoll und nicht allzu teuer. Jetzt musste ich nur noch einen Job finden und mich dann darauf einstellen, zum allerersten Mal mein Kind allein zu lassen. Ich mochte das Stillen und sie schlief oft bei mir im Bett, aber jetzt war es an der Zeit, Geld zu verdienen. Ich wohnte noch immer mit Charlynn und Melody zusammen, die ebenfalls ganz vernarrt in Arianna waren. Im Augenblick reichten meine Ersparnisse noch, aber nicht mehr für lange.

Ich hatte einem Fremden gestattet, mich zu schwängern. Es war eines der aufregendsten Dinge, die ich je erlebt hatte. Selbst am nächsten Morgen kribbelte mein ganzer Körper noch von unserer Liebesnacht. Ich war ein wenig wund von unseren Aktivitäten, aber es gefiel mir, ein Echo seines Körpers in mir zu spüren. Und ich mochte seinen Geruch auf meiner Haut. Damals ahnte ich es noch nicht, aber als ich ihn am nächsten Morgen verließ, vereinte sich sein Samen bereits mit meiner Eizelle, um Arianna zu erschaffen.

Ich hatte ihm eine kurze Notiz mit einem Abschiedsgruß hinterlassen, denn ich wusste ja, er wollte nur einen One-Night-Stand. Ich hätte es nicht ertragen, wenn er mich vor die Tür gesetzt hätte, daher ging ich, bevor er aufwachte. Anfangs erwartete ich, diese Nacht irgendwann zu bereuen, aber das war niemals der Fall. Es war eine vergnügliche Nacht, die mich zur Mutter gemacht hatte. Der beste Job, den ich je hatte.

Ariannas friedliche und ruhige Natur hatte mir erlaubt, Tag und Nacht zu schreiben, während sie auf meinem Schoß lag und schlief. Ich schrieb auch schon während der Schwangerschaft. Später auch, während ich sie an meiner Brust stillte. Dank der Spracherkennung auf meinem Handy konnte ich diktieren, was mir eine völlig neue Welt öffnete. Ich konnte einfach sagen, was ich in meinem Drehbuch haben wollte, und es erschien schwarz auf weiß auf dem Display.

Arianna und ich würden schon klarkommen. Ich wusste es einfach. Die Kraft, die ich aus der Mutterschaft zog, machte mich erfolgreich. Mein Leben änderte sich, als ich um Thanksgiving herum krank wurde. Ich fühlte mich elend. Meine Periode blieb aus. Anfangs machte ich mir darüber noch keine Gedanken. Aber irgendwie ahnte ich doch, dass der geheimnisvolle Fremde mir ein Kind gemacht hatte.

Ich verdrängte die morgendliche Übelkeit, die überempfindlichen Brüste und die ausbleibende Periode, denn Chris überschüttete mich mit Arbeit. Nach der Halloweenparty fragte er mich, wohin ich denn so plötzlich verschwunden war, und ich sagte ihm, ich sei nach Hause gegangen. Er glaubte mir und meinte, er hätte nur einen Witz gemacht, als er mich aufforderte, mit ihm auf das Zimmer zu gehen. Ich machte ihm klar, dass es andernfalls auch höchst kriminell gewesen wäre.

Allerdings gab Chris mir nach dieser Party doppelt so viel Arbeit. Wenn ich nicht gerade kopflos herumirrte, musste ich seinen plumpen Annäherungsversuchen aus dem Weg gehen. Offenbar hatte es ihn ziemlich geärgert, dass ich ihn auf der Party hatte stehen lassen, denn er ließ nicht locker.

„Reyna!“, schrie er aus seinem Büro. „Komm her!“

Wenn er so brüllte, war es klüger, sich zu beeilen. Also schnappte ich mir einen Notizblock und flitzte in sein Büro.

„Ja.“ Ich lächelte und bemühte mich um einen lockeren Ton, obwohl ich mich am liebsten übergeben hätte.

„Ich will wissen, wie dir diese Unterwäsche gefällt. Ich habe sie neu gekauft und weiß nicht, ob sie mir steht. Ich habe überlegt, ob ich meine alten Sachen alle wegschmeiße und nur noch diese trage, weil … mein Schwengel sieht darin größer aus, oder?“ Er schob sich die Hose bis zu den Knien herunter und präsentierte mir seine Unterhose. Sein halb erigierter Schwanz drängte gegen den Stoff, gierig und lüstern.

Ich rollte mit den Augen und tat, als sei ich einfach nur angenervt. „Zieh die Hose hoch, Chris. Es ist mir vollkommen egal, was du für Unterwäsche trägst.“

„Und mir ist es egal, ob es dir egal ist. Ich will nur wissen, ob mein Schwanz darin dicker aussieht. Vielleicht solltest du ihn mal anfassen, um dir ein genaueres Bild von seiner Größe zu machen. Und das inspiriert dich vielleicht dazu, es mir mit der Hand zu besorgen.“ Ich schaute ihn aus schmalen Augen finster an, was ihn zum Lachen brachte.

„Um Himmels willen, ich verlange von der prüden Reyna doch nicht einmal, dass sie auf die Knie geht und es mir mit dem Mund besorgt.“ Er lachte weiterhin und tat, als sei das alles nur ein Scherz. „War nur ein Witz. Bei den großen Augen, die du gerade machst, muss ich annehmen, dass die Unterhosen den gewünschten Effekt haben. Ich schmeiße die alten weg und kaufe noch mehr von diesen. Außerdem werden wir beide heute Abend Überstunden machen müssen. Ich habe die Aufnahmen von Madhouse Mayhem bekommen. Du wirst aufschreiben, was ich anzumerken habe.“

Ich hasste es, mit ihm Überstunden zu machen, aber ich konnte wohl kaum ablehnen. Immerhin wurde es entsprechend entlohnt.

„Na gut." Wieder rollte ich mit den Augen, drehte mich um und ging.

Wir bestellten später Essen von einem teuren Restaurant und er redete davon, eine private Produktionsfirma in der Pornobranche zu gründen. Er war in jeder Hinsicht ein Wichser. Natürlich würde er Geschäfte machen wollen in einem Bereich, in dem Frauen ausgebeutet wurden. Ich war mir nicht sicher, ob er es ernst meinte, aber es war mir auch egal. Als ich meine Augen schon fast nicht mehr aufhalten konnte, sah er sich endlich die Filmaufnahmen an. Bis zwei Uhr in der Frühe arbeiteten wir. Er bot mir an, mich nach Hause zu bringen, aber ich war mit meinem Wagen da, also lehnte ich ab.

„Okay, bevor du gehst, wäre da noch eine Sache." Mit einem lüsternen Gesichtsausdruck näherte er sich mir und presste seinen Mund auf meinen. Gleichzeitig schob er mit seiner Hand unter das Shirt und fummelte an meinen Brüsten herum. Ich war so schockiert, dass ich einen Hustenanfall bekam. Mir war ohnehin übel wegen der Schwangerschaft, daher war es nicht verwunderlich, dass ich mich auf einmal übergeben musste. Über ihn. Und nicht wenig. Geschah ihm nur recht. Er war stocksauer, aber was hätte er schon sagen können? Ich war geradezu dankbar, dass ich mich übergeben musste, denn wer konnte schon ahnen, wie diese Begegnung sonst ausgegangen wäre?

„Wie kannst du es wagen! Du Monster!", quetschte ich hervor, nachdem das Schwindelgefühl nachgelassen hatte. „Das kannst du schön selber aufwischen, du Arschloch. Ich gehe nach Hause." Und damit ließ ich ihn einfach stehen.

Ich nehme an, er war selbst so schockiert, dass er gar nicht daran dachte, mir nachzulaufen, was mich sehr erleichterte. Wir haben nie ein Wort darüber verloren und es ist nie wieder zu so einem Vorfall gekommen. Wir taten einfach so, als sei das nie passiert. Bis meine Schwangerschaft nicht mehr zu übersehen war.

Eines Morgens kam er ins Büro und direkt zu mir an den Schreibtisch. „Du siehst seit einiger Zeit ziemlich fett aus, Rey. Was trägst du denn für Klamotten? Das sieht aus wie Zelt.“ Sein angewiderter Gesichtsausdruck war lächerlich.

Ich sah gar nicht so schlimm aus. Ich achtete auf mein Gewicht, ernährte mich gesund und trieb Sport. Aber irgendwann war Arianna eben nicht mehr zu übersehen. Ich wusste, dass es ein Mädchen werden würde, und nannte sie Arianna nach meiner Großmutter, die einige Jahre zuvor gestorben war. Ihr Name war Arianne gewesen, also dachte ich, Arianna wäre eine nette Geste. Ich hatte ohnehin vor, allen zu sagen, dass ich bald Mutter wurde, aber Chris kam mir zuvor.

„Du bist doch nicht etwa schwanger, oder? Nicht meine kleine Prüde? Das wäre echt dreist. Mir vormachen, keinen beiläufigen Sex haben zu wollen und dann … bang. Du trägst keinen Ring am Finger, also …“ Er starrte mich an.

Dieses Mal machte er keine Witze, sondern war voller Hass. Es konnte ihm doch egal sein. Ich war nur eine Aushilfe. Ich hatte in der Personalabteilung schon Bescheid gegeben, aber den anderen wollte ich es erst später sagen. Ich trug weite Kleidung und hörte meditative Musik an meinem Tisch. Die Kollegen nahmen an, ich hätte nur den neuesten Trend in Hollywood aufgegriffen, denn das war gerade sehr angesagt. Mir gefiel es einfach.

Die Personalabteilung war sehr hilfsbereit gewesen mit den ganzen Formularen für den Mutterschutz. Ich war zwar eine Aushilfe, aber auch ich hatte Anspruch auf eine

Krankenversicherung und Mutterschutz. Ich hatte einiges an Geld gespart und würde eine Weile über die Runden kommen. Ich musste nur meine Ausgaben strikt im Auge behalten.

„Es ist wirklich nicht nett, Frauen als fett zu bezeichnen, Chris“, sagte ich und er schlug vor mir auf den Tisch.

„Wir essen in meinem Büro. Ich habe eine Telefonkonferenz und ich will, dass du meine Anmerkungen notierst.“

Drecksack. Ich konnte es nicht leiden, wenn er mir meine Mahlzeiten versaute. Erst recht, seit ich für zwei aß. Wenn er sagte, wir würden in seinem Büro essen, bedeutete das im Allgemeinen, dass er aß, während ich arbeitete. Hinterher schaufelte ich mir zwischen diversen Telefonaten schnell etwas in den Mund. Ich musste mich daran erinnern, dass es ja nur noch ein paar Monate so weiterging.

Ich ging also in sein Büro, setzte mich ihm gegenüber und er starrte mich an. „Wir werden nicht arbeiten“, sagte er schlicht.

„Okay?“ Ich musterte ihn nervös.

„Schau mir in die Augen und sag mir, dass du nicht schwanger bist“, verlangte er mit wütendem Blick.

„Kann ich nicht.“ Ich blickte hinunter auf meine nervösen Hände.

„Dachte ich es mir doch.“ Seine Stimme klang giftig und wütend. „Wer hat dich denn besamt?“ Seine Ausdrucksweise ließ mich immer wieder infrage stellen, wie er es in diesem Geschäft so weit hatte bringen können.

Ich blickte auf und starrte ihn an. „Das geht dich einen Dreck an.“

„Wenn du dich wie eine Nutte aufführst, geht mich das sehr wohl etwas an. Was du in deiner Freizeit machst, wirkt sich auch auf unser Geschäft aus." Das ausgerechnet aus seinem Mund.

„Im Ernst? Und dein unterirdisch schlechter Ruf, alles anzubaggern und anzugrapschen, was nicht bei drei auf den Bäumen ist, macht sich gut bei den Verkaufszahlen?" Elender Heuchler. „Ich bin keine Nutte. Und es ist widerlich, anzunehmen, ich würde es für Geld machen, nur weil ich mich entschieden habe, Mutter zu werden." Ich blickte ihn finster und vorwurfsvoll an.

„Tja, wenn du mit mir gefickt hättest, hätte ich schon dafür gesorgt, dass du nicht schwanger wirst."

Der Typ war ja total irre.

„Ich hätte im Leben nie mit dir gevögelt, Chris, das weißt du ganz genau."

„Offenbar denkt der Vater des Kindes ja dasselbe auch über dich. Ich habe hier keinen Mann gesehen, der um dich herumscharwenzelt. Außer die üblichen Assistenten, die an dir kleben. Hast du dich etwa mit einem Kollegen eingelassen?" Er grinste teuflisch. „Dir ist klar, dass das eine Kündigung nach sich zieht?"

„Wieso? Nur weil ich schwanger bin? In der Personalabteilung weiß man längst Bescheid. Du kannst mich nicht feuern, nur weil ich ein Kind bekomme, das ist gegen das Gesetz." Wenn ich diesen Typen deswegen vor Gericht zerren konnte, würde ich es sofort tun.

„Ich wäre durchaus bereit, über die Sache hinwegzusehen." Er war wieder sein übliches lüsternes Selbst. „Meine Frau habe ich noch gefickt, selbst als sie schon im achten Monat war."

„Vergiss es", sagte ich und stand auf.

„Wenn du jetzt gehst, brauchst du nicht wiederzukommen und deine Karriere ist beendet. Ich nehme an, die ist dir ohnehin nicht so wichtig. Denn du hast ja deine Zukunft schon weggeschmissen in dem Moment, als du für irgendjemanden die Beine breit gemacht hast, um dich schwängern zu lassen. Wer hätte das gedacht, dass Fräulein Prüde einen Schwanz abbekommen hat?“ Er schüttelte ungläubig den Kopf. „Nur damit du es weißt, ich schmeiße dich nicht raus, weil du schwanger bist. Sondern weil du zu viele Pausen machst und ich deine volle Arbeitskraft brauche. Ich kann es mir nicht leisten, dich in den Mutterschutz zu lassen. Ich brauche so schnell wie möglich eine Nachfolgerin, die eingearbeitet werden muss. Das werde ich der Personalabteilung mitteilen. Im Gegenzug erhältst du eine kleine Abfindung, damit du mit deinem Balg nicht auf der Straße sitzt. Gern geschehen.“

Ich starrte ihn an. Tränen stiegen mir in die Augen. „Ich hoffe, du entdeckst eines Tages noch dein Herz, Chris. Du hast es dringend nötig.“ Ich ging hinaus, nahm meinen Mantel und eilte zum Auto.

Ich blieb auf dem Parkplatz und heulte stundenlang. Es war weniger die Tatsache, dass ich meinen Job verloren hatte, denn in ein paar Monaten hätte ich ohnehin aufgehört. Ich heulte, weil seine Worte zwar fies gewesen waren, aber auch den Tatsachen entsprachen. Ich hatte mir das selbst zuzuschreiben. Ich war nach einem One-Night-Stand schwanger geworden. Von einem Mann, den ich nicht kannte und auch nie ausfindig machen würde. Wenn er mich hätte finden wollen, wäre das kein Problem gewesen, denn er wusste ja, dass ich für Chris arbeitete. Aber er hatte es offenbar nicht versucht, also war ich auf mich allein gestellt.

Ich hegte den vagen Verdacht, dass Ariannas Vater Dragon Kensington war, der Sohn des berühmten Dirk Kensington. Er war der Hauptdarsteller im Film Der Dunkle gewesen und drehte derzeit einen zweiten Teil. Ich hatte den Film einige Male angeschaut und glaubte, etwas Vertrautes in ihm zu erkennen. Allerdings trug er kein Tattoo auf der Hand. Vielleicht hatte er das nach dem ersten Film machen lassen, wer konnte das schon sagen. Ich sah mir den Film wieder und wieder an, denn er erinnerte mich an den dunklen Prinzen und unsere unglaubliche gemeinsame Nacht.

Wenn er Ariannas Vater war, sollte er es niemals erfahren. Ich würde dieses Geheimnis mit ins Grab nehmen. Er wollte mich offenbar nicht, also würde ich allein klarkommen. Ich hatte Freunde und ein tolles Kind. Mehr brauchte ich nicht. Das sagte ich mir jeden Tag. Ich wiederholte es so oft, dass ich es beinahe selbst glaubte.

Am nächsten Tag ließ Jen aus der Personalabteilung mich früh am Morgen ins Büro kommen, damit ich meine Sachen abholen konnte. Ich sagte ihr Wort für Wort, was Chris mir an den Kopf geworfen hatte. Auch wenn ich nur eine Aushilfe war, die man jederzeit entlassen konnte, so wollte ich doch, dass bekannt wurde, was er gesagt hatte. Sie meinte, er wäre kriminell. Ich sollte ihn verklagen. Sie konnte es nicht tun, denn sie hatte keine Beweise. Es gab zwar überall Kameras, aber nicht in seinem Büro, auf seine eigene Anweisung hin. Wenn ich keine Aussage machte, blieb es nur ein Gerücht. Ihr Blick drängte mich, es zu tun.

Ich war aber mit der Gesamtsituation so überfordert, dass ein gerichtlicher Streit mit Chris einfach zu viel war. Ich war erleichtert, endlich frei zu sein, mehr wollte ich nicht. Jen tat finanziell für mich, was sie konnte, und ich war ihr dankbar dafür. Auf diese Weise würde ich eine Weile auskommen, bevor ich mir einen neuen Job suchen musste.

Alles war so weit in geordneten Bahnen. Jetzt brauchte ich nur noch einen Job. Mit Jen blieb ich auch nach meinem Weggang befreundet. Ich sagte ihr, dass ich nun wieder auf Jobsuche war, und sie hatte etwas gehört von einer Anstellung für eine unabhängige Produktionsfirma.

Jen meinte, es wäre eine Assistentenposition für einen sehr gut aussehenden Mann, der aber ein strenger Boss sein konnte. Er hatte wohl Affären, benahm sich aber anständig dabei. Ich war nicht überzeugt, ob ich wieder einen dominanten Chef haben wollte, aber Jen versicherte mir, in diesem Fall sähe die Sache ganz anders aus.

Kapitel 9 – Sinclair

Ich hatte keine Lust mehr auf weitere Bewerbungsgespräche. Die meisten der Bewerberinnen waren ausreichend qualifiziert. Jede einzelne von ihnen hätte den Posten Assistentin der Geschäftsleitung besetzen können. Einige waren sogar mehr als überqualifiziert. Aber dennoch tat ich mich schwer, die richtige Person auszuwählen. Meine letzte Assistentin war gut, umwerfend und hatte nun eine Rolle in einer Fernsehserie ergattert.

Ich freute mich für sie, denn das war es, was sie eigentlich machen wollte. Ich war stolz darauf, jemandem auf die Karriereleiter geholfen zu haben. Streng genommen suchte ich also niemanden, der für immer nur Assistent bleiben wollte. Ich brauchte jemanden, der sich den Arsch aufreißen würde, um von hier aus Karriere zu machen. Ich verlangte nach Perfektion, aber auch nach Kreativität und Spaß. Jede einzelne der bisherigen 20 Bewerberinnen hätte den Job ausfüllen können, aber keine brachte die gewünschte Kombination mit. Daher hatte ich nur wenig Lust auf das letzte Vorstellungsgespräch dieses Tages.

„Dein Drei-Uhr-Termin ist jetzt da", sagte die niedliche Empfangsdame, als sie die Tür öffnete und eine junge Frau in mein Büro ließ.

Ich hätte die Empfangsdame als meine Assistentin eingestellt, aber sie hatte darauf bestanden, sie nicht als Bewerberin dafür zu betrachten. Sie wollte einen schlichten Job, denn sie war im letzten Studiensemester und benutzte den Job als Grundlage für die Finanzierung. Sie interessierte sich nicht einmal für Filmproduktionen. Kaum vorstellbar in meinen Augen.

„Ich kann mich nicht gleichzeitig um deine Bedürfnisse und um mein Studium kümmern“, hatte sie mir gesagt. „Das würde mich überfordern. Außerdem will ich lieber in einer Finanzabteilung arbeiten. Kreative Leute machen mich ganz nervös.“

Eigentlich hätte ich darüber eingeschnappt sein müssen, aber ich war es nicht. Ich verstand durchaus, was sie meinte. Es gab Tage, da kam ich kaum selbst mit mir zurecht oder mit den kreativen Kollegen in der Firma.

Als ich schließlich von dem Skript, das ich las, aufsah, bemerkte ich als Erstes ihre wohlgeformten Beine. Mein Blick wanderte über ihr graues, körperbetontes Kleid zum Anzugjackett. Sie war absolut umwerfend. Ihre Augen waren ein dunkles Schokobraun und ihre vollen, sinnlichen Lippen schrien geradezu danach, geküsst zu werden. Sofort hatte ich wieder Bilder vor Augen von meiner unbekannten, maskierten Göttin letztes Halloween.

Ihre Schönheit war unverkennbar. Es war vollkommen ausgeschlossen, sie nicht wiederzuerkennen, selbst ohne Maske. Ich war froh, dass sie die Maske damals nicht abgenommen hatte, denn sonst wäre ich zum absoluten Biest geworden. Sie hatte einen tiefen Eindruck hinterlassen, in meine Seele gebrannt. Ich wusste, dass sie für Christopher Regent arbeitete, aber ich versuchte nicht, Kontakt aufzunehmen. Sie hatte mir eine kurze Notiz hinterlassen und war gegangen. Ich wollte sie nicht wiedersehen, denn ich befürchtete, dass die Realität niemals so gut sein könnte wie unsere Fantasie. Außerdem legte sie sicher keinen Wert darauf, einen weiteren Filmproduzenten an der Backe zu haben, der mit ihr in die Kiste steigen wollte.

Es war genau ein Jahr und einen Tag her, aber anstatt sie zu vergessen, war ich geradezu besessen von ihr. Schließlich googelte ich Christophers Firma, um sie ausfindig zu machen, aber das Ergebnis war gleich Null. Ich fand ein paar Fotos im Internet, von denen ich annahm, dass sie es vielleicht sein könnte, aber sie waren unscharf und aus großer Distanz aufgenommen. Ich hatte auch erwogen, ihn einfach anzurufen, um ein paar Projekte zu besprechen. Aber so, wie die Halloweenparty gelaufen war, ging ich davon aus, dass sein Angebot nicht mehr auf dem Tisch lag. Daher rief ich ihn nie an. Nachdem ich eine Nacht mit seiner Assistentin verbracht hatte, wollte ich mit ihm nichts mehr zu tun haben. Ich ging davon aus, dass er das ebenso sah, nachdem ich sie ihm vor der Nase weggeschnappt hatte.

Die Frau vor mir zeigte die gleiche Eleganz und Anmut wie meine maskierte Geliebte. Ich konnte natürlich nicht ganz sicher sein, dass sie es tatsächlich war, aber ich hoffte es. Es würde sich zeigen, ob sie ebenso scharfzüngig und schlagfertig war.

„Kommen Sie herein und setzen Sie sich“, sagte ich, stand auf und deutete auf den Stuhl vor mir.

„Danke.“ Sie setzte sich mir gegenüber.

Der Anblick ihrer dunkelbraunen Augen ließ mein Herz rasen. Mein Mund war trocken, ich musste schwer schlucken. Sie war ihr so ähnlich. Hinreißend, einfach umwerfend. Zum ersten Mal warf ich einen Blick auf ihre Bewerbung vor mir auf dem Tisch.

„Alicia Reyna Sandoval.“ Ein langer, majestätischer Name. „Erzählen Sie mir ein wenig von sich.“ Ich lächelte sie an und setzte mich aufrecht hin.

Ich hatte das Bewerbungsschreiben nicht einmal gelesen. Die Gespräche hatten mich so gestresst, dass ich keine Lust mehr gehabt hatte, mir dieses auch noch anzuschauen. Als sie nun zu sprechen anfing, gefror mir sofort das Blut in den Adern.

„Nun, meine letzte Anstellung hatte ich als Assistentin von Christopher Regent.“ Ihre weiche, sinnliche Stimme ging mir durch Mark und Bein.

Sie lächelte unschuldig und verführerisch gleichermaßen. Sie machte das nicht absichtlich, aber sie war die pure Verführung.

Alicia … Reyna … Rey … der Spitzname der Göttin war Rey.

„Ja, das sehe ich hier in der Bewerbung. Aber da ist eine Lücke von ein paar Monaten?“ Es war eine gemeine Frage, aber ich wollte es einfach wissen. Hatte er sie gefeuert? Hatte er seine Drohung wirklich wahr gemacht? Der Zeitraum passte nicht, aber irgendetwas stimmte nicht. Sie hatte bis März gearbeitet und nun hatten wir Anfang November.

„Ich habe eine kleine Auszeit genommen, um mich um persönliche Dinge zu kümmern. Aber jetzt bin ich bereit, mich wieder kopfüber in die Arbeit zu stürzen. Jenna McIntyre, die Leiterin der Personalabteilung bei Regent Pictures, hat mir diese Stellung hier vorgeschlagen, weil Sie jemanden suchen, der sich in der Filmindustrie auskennt, vor allem auch mit unabhängigen Produktionsfirmen. Ich bin also genau, was Sie suchen.“ Sie strahlte und meine Eier zogen sich zusammen.

„Werden Sie üblicherweise Alicia gerufen?“ Ich war kurz davor zu sabbern.

„Ähm …“ Die Frage schien sie ein wenig aus dem Gleichgewicht zu bringen. „Eigentlich eher Reyna. Meine Mutter heißt Alicia und daheim lief es ein wenig … nun ja … also, mein mittlerer Name wäre mir lieber. Eigentlich nennen mich alle Rey.“ Ihr Blick wanderte hinunter zu meiner Hand und dem Tattoo. Ihre Augen weiteten sich und ihr Atem ging flach. „Sinclair … Sin?“, flüsterte sie.

Da war klar, dass sie es war. Meine maskierte Göttin, meine Muse. Mein Körper war so angespannt und sexuell aufgeladen. Ich musste es einfach tun. Ich musste die Frage loswerden.

„Hat er dich gefeuert, wegen letztem Halloween? Hat er seine Drohung wirklich wahr gemacht?"

Sie schluckte schwer. Unsere Blicke trafen sich. Einen Moment lang sah sie mich einfach schweigend an.

„Tut mir leid, ich hätte das nicht fragen sollen."

„Nein." Offenbar war sie zu schockiert, um mehr sagen zu können.

Ich wollte sie nicht überfordern, aber ich konnte auch nicht meinen Mund halten. „Ich wollte dich finden."

„Ich … ich dachte, genau das wolltest du nicht." Ihre Unterlippe zitterte und sie war blass wie die Wand geworden.

„Du bist für den Job wahrscheinlich überqualifiziert." Ich lachte und versuchte, die Stimmung ein wenig zu lockern. „Ich würde dich sofort einstellen, aber …"

Sie holte tief Luft. „Soll ich lieber wieder gehen?" Ihr Blick verschleierte sich und sie sah aus, als würde sie gleich anfangen zu weinen.

„Nein, nein … Himmel, nein. Es ist nur …" Mir fehlten einfach die Worte. „Möchtest du gehen?" Ich musste irgendetwas unternehmen. Aber sie verwirrte mich einfach.

„Nein, möchte ich nicht." Sie lächelte schwach und mit sichtlichem Unbehagen.

„Meinst du, wir kriegen es hin, miteinander zu arbeiten?" Während wir uns um einen normalen Ton bemühten, fiel es mir sehr schwer, mich nicht einfach quer über den Tisch auf sie zu stürzen und gleich hier auf dem Teppich zu vögeln.

„Ich denke schon, ja. Wir könnten es zumindest versuchen." Sie schluckte schwer und rang nach Luft. „Ich kann nicht glauben, dass du es bist“, sagte sie leise.

Ich stand auf und ging zu ihr. „Ich kann es auch nicht glauben, aber ich bin froh darüber.“ Ich reichte ihr meine Hand und zog sie vom Stuhl hoch. „Du hast die Stelle, meine Göttin. Soll ich dir alles zeigen?“ Ich hatte wieder alles unter Kontrolle.

„Das wäre nett.“ Das Leuchten kehrte auf ihr Gesicht zurück. Ich legte einen Arm um ihre Hüfte und zog sie an mich, froh, dass die Tür zu meinem Büro kein Fenster hatte.

„Es wird mir sehr schwerfallen, dir zu widerstehen“, flüsterte ich in ihr Ohr. „Aber das werde ich. Ich überlasse es dir. Hier im Büro bin ich der Boss. Aber außerhalb der Firma hast du das letzte Wort, wie es laufen wird. Wenn du weiter erkunden willst, was wir angefangen haben, dann bin ich dabei. Wenn du einfach nur für mich arbeiten willst, dann akzeptiere ich das.“ Ich ließ sie los und lächelte sie aufrichtig an.

„Ich hätte bitte gern ein Glas Wasser.“ Sie sah aus wie ein Reh, dass völlig gelähmt in die Scheinwerfer eines Autos starrte, weiß wie die Wand, dann sank sie in meine Arme. Ich öffnete die Tür und rief nach der Empfangsdame, um etwas Wasser zu bringen. Dann trug ich Reyna zur Couch.

„Was hast du mit ihr angestellt, Sinclair?“, fragte die Empfangsdame in vorwurfsvollem Ton.

„Muss wohl Lampenfieber sein“, log ich.

Sie fächerte Reyna Luft zu und Ken, vom Büro nebenan, brachte feuchte Papiertücher und legte sie ihr auf die Stirn. Ich machte mir ernsthaft Sorgen, denn sie kam nicht wieder zu sich.

„Na toll. Du musst wirklich aufhören, die Leute so anzumaulen, Sinclair“, tadelte die Empfangsfrau.

„Ich habe sie nicht angemault, ich war freundlich.“

Sie schaute mich ungläubig an. Alle standen herum und

starrten. Nach etwa fünf Minuten kam Reyna wieder zu sich. Ich hielt ihr das Glas an die Lippen. Sie trank und die Farbe kehrte wieder in ihr Gesicht zurück. Die Krise war vorbei. Aber die Empfangsdame, Ken und meine vorübergehende Aushilfe Christina blieben noch einen Moment.

„Okay, sie sieht wieder normal aus“, sagte ich und bedeutete den anderen mit einer Handbewegung, dass sie nun gehen könnten. „Ich komme schon klar, danke.“

„Na schön.“ Ich konnte Kens abfälligen Ton hören. „Ich hoffe, du stellst sie ein. Sie ist umwerfend.“

„Offensichtlich.“ Niemand verstand meinen Scherz. Ich konzentrierte mich wieder auf Reyna. „Alles in Ordnung?“, fragte ich und wischte ihr eine nasse Haarsträhne vom Gesicht.

Ihre Haut war feucht und kalt.

„Mir geht’s gut danke“, erwiderte sie leise.

Sie machte den Eindruck, als sei sie entrückt, verloren und allein.

„Sicher? Du bist gerade ohnmächtig geworden. Fühlst du dich wirklich in Ordnung?“ Ich hatte noch nie gesehen, dass jemand ohnmächtig wurde, und wusste auch nicht, wodurch so etwas ausgelöst werden konnte. Ich nahm an, es war die Aufregung.

„Nein, es geht mir schon wieder besser. Ich denke … es lag sicher an dem Schock, dass du … tut mir leid. Ich werde wohl besser gehen.“

Ihr Gesicht fiel in sich zusammen. Sie sah so zerbrechlich und klein aus. Ich wollte sie in meine Arme nehmen und für den Rest meines Lebens lieben. Absolut lächerlich. Ich war von ihr besessen. Aber ich ging davon aus, dass diese Besessenheit irgendwann nachlassen würde und damit auch meine Liebe. Aber ich wollte es wenigstens einmal erleben. Ich fühlte mich von einer unbekannten Macht getrieben. Es machte mich irre.

„Ich möchte dich dennoch einstellen, trotz dieses kleinen Missgeschicks.“ Ich bot ihr erneut das Glas Wasser an.

„Im Ernst?“

„Ja.“ Ich widerstand der Versuchung, ihre blassen Lippen zu küssen.

„Danke, Mr. Harris.“ Ihre Stimme war dünn und unsicher.

„Moment mal, nenn mich Sinclair. Ich bin ungern Mr. Harris. Ich sage es lieber ganz direkt. Es nützt nichts, die Dinge zu beschönigen. Ich weiß, dass du bei Christopher einiges durchgemacht hast. Ich verspreche, nie meine Position auszunutzen. Wenn du unsere gemeinsame Nacht nie wieder erwähnen oder wiederholen willst, dann ist das so. Ich weiß, dass das eine unangenehme Lage für dich sein kann.“

Bei der Erwähnung von Christophers Namen sank sie noch mehr in sich zusammen. „Ist in Ordnung. Ich möchte hier arbeiten. Es ist nur … ich will aber nicht …“ Sie stammelte hilflos herum.

„Sag es einfach, Rey. Das ist in Ordnung. Ich werde das nicht negativ auslegen.“ Die Ärmste zitterte vor Aufregung.

Das war nicht die selbstbewusste Frau, die ich an Halloween gefickt hatte. Irgendetwas war vollkommen verändert. War sie gar nicht die schlagfertige, sexy Frau, die ich getroffen hatte? War das damals alles nur gespielt gewesen? Vielleicht hatte die Maske ihr das nötige Selbstvertrauen gegeben. Nun hatte sie vielleicht Zweifel. Ehrlich gesagt war mir das egal. Allein die Aussicht, sie jeden Tag zu sehen, gab mir einen Steifen. Das vor ihr zu verbergen, wäre eine ziemliche Herausforderung, daher verstand ich durchaus, dass sie Zweifel hatte, was unsere gemeinsame Arbeit anging.

„Nun, du bist für die Stellung hochqualifiziert", beeilte ich mich zu sagen.

„Aber … was ist mit … uns? Bist du sicher? Wir müssen nicht noch einmal … mein Gott. Es war nur für eine Nacht, ich weiß. Verstehe ich." Sie war so nervös, ich machte mir ernsthaft Sorgen um sie.

„Ist schon okay. Ich freue mich, wenn du hier arbeitest. Was das andere betrifft: Warten wir es doch einfach ab, wie es sich entwickelt." Ich lächelte sie ermutigend an.

„Okay." Ihre Züge entspannten sich, sie wirkte erleichtert.

„Kannst du morgen schon anfangen?" Ich wollte eigentlich, dass sie sofort anfing, aber es war wohl nicht vernünftig, das jetzt von ihr zu verlangen.

„Das ginge", sagte sie leise.

Ich holte ihre Sachen, informierte die Personalabteilung, dass ich jemanden eingestellt hatte, und sah ihr nach, als sie mein Büro verließ. Als ich beim Nachmittagsmeeting den anderen mitteilte, dass ich die Frau angeheuert hatte, die ohnmächtig geworden war, reagierten alle schockiert.

Kapitel 10 – Reyna

Von allen Menschen auf der Welt muss ich ausgerechnet ihm beim Bewerbungsgespräch begegnen. Ich hatte keine Ahnung, wie ich die Nummer durchziehen sollte, und hätte ihn beinahe angerufen, um abzusagen. Stattdessen entschied ich mich, nur von einem Tag zum nächsten zu denken. Ich fand ihn immer noch so unglaublich attraktiv, eigentlich noch mehr ohne die Maske. Er hatte diese unglaublichen grünen Augen und das helle Haar. Das kantige Gesicht … Er sah aus wie ein Model aus der GQ, so unfassbar sexy. Ich hatte keine Ahnung, was ich machen sollte. Ich war so durcheinander.

Ich sah die Ähnlichkeit mit Arianna, sie hatte seine wunderschönen Augen. Aber das konnte ich ihm nicht sagen. Ich wollte kein Geheimnis draus machen, aber mir blieb keine andere Wahl. Eines Tages würde sich vielleicht der richtige Moment ergeben, es ihm zu sagen, aber jetzt musste ich mich erst einmal auf die Arbeit konzentrieren und durfte nicht zulassen, dass er mir so unter die Haut ging. Leugnen war wohl das Beste. Nun, vielleicht nicht das Beste, aber ich wollte es damit zunächst versuchen.

Als ich heimkam zu Arianna und ihr süßes Gesicht sah, flogen all meine Zweifel davon.

„Wie war sie heute, Mrs. Effleman?“, fragte ich, als ich meine Tochter auf den Arm nahm.

„Sie ist der süßeste Engel.“

„Sieht aus, als hätte ich den Job bekommen. Da könnten eine Menge Überstunden auf mich zukommen. Wäre das okay für Sie?“ Ich wollte sie als Babysitter nicht verlieren. Es war mir klar, dass mein Leben ab sofort ziemlich verrückt werden würde mit dem neuen Job und ausgerechnet meinem maskierten Fremden als neuem Boss.

„Es macht so viel Spaß, auf sie aufzupassen. Ich bin da, wann immer Sie mich brauchen. Sie wissen ja, wo Sie mich finden. Und wenn Sie mal über Nacht wegbleiben wollen, wäre das auch kein Problem.“ Sie lächelte freundlich und liebenswürdig, aber das Thema behagte mir gar nicht.

„Ich kann auch eine meiner Mitbewohnerinnen nachts um Hilfe bitten. Ich will mich Ihnen nicht ständig aufdrängen. Außerdem gehe ich nicht davon aus, dass ich mich des Nachts irgendwo vergnüge.“ Ich war mir ziemlich sicher, bei diesen Worten rot geworden zu sein.

„Sie sind eine wunderbare junge Frau, Sie sollten nicht auf jeglichen Spaß verzichten oder auf ein Privatleben. Ich kümmere mich schon um den süßen Fratz. Ich sehe doch, dass Sie eine gute Mutter sind. Ich würde Ihnen da sicher keine Vorwürfe machen.“ Ihr Lächeln war aufrichtig und wärmte mir das Herz.

„Ich werde sicher darauf zurückkommen. Danke nochmals für heute.“ Ich küsste Ariannas Kopf.

„War mir ein Vergnügen. Und wann geht die Arbeit los?“ Wir gingen hinaus auf den Flur und rüber zu meiner Wohnung.

„Morgen um neun.“ Ich bemühte mich um ein zuversichtliches Lächeln.

„Dann hole ich Arianna um acht ab“, sagte sie.

„Perfekt.“ Ich öffnete meine Wohnungstür.

„Bis morgen, meine Kleine“, sagte sie und küsste Arianna auf die Stirn. „Bis morgen, Reyna.“

„Danke noch mal, Mrs. Effleman.“ Sie lächelte und kehrte zurück in ihre Wohnung. Arianna und ich hatten einen kurzen

Moment für uns allein, bevor meine Mitbewohnerinnen von der Arbeit heimkamen.

„Tja, Schatz“, sagte ich, schloss die Tür und setzte mich mit Arianna auf die Couch, um sie zu stillen. „Mama ist ein wenig unsicher, wie es weitergehen soll, aber solange wir einander haben, wird sich alles andere schon irgendwie finden.“

Das sagte ich zwar, aber sicher war ich mir da nicht. Ich war derart nervös, dass ich Magendrücken bekam. Worauf hatte ich mich da nur eingelassen?

Als Charlynn nach Hause kam, saß ich mit Arianna im Arm auf dem Sofa und las ein Buch.

„Und?“, fragte Charlynn leise. „Wie ist es gelaufen?“

Ich lächelte schief und spürte, wie sich in meinem Bauch zahllose Schmetterlinge auf den Weg machten. „Ich habe den Job.“

„Ich wusste es. Und daher …“, sie zog eine Flasche Chardonnay aus ihrem Beutel, „… habe ich etwas zum Feiern mitgebracht. Meinst du, du könntest den restlichen Milchbedarf für die Nacht schon mal abpumpen? Ich habe auch Sushi und Sashimi, Teriyaki und Taiyoko bestellt. Du weißt schon, diese tollen Bentoboxen.“ Ihre Begeisterung war wirklich ansteckend und ich fand die Geste sehr süß von ihr.

Ich liebte Charlynn, sie war die perfekte Mitbewohnerin, so voller Gefühl. Letztes Jahr bei der Halloweenparty hatte sie weit weniger Glück gehabt als ich. In jener Nacht bekam sie eine Textnachricht von ihrem Partner. Sie führten seit zwei Jahren eine Beziehung auf weite Entfernung. Er hat per SMS mit ihr Schluss gemacht und damit bewiesen, dass er genau die Lusche war, für die ich ihn immer schon gehalten hatte. Daher wusste ich, dass diese Zeit des Jahres für sie schmerzhaft sein würde. Das üppige japanische Menü war zwar viel zu viel für eine einzige Mahlzeit, aber es diente sicher in erster Linie als Trost für sie und weniger dem, meine neue Stelle zu feiern. Das war vollkommen okay.

„Klar, mache ich. Die kleine Ari hat mich ohnehin fast leer getrunken. Ich habe einiges auf Eis liegen. Die Sache läuft."

„Großartig." Charlynn lief in die Küche, holte den Korkenzieher und öffnete die Weinflasche. Ihr rotes Haar schimmerte im dämmrigen Licht der Küchenzeile und ich dachte daran, was für ein Idiot ihr Ex doch war, während sie mit dem Korkenzieher hantierte. Charlynn war umwerfend, klug, liebenswert. Der Drecksack hatte sie gar nicht verdient.

Unsere Party ging los. Ich legte Arianna in ihr Bettchen und ließ mir von Charlynn ein Glas Wein reichen. Sie hatte ja keine Ahnung, wie nötig ich das hatte. Als Melody heimkam, waren wir schon halb durch mit der Flasche. Zum Glück brachte sie Nachschub mit.

„Oh, Mann. Ihr beide habt schon ohne mich angefangen? Ich schätze, das bedeutet, du hast den Job bekommen, Reyna?" Melody war noch cooler und entspannter als Charlynn.

Charlynn war unsere engagierte Umweltschützerin mit klaren Prinzipien, Melody hingegen war ein Rockstar. Sie war die totale Diva.

„Ich habe den Job bekommen", sagte ich und hob mein Glas, schon ein wenig angeschickert.

Zum Glück schlief Arianna tief und fest. Mir wurde auf einmal bewusst, dass ich keinen Tropfen Alkohol mehr getrunken hatte, seit ich bemerkt hatte, dass ich schwanger mit ihr war. Kein Wunder, dass das Zeug jetzt so schnell wirkte.

„Super. Und ich habe für nächste Woche einen fett bezahlten Auftritt am Start. Wir sind die Geilsten, Mädels." Sie schüttete sich ein Glas Wein ein. „Was gibt es zu futtern?"

„Taiyoko!", riefen Charlynn und ich gleichzeitig.

„Lecker!" Melody machte es sich auf der Couch bequem und wir verbrachten einen vergnüglichen Abend mit Wein und teurem japanischen Essen.

Mir wurde bewusst, dass mir meine Mädels, alle drei, immer bleiben würden, egal wie diese irre Sache mit Sinclair ausgehen würde.

Als ich am nächsten Tag ins Büro ging, sah ich gut aus. Meinen Schwangerschaftsbauch war ich schnell wieder losgeworden dank Sport, Stillen und der Tatsache, dass nach der Geburt alles irgendwie komisch schmeckte. Ich wusste, ich sah umwerfend aus. Ich wünschte nur, ich würde mich auch so fühlen. Als ich zu meinem neuen Arbeitsplatz ging, sah ich Sinclair in seinem Büro sitzen. Er wirkte steif und angespannt. Sofort war ich auch nervös, mehr als das. Ich hätte mich am liebsten übergeben.

„Hey, Boss." Ich lächelte schwach.

Er sah ernst und streng aus. Ohne Maske war das viel deutlicher erkennbar. Ich bevorzugte ihn mit Maske. Da war er spielerisch und süß gewesen. Jetzt wirkte er ernst, unnahbar und ein wenig einschüchternd.

„Schön, dass du so früh kommst. Die meisten schaffen es kaum, pünktlich zu kommen. So ist eben das Filmgeschäft. Lange Abende, späte Vormittage. Okay, hier ist dein Tisch." Er deutete auf den Schreibtisch, als präsentiere er ein Produkt in einer Fernsehshow. „Und wenn du möchtest, nehme ich mir ein paar Minuten Zeit, um dir alles zu zeigen, was gestern wegen deiner Ohnmacht ja nicht mehr ging."

„Ich kann nicht fassen, dass du mich wirklich eingestellt hast. Ich bin beim Vorstellungsgespräch ohnmächtig geworden. Wer macht so was?" Ich kicherte, um mein nervöses Unbehagen zu überspielen.

„Ich hatte meine Gründe." Sein ernstes Gesicht wandelte sich unvermittelt zu lüstern und verführerisch.

Hinter den rauchigen grünen Augen verbarg sich der dunkle Prinz, mit dem ich an Halloween geschlafen hatte. Mein Herz raste, meine Hände fingen an zu schwitzen. Die Erinnerung daran, wie wir uns einander hingegeben hatten, versetzte mich immer wieder in Aufruhr. Ich wünschte mir insgeheim, er wäre wieder der dunkle Prinz. Ich wollte seine Göttin sein, die er aus der Gefangenschaft befreit und auf seiner Ledercouch vögelt. Ich hatte mich seither immer wieder gefragt, welcher Art wohl seiner Ansicht nach die Gefangenschaft war, aus der er mich befreit hatte. Ich nahm an, es war eine Anspielung auf Chris' widerliches Angebot gewesen. Er konnte ja nicht ahnen, dass er mich zwar daraus befreit hatte, aber nur, um mich selbst gefangen zu nehmen, und mein Herz gleich mit dazu.

Ich war nun seine Assistentin, aber diese Rolle gefiel mir nicht. Ich war nun mal eine Autorin mit einer Menge Fantasie. Und eine Mutter. Dieses Geheimnis als seine Assistentin zu verbergen, war eine ziemliche Last auf meinen Schultern. Ich hatte nicht gedacht, dass es mir so schwerfallen würde.

„Ich würde gern einen Rundgang machen", säuselte ich, vielleicht ein wenig zu enthusiastisch, um über meine Nervosität hinwegzutäuschen.

„Das Büro ist nicht sonderlich groß, aber ein wenig verwinkelt und unübersichtlich. Das Gebäude ist im Art Deco gestaltet, wo die Treppen nicht unbedingt dahinführen, wo man erwartet. Der Pausenraum ist die Treppe hoch und dann links. Da hängen die Leute die meiste Zeit herum. Sie nehmen ihre Laptops mit und arbeiten da auch. Wahrscheinlich, weil es da Espresso umsonst gibt. Allerdings sage ich dir lieber gleich, dass du da wenig Zeit verbringen wirst. Ich brauche dich in meiner Reichweite. Trinkst du viel Kaffee?“

„Nein, eigentlich nicht. Ich mag lieber Tee.“ Ich bemühte mich, aufmerksam und höflich zu sein, auch wenn ich innerlich aufgewühlt war.

„Den haben wir auch.“ Der Rundgang wurde immer unangenehmer, geradezu peinlich.

„Toll.“ Ich lächelte und er strich mit der Hand über meinen Ellenbogen.

Ich musste mich zusammenreißen, um nicht zusammenzuzucken.

„Die Lobby und der firmeneigene Basketballplatz befinden sich auf dem Zwischengeschoss“, sagte er mit neutralem Gesichtsausdruck, obwohl er natürlich wusste, dass es eine ziemlich coole Nummer war, ein eigenes Basketballfeld in der Firma zu haben.

„Du machst doch Witze.“ Ich war gegen meinen Willen beeindruckt.

„Tja, wir sind hier sehr engagiert bei der Sache, daher dachte ich, ein paar Belohnungen und Anreize könnten nicht schaden. Außerdem gibt es Freitagnachmittag eine Cocktailrunde. Wir genehmigen uns ein paar Drinks zum Brainstorming und Ideenaustausch, wenn die Kreativität mal nicht so sprudelt. Solange am Ende erfolgreiche Filme dabei herauskommen, tue ich für mein Team, was nötig ist.“ Er wirkte sehr stolz auf seine Arbeit.

„Das ist vollkommen anders als bei Regent Pictures. Da ist alles mit Chrom verziert, wie ein minimalistischer Dungeon“, platzte es aus mir heraus, ohne daran zu denken, wie wir uns kennengelernt hatten.

„Und der kriminelle Boss da sollte eigentlich längst vor Gericht stehen für seine Taten." Er schenkte mir einen wissenden Blick.

„Stimmt, aber er … egal. Das hier ist jedenfalls der Hammer." Ich wollte das Thema wechseln, denn jeder Gedanke an Chris machte mich unbehaglich. Erst recht in Gegenwart des Mannes, der mich vor ihm gerettet hatte.

„Tja … nun. Es gibt noch mehr Büros auf unserer Etage und Christina wird dir deine Aufgaben näher erläutern. Ich bin sicher, du hast das im Handumdrehen raus. Und …" Er zögerte. „Wenn du nachher noch einen Moment Zeit hättest, können wir uns dann in Ruhe noch kurz unterhalten?" Seine Stimme zitterte ein wenig bei dem Vorschlag. Sollte er tatsächlich ebenso nervös sein wie ich? Er war doch der coole Produzent, während ich total nervös war und mir Milch in die Brüste schoss, während ich an unser gemeinsames Kind dachte, das ich daheim vor ihm verbarg.

„Ja, das geht klar." Mein Magen drehte sich beinahe um.

„Sehr gut. Ich habe in vier Minuten eine Besprechung. Ich komme später noch einmal zu dir." Damit ging er zurück in sein Büro und schloss die Tür hinter sich.

Ich atmete tief durch. Dann machte ich mich auf die Suche nach einem ungestörten Ort, um die Milch abzupumpen. Meine Brüste taten schon weh. Wenn ich nicht bald abpumpte, würde Milch rauskommen. Einen anderen Ort als den Waschraum fand ich leider nicht. Ich wollte der Personalabteilung noch nichts von dem Kind erzählen, also musste ich mit dem Klo vorliebnehmen. Was blieb mir anderes übrig? Ich schnappte mir meine Tasche und ging in den Waschraum.

Zwanzig Minuten später hatte ich alles abgepumpt, die Milch kaltgestellt und kehrte an meinen Tisch zurück.

Als ich dort ankam, stand Sinclair dort und runzelte die

Stirn.

„Hast du dich verlaufen?“ Er wirkte ein wenig ungehalten. Ich nahm an, er brauchte etwas.

„Nein, ich war auf dem Klo“, erwiderte ich leise.

„Na schön. Ich möchte, dass du an der Besprechung teilnimmst.“ Er gab sich geschäftsmäßig. „Und sag mir bitte Bescheid, bevor du dich von deinem Arbeitsplatz entfernst.“

Vorbei war es mit dem sexy Maskenmann, den ich hin und wieder mal für einen winzigen Moment hinter der Fassade entdeckt hatte. Der echte Sinclair war anstrengend und ein wenig beängstigend.

„Geht klar“, sagte ich mit mehr Begeisterung, als ich empfand, um die Anspannung ein wenig zu lösen. Dann nahm ich meinen Notizblock und folgte ihm in sein Büro.

Kapitel 11 – Sinclair

Sie in meinem Büro zu haben, machte mich irre. Das wurde mir sofort klar, als ich sie allein dafür anmaulte, dass sie nicht an ihrem Platz war. Es gab keinen Grund, gleich so zu meckern. Ich war einfach nur eifersüchtig und besitzergreifend. Während der Besprechung war sie aufmerksam und gründlich. Eine halbe Stunde nach der Besprechung bekam ich die Notizen sorgfältig aufbereitet von ihr. Sie war es gewohnt, hart zu arbeiten, das war offensichtlich. Am Ende des Tages war ich besserer Laune und fühlte mich in Gegenwart meiner schönen neuen Assistentin, die ich einfach nur ficken wollte, etwas wohler.

Sie arbeitete also effizient, wusste sich zu benehmen und war hinreißend anzuschauen. Aber sie verschwand ziemlich oft im Waschraum. Vielleicht hatte sie eine Blasenschwäche. Ken, Molly McGraths Assistent aus der Entwicklungsabteilung, flirtete mit ihr, als gäbe es kein Morgen. Ich hätte ihn am liebsten erwürgt oder ihm die Eier abgeschnitten. Ich sah es nicht gern, wenn Männer etwas haben wollten, was mir gehörte.

Na gut, sie gehörte mir eigentlich nicht. Der gutaussehende junge Mann hatte dasselbe Recht, es bei ihr zu versuchen, wie ich. Das machte mich rasend. Ich brauchte dringend die Oberhand hier. Ich wusste nichts über sie, außer dass sie im Bett etwas schüchtern war, sexuell sehr stark reagierte und gern spielte. Aber davon abgesehen war sie einfach nur eine Frau, die ich gevögelt hatte, während wir beide Masken trugen. Aber ich wollte einfach mehr.

„Bis morgen dann, Rey“, sagte Ken, der unwillkommene Konkurrent, als er sich seinen Rucksack über die Schulter warf.

„Bis dann." Sie lächelte und winkte ihm kurz zu.

Wenn Mord doch nur legal wäre.

„Wie war dein erster Tag?", fragte ich, während ein Mitarbeiter nach dem anderen sich verabschiedete und das Büro verließ. Ich lehnte lässig an ihrem Tisch und blickte hinunter in ihre köstlichen schokobraunen Augen. Ich erinnerte mich daran, wie sie aussahen, als ich das erste Mal in sie eindrang. Ich bemühte mich außerdem, meine Eifersucht unter Kontrolle zu bekommen, die immer mehr zum ungezügelten Zorn wurde.

„Gut war er. Alle sind sehr freundlich und nett. Es gefällt mir hier." Ihr Lächeln brachte ihr ganzes Gesicht zum Leuchten, aber es wirkte dennoch nicht ganz aufrichtig.

„Schön, dass du dich schnell einlebst. Das hier ist eine sehr effiziente Anrufübersicht. Gute Arbeit. Die grundlegenden Tätigkeiten werden hauptsächlich in deinen Bereich fallen. Und ich möchte, dass du bei mehr Besprechungen dabei bist. Außerdem will ich deine Ansichten hören über ein paar Projekte. Vielleicht können wir mit ein paar Ideen jonglieren." Vielleicht war ich ein wenig zu freundlich oder übereifrig und enthusiastisch. Aber ich wollte, dass sie gern für mich arbeitete. Unbedingt.

„Das wäre toll, danke." Sie lächelte noch mehr und nun wirkte es aufrichtig.

„Würde es dir etwas ausmachen, kurz mit in mein Büro zu kommen? Ich würde gern etwas Persönliches mit dir besprechen." Ich war bemüht, mich nicht wie ein Schuldirektor anzuhören, der ein ungehöriges Kind zu sich zitierte, aber ich hatte den ganzen Tag auf diese Gelegenheit gewartet.

„Klar", sagte sie und war sofort wieder auf der Hut.

Ich ging in mein Büro, setzte mich hin und holte tief Luft. Sie tat genau dasselbe.

„Was wir hier machen, ist ein wenig riskant“, sagte ich und kam sofort zum Punkt.

„Ich weiß. Ich … also …“, stammelte sie.

„Die Nacht an Halloween war fantastisch, aber es sollte nur eine Nacht sein und danach geht jeder seiner Wege.“

Sie blickte zu Boden und sah aus, als würde sie gleich in Tränen ausbrechen.

„Ich sage das nicht, um dir wehzutun.“

„Okay.“ Sie richtete sich in ihrem Sitz auf. Ihre Unterlippe zitterte, sie wirkte sehr angespannt.

„Als du am nächsten Morgen verschwunden warst, war ich schon etwas enttäuscht“, sagte ich und erlaubte ihr, meine verletzliche Seite zu sehen.

„Du hast selber gesagt, es sei nur für eine Nacht gewesen. Eine Fantasie.“ Ihre Augen weiteten sich, sie wirkte verwirrt.

„Keine Sorge. Du warst perfekt. Dass du eine Nachricht dagelassen hast, war eine nette Geste. Wie dem auch sei, ich hatte nicht damit gerechnet, dass es mir so unter die Haut gehen würde. Aber so war es. Dass du nun für mich arbeitest, macht es komplizierter, aber ich möchte dennoch gern mehr erkunden, was wir angefangen haben. Wie denkst du darüber?“

„Das möchte ich wohl auch. Aber ich arbeite nun mal für dich.“ Ihre Stimme war dünn und unsicher.

„Ich weiß. Und ich bin kein Mann für lange Beziehungen. Deshalb ist es komplizierter, weil du für mich arbeitest. Ich möchte dir nicht wehtun.“ Jetzt war ich auch nervös und neben der Spur. Meine Ehrlichkeit stand mir selbst im Weg.

„Ich verstehe.“ Sie lehnte sich zurück.

„Wie gesagt, ich möchte dir nicht wehtun. Aber ich bin

kein netter Mensch. Das wirst du schon noch merken. Ich bin kein Arschloch wie Christopher Regent, aber nicht weit davon entfernt. Wenn du also lieber nicht möchtest, dann wäre jetzt der richtige Zeitpunkt, das zu sagen. Du kannst einfach Nein sagen. Nur weil ich offenbar ständig daran denken muss, dich wieder zu ficken, muss das nicht heißen, dass du zu allem Ja und Amen sagen musst.“ Nun war die Katze aus dem Sack.

Sie biss sich auf die Lippen und starrte mich einen Moment lang an. Ich war überzeugt, sie würde aufstehen und gehen.

„Ich denke, das ist okay für mich. Sei einfach behutsam mit mir. Ich habe nicht viele Beziehungen gehabt. Ich kann nicht gut damit umgehen, wenn mir das Herz gebrochen wird. Und nur vögeln? Das wird schwierig.“ Ihre großen Augen wirkten so ernst und unschuldig.

„Ich habe nicht die Absicht, dich zu vernichten, Schätzchen. Wahrscheinlich wirst du als erstes die Nase von mir voll haben. Leider bin ich kein einfacher Mann im Umgang. Ich kann nicht leugnen, dass ich dich anziehend finde, und ich bin selbstsüchtig genug, um in unbekannte Gewässer zu steigen und meine Gefühle zu erforschen. Und … tja. Ficken. Warum habe ich es so gesagt? Denn eigentlich möchte ich mehr als das. Um ehrlich zu sein, möchte ich dich jetzt gerade vor allem küssen.“ Es war weniger eine Bitte als eine Aufforderung.

„Vielleicht sollten wir dem aber nicht im Büro nachgehen“, sagte sie vernünftigerweise.

„Stimmt, ganz richtig.“ Zur Hölle mit ihrer Vernunft. „Ich möchte Sex mit dir haben. Siehst du die Chance, dass wir das dann woanders tun können?“ Was war nur los mit mir?

Sie lachte. Es war schön, sie lachen zu hören.

„Ich habe unsere gemeinsame Nacht sehr genossen, Sinclair. Und ich möchte das gern wiederholen. Sicher wäre es fantastisch. Aber jetzt bist du real und daher denke ich, wir sollten es langsam angehen. Damals warst du mein dunkler Prinz und jetzt bist du mein Boss. Die Realität ist manchmal ein Stimmungskiller.“ Ihre Stimme zitterte, aber sie war ehrlich mit mir.

„Na schön. Also, ich bin ziemlich hungrig. Wie wäre es, wenn ich dir eine Wurst spendiere?“

Sie brach in lautes Gelächter aus.

Es dauerte einen Moment, bis ich den Witz verstand. „Ich meine … da ist diese Bude … unten auf der Straße.“

Sie grinste mich breit an.

„Ach, hör mir einfach gar nicht zu. Ich bin vollkommen durcheinander.“

„Ein Würstchen wäre nett.“ Sie hörte nicht auf zu lachen. „Das kann ja noch heiter werden.“

„Dann lass uns einfach vögeln.“ Ich grinse verführerisch. „Ja, ich weiß. Ich übertreibe es.“

„Ich wünschte, ich könnte.“ Sie stand auf. „Aber ich muss morgen wieder früh raus. Also werde ich einfach ein Würstchen mit dir essen. Aber eben nicht dein Würstchen, nur damit das klar ist.“ Sie zwinkerte mir amüsiert zu.

„Okay.“ Ich war enttäuscht, aber ich hatte Verständnis für sie.

„Zumindest heute nicht.“ Sie lächelte mir ermutigend zu.

Ich half ihr in den Mantel und wir gingen gemeinsam hinunter zum Hot-Dog-Stand an der Ecke.

„Wir können auch über die Straße zu Morty's gehen, wenn du möchtest. Das Essen ist dort besser.“ Ich wollte meine Göttin nicht zu einem Hot-Dog-Stand führen, das war doch lächerlich.

Morty's war viel besser. Aber manche Kollegen gingen dorthin. Und wenn man uns dort zusammen sah, gleich an ihrem ersten Arbeitstag, konnte einem das schon merkwürdig vorkommen. Ich verlor offenbar langsam den Verstand.

„Hot Dogs sind genau richtig“, sagte sie und ging weiter. „Der Stand hat auf Yelp mindestens 50 Fünf-Sterne-Bewertungen bekommen. Der ist berühmt.“ Sie setzte sich auf einen der Barhocker, die um die Bude herumstanden.

„Im Ernst?“ Ich setzte mich neben sie.

„Absolut.“ Sie nahm meine Hand und drückte sie kurz.

Ich warf einen Blick auf die Speisekarte, obwohl ich längst wusste, was ich essen würde. Ich bestellte hier immer dasselbe, italienische Wurst mit Zwiebeln und Mayonnaise. Klang zwar widerlich, war aber lecker.

Rey bestellte eine vegetarische Wurst mit Ketchup und dann saßen wir da und starrten einander an.

„Also, warum willst du heute Nacht nicht mit mir zusammen sein?“, fragte ich. Ich sagte immer, was ich dachte, und das Thema ließ mich einfach nicht in Ruhe.

„Wenn du nicht an einer Beziehung interessiert bist, will ich dich nicht zu schnell verbrauchen.“ Sie blickte neugierig auf die Tofuwurst, die Artie, der Besitzer der Bude, ihr reichte. „Das sieht lecker aus.“

Sie meinte das offenbar ernst.

„Wie kann Tofu lecker sein?“ Ich war verwirrt. Wieso konnte sie nicht einen normalen Hot Dog bestellen?

„Sei still. Ich mag den.“ Sie war umwerfend.

„Ich höre mich an wie ein totaler Idiot, oder? Tut mir echt leid.“ Ich fuhr mit dem Finger über ihren Arm.

„Ich hab es kapiert. Du bist einfach du. Keine feste Beziehung, nur echtes Fleisch im Würstchen.“ Sie biss ab und ignorierte meine Berührung. „Aber ich kenne dich eigentlich gar nicht.“ Sie sah mich an. „Erzähl mir was von dir.“

„Was willst du wissen?“ Ich war unsicher, was ich ausplaudern konnte.

„Zum Beispiel: Warum hast du eine Produktionsfirma aufgemacht?“ Es war eine unschuldige Frage, aber ich hatte den Eindruck, sie wich absichtlich den leidenschaftlichen Themen aus.

Seit unserer Halloweennacht hatte ich nur mit wenigen Frauen geschlafen. Zwischen mir und Nora, die ich sonst üblicherweise zum Vögeln habe, war es nicht mehr so spritzig wie früher. Der Sex war nur noch okay und dafür hatten wie beide eigentlich keine Zeit. Ich hatte außerdem mit einer alten Flamme geschlafen, aber da prickelte auch nichts mehr. Und da war sie: meine Göttin. Aber es war nun anders. Sie war immer noch unglaublich sexy, aber sehr distanziert.

Ich lachte über ihre Frage nach meiner Firma. „Klingt, als würdest du nun mich interviewen. Okay, ich bin ein echter Nerd. Für mich war ein Kinobesuch wie ein Kirchgang. Ich wollte immer Magie auf die Leinwand bringen. Aus dem Traum wurde schließlich Wirklichkeit.“ Ich zuckte mit den Schultern und biss in meinen Hot Dog.

„Du siehst aber nicht aus wie ein Nerd.“ Sie legte den Kopf schief und biss in ihr Würstchen.

„Wie sieht denn ein Nerd aus?“ Ich war gespannt auf ihre Antwort.

„Jedenfalls nicht wie ein Calvin-Klein-Model, das ist mal sicher.“

„Ich weiß das Kompliment sehr zu schätzen, aber ich bin kein Model. Und wieso können Nerds nicht auch gut aussehen?

Kannst du Nerds nicht leiden?“ Ich neckte sie, um sie etwas lockerer zu machen.

„Nein, ganz und gar nicht. Ich bin auch ein Nerd. Ich kenne ganz genau das Gefühl, das du beschrieben hast. Der Vergleich mit der Kirche passt genau. Filme können ebenso inspirieren wie ein Gebet.“

„Und in was genau bist du ein Nerd? Erzähl mir etwas von dir.“

„Ich bin Einzelkind. Meine Eltern leben in Ohio. Sie sind noch immer sehr verliebt ineinander. Es ist echt niedlich. Sie waren schon etwas älter, als ich geboren wurde, daher sind sie nun nicht mehr die Jüngsten. Aber sie sehen sich noch immer so verliebt an.“ Sie seufzte und lächelte, sagte aber nichts mehr darüber. „Sie besitzen eine Farm. Alles dreht sich immer um diese Farm. Dass ich mich nicht dafür interessierte, hat sie ziemlich enttäuscht. Aber das liegt mir nun mal nicht. Ich mochte die Farm nicht und erst recht nicht das Ausnehmen der Hühner. Also wurde ich Vegetarierin. Das hat sie dann kaum noch überrascht. Sie waren traurig, dass ich nach Kalifornien gegangen bin, aber sie hatten Verständnis, dass ich meinen Traum wahr machen wollte. Also, nichts Ungewöhnliches.“ Sie zuckte mit den Schultern.

„Ich bin mir ziemlich sicher, dass du sehr ungewöhnlich bist.“ Ich nahm ihre Hand in meine und küsste ihre Fingerknöchel. Ich wollte jeden Zentimeter von ihr küssen, aber ich hielt mich im Zaum.

„Es scheint, als hätten wir beide eine Menge gemeinsam.“

Sie biss wieder in die Tofuwurst. „Die ist echt lecker. Hätte ich nicht gedacht, dass so ein Stand an der Straßenecke vegetarische Würstchen hat. Das ist schon cool.“

„Das ist Hollywood. Du bist nicht der einzige Freak hier“, witzelte ich.

„Ich bin kein Freak." Sie verzog das Gesicht zu einer Fratze und verdrehte die Augen. Sie sah zum Lachen aus.

„Ich muss dir gestehen, der Grund, warum ich dich hierhergebracht habe und nicht zu Morty's ist, dass ich, wie du es gewünscht hast, langsam vorgehen möchte. Wenn man dich mit mir bei Morty's gesehen hätte, würden die Leute jetzt über dich tuscheln."

„Besten Dank." Sie aß auf. „Der Veggie Dog war toll. Und die Gesellschaft auch."

Sie drückte mir schüchtern die Hand.

„Der Dunkle Teil 2 hat am Freitag in einer Woche Premiere. Das wird eine Riesensache. Ich möchte, dass du mich dabei begleitest. Was meinst du dazu?" Ich hoffte, sie würde ja sagen. Diese Spielchen mussten aufhören. Ich wollte, dass sie wusste, was ich mir erwartete. Ich wollte nicht nur mit ihr essen, ich wollte meine Göttin, die sich unter mir wand.

„Würden die Leute im Büro denn nicht denken, wir wären zusammen, wenn ich dich dahin begleite?" Sie spielte nervös mit ihren Fingern.

„Dann müssen sich diese Leute beizeiten einen neuen Job suchen." Es war mir ernst, nichts würde mich davon abhalten, die Sache mit ihr tiefer zu ergründen. „Wir spielen auf der Premiere Boss und Assistentin, aber anschließend verbringst du die Nacht mit mir. Dann arbeitest du nicht für mich."

„Tja, ich schätze, dann brauche ich wohl ein schickes Kleid." Ihr Gesicht war hinreißend, wenn sie lächelte.

Nach den Hot Dogs kehrten wir ins Büro zurück. Ich bot ihr an, sie nach Hause zu bringen, aber sie blieb stur und wollte ihre Unabhängigkeit beweisen.

Am nächsten Tag fiel es mir schwer, mich auf meine Arbeit zu konzentrieren. Ich war so sehr auf sie fixiert. Ständig rief ich sie zu mir, um mir ihre Meinung zu einigen Filmszenen oder Drehbuchseiten anzuhören.

Viele ihrer Anregungen waren erstaunlich gut. Sie kannte sich tatsächlich aus. Ich war sehr versucht, noch einmal mit ihr auszugehen, aber sie sagte, sie müsse nach Hause. Auch am zweiten Tag ging sie nach der Arbeit ohne mich heim. Noch schlimmer, sie ging mit Ken, der den Fahrstuhl für sie aufhielt, was mich rasend machte.

Der Rest der ersten Woche war effektiv, kreativ und lustig. Genau das hatte ich gewollt. Sie verbrachte noch immer viel Zeit im Waschraum und hatte es nach dem Ende der Arbeit immer sehr eilig. Als ob sie mit mir keine Zeit verbringen wollte.

Wahrscheinlich war ich paranoid, aber ich überlegte, ob sie vielleicht einen Freund hatte oder Drogen nahm. Auf jeden Fall verheimlichte sie mir etwas und das nagte an mir. Selbst der übliche Freitagnachmittag-Cocktail im Büro reizte sie nicht. Für das Wochenende lud ich sie ein, mit mir zu einer Horrorfilm-Party bei einem Freund zu kommen, aber sie sagte, Horrorfilme machten ihr Angst, und sie lehnte ab.

„Das bedeutet, dass dir unser erfolgreichster Film auch nicht gefällt“, neckte ich sie. Gleichzeitig war es auch als Vorwurf gemeint.

„Ich mag ihn“, widersprach sie. „Denn der Hauptcharakter erinnert mich an dich. Und für einen winzigen Moment hatte ich damals gedacht, du seist Dragon Kensington.“ Sie errötete bei diesem Geständnis.

„Oh mein Gott, Dragon ist ein Kiffer und eine zickige Diva. Du kannst froh sein, dass ich nicht er bin.“ Wir lachten herzlich, aber sie lehnte weiterhin alle meine Angebote ab und hielt mich bis zur Premiere hin.

„Das wird eine Wahnsinnsnacht, nur dass du gewarnt bist. Rechne nicht damit, dass du Samstag schon wieder zu Hause bist." Ich zwinkerte ihr verführerisch zu und ließ sie ins Wochenende gehen.

Ich hatte keine Ahnung, was für ein Spielchen sie trieb, aber es funktionierte. Ich wollte sie mehr denn je, selbst wenn sie einen Freund hatte oder Drogen nahm.

Kapitel 12 – Reyna

Für Sinclair zu arbeiten war schwieriger, als ich erwartet hatte. Die Arbeit an sich machte Spaß und war nicht schwierig, aber er war sehr anstrengend und kompliziert. Umwerfend gutaussehend, aber auch ständig in der Nähe. Wie ein Aufpasser, ein Wachhund. Ich bereute nicht, mich mit ihm verabredet zu haben, aber es machte mir doch auch ein wenig Angst. Bei der Arbeit flirteten wir möglichst so, dass es niemand sonst bemerkte. Er war furchtbar eifersüchtig auf Ken, an dem ich nicht das geringste Interesse hatte. Aber es machte irre Spaß, Sinclair rasend vor Eifersucht zu sehen.

Ansonsten bemühte ich mich um eine professionelle Zusammenarbeit. Nach dem Hot-Dog-Essen war ich nicht mehr mit ihm ausgegangen, obwohl er mich mehrfach eingeladen hatte. Ich wollte, dass der Premierenabend etwas Besonderes blieb. Außerdem musste ich beizeiten zu Hause bei Arianna sein. Wenn ich jeden Abend ausging, würde mir Mrs. Effleman was ganz anderes erzählen. Auch wenn Sinclair nichts davon wusste, für mich kam unsere Tochter an erster Stelle, auch wenn ich nun mit ihrem Dad ausging.

Der Tag der Premiere war da. Ich war aufgeregt, auch wegen der Dinge, die danach passieren sollten. Wir hatten alle hart gearbeitet und nun war ich neugierig, wie das Publikum auf den fertigen Film auf einer Großleinwand reagierte. Ich hatte Teile davon zigmal in Sinclairs Büro gesehen, aber das war nicht dasselbe.

Ich lieh mir ein Kleid von Melody, die meine Größe hatte.

Ich wollte kein Geld für ein teures Kleid ausgeben, außerdem hatte Melody eine Unmenge davon in ihrem Kleiderschrank. Sie war großartig darin, Schnäppchen aufzuspüren, im Gegensatz zu mir. Ich suchte und suchte, aber sie fand zielsicher die richtigen Schätze.

Ich musste zugeben, ich sah gut aus.

„Schätzchen, du wirst den Laden zum Leuchten bringen", sagte Charlynn, mit Arianna auf dem Arm.

Ich biss mir auf die Lippen. „Seid ihr sicher, dass ihr zurechtkommt?" Ich hatte Arianna noch nie über Nacht allein gelassen, ich kam mir wie eine Rabenmutter vor.

„Aber sicher." Melody ließ sich neben mir auf das Sofa fallen. „Klar kommen wir klar. Absolut. Ari ist das süßeste Baby auf der Welt. Genieß du dein Wochenende, wir kommen schon zurecht."

„Sie hat recht, Rey, die Sache läuft", bestätigte Charlynn.

„Vielleicht komme ich Samstag nach Hause, auch wenn er will, dass ich bleibe."

„Nein, lass mal. Genieß es doch. Lass dich verwöhnen. Um uns musst dir wirklich keine Gedanken machen." Charlynn grinste anzüglich.

„Genieß es für uns mit. Ich hatte seit einer Ewigkeit keinen Sex mehr", klagte Melody übertrieben dramatisch.

„Oh mein Gott, wieso habe ich euch bloß erzählt, dass er mich über Nacht bei sich behalten will?" Ich vergrub mein Gesicht in den Händen.

„Du führst dich auf wie ein Kleinkind. Du bist eine Frau. Benimm dich auch so. Uns kannst du sowieso nichts vormachen, dafür kennen wir dich zu gut. Du hattest Sex mit diesem scharfen Unbekannten, der auch der Vater deines Kindes ist, und jetzt will dein Boss dich auch. Ist doch okay, mit Sex herumzuprobieren, Rey. Du lebst nicht in einem Kloster. Man kann mehr als einmal Sex in seinem Leben haben und auch mit verschiedenen Männern“, tadelte Charlynn.

„Ich hatte mehr als einmal Sex und mit unterschiedlichen Männern“, protestierte ich. Zwar waren das nur zwei Männer gewesen, aber das wussten sie ja nicht. Und sie wussten auch nicht, dass mein Boss und der unbekannte Engel dieselbe Person waren. Sie wussten nur, dass ich die Nacht mit einem Mann verbringen wollte, und ermutigten mich dazu.

„Genieß es. Hab Spaß. Wir werden deine Tochter hier verwöhnen und uns wünschen, wir wären du.“ Melody lächelte, nahm Charlynn das schlafende Baby aus dem Arm und trug es hinüber zum Bettchen.

„Und jetzt sieh zu, dass du rauskommst, bevor du zu spät kommst.“ Charlynn stand auf und wedelte mich zur Tür. „Du siehst heiß aus, mach sie alle scharf. Und komm nicht eher nach Hause, bis du dich so richtig ausgetobt hast.“ Charlynn schob mich Richtung Tür. „Wir drei hier kommen schon klar.“

Ich blickte mich noch einmal um, aber sie machte mir dir Tür vor der Nase zu. „Ich liebe euch“, sagte ich durch die geschlossene Tür.

„Wir dich auch. Nun sieh zu, dass du wegkommst.“

Ein ganzer Schwarm Schmetterlinge setzte sich in meinem Bauch in Bewegung und ich befürchtete für einen Moment, ich müsste mich übergeben. Ich hatte darauf bestanden, mit einem Taxi zum Kino zu fahren, obwohl Sinclair mir angeboten hatte, mich abzuholen. Er hatte es eigentlich eher verlangt. Aber ich wohnte auf der anderen Seite der Stadt und er hatte vorher noch ein Essen mit einigen Filmleuten. Also musste er schließlich zugeben, dass es eigentlich zeitlich für ihn nicht möglich war. Also versprach ich ihm, pünktlich um acht auf dem roten Teppich zu stehen.

Ich war sogar etwas zu früh da. Als er kam, trat er hinter mich und fuhr mit den Händen über meinen Körper. Melodys Kleid saß wie angegossen auf meiner Haut und betonte meine Kurven. Es war samtweich, ähnlich dem Kleid, das ich an Halloween getragen hatte, aber es hatte Strass am Saum unten eingearbeitet.

„Du siehst zum Anbeißen aus", hauchte er mir ins Ohr.

Irritiert drehte ich mich um. „Hallo." Ich lächelte und schmiegte mich an ihn.

„Wirst du jetzt endlich aufhören, mir aus dem Weg zu gehen?" Er klang beinahe bedrohlich.

„Ich? Gehe dir aus dem Weg? Ich arbeite doch mit dir zusammen. Du bist ein merkwürdiger Boss." Ich strich mit der Hand über seinen Arm.

„Nun, heute Abend bist du nichts anderes als mein Date." Er biss mir ins Ohrläppchen und hakte meinen Arm unter seinen. „Bereit, dich der Menge zu stellen?"

„Eigentlich nicht. Und denke bitte daran, bis wir bei dir zu Hause sind, bin ich nur deine Assistentin."

Er schaute mich mit einem gespielten Tadel an.

„Na gut. Ja, meinetwegen."

Ich hängte mir meine riesige Tasche über die Schulter und wir gingen in das Kino hinein. Ich hatte Klamotten zum Wechseln und das Gerät zum Abpumpen dabei. Das Letzte, was ich wollte, war, Melodys schönes Kleid mit Muttermilch zu versauen. Und ich konnte ja auch nicht den dicken BH anziehen, der das verhinderte. Der war total unsexy und passte so gar nicht zu diesem Kleid. Ich trug nur ein dünnes Teil und das war nun mal nicht milchfest.

„Ich sehe, du hast eine Tasche zum Übernachten mitgebracht.“ Sinclair grinste anzüglich.

„Man kann nie genug vorbereitet sein.“

„Offensichtlich. Du bist herzlich eingeladen, das ganze Wochenende zu bleiben. Sieht so aus, als hättest du für ein paar Tage Sachen eingepackt.“

Und damit betraten wir das Kino. Mein Magen kribbelte vor Aufregung. Aber dann sackte mir das Herz in die Hose. Drei Reihen vor uns stand Christopher Regent mit Reed Knightly, seinem Produktionschef.

„Wir gehen einfach an denen vorbei. Wir haben Sitze vorne in der ersten Reihe.“ Er legte seinen Arm um mich und schob mich vorwärts.

Ich hoffte, Chris würde uns nicht sehen, aber natürlich bemerkte er uns, als wir an ihm vorbeigingen. Ich wagte nicht, ihn anzusehen, aber ich spürte seinen Blick auf mir. Ich nahm an, Sinclair spürte das ebenfalls, denn er versteifte sich, als wir den Gang hinunter zu unseren Sitzen gingen.

„Ich sorge dafür, dass er leidet, das verspreche ich“, flüsterte Sinclair mir zu.

Unterwegs musste Sinclair immer wieder stehenbleiben und mit Leuten reden. Die meisten nahmen kaum Notiz von mir oder sagten zumindest nichts. Sinclair war der perfekte Showman. Ich war erleichtert, als wir endlich im VIP-Bereich bei unseren Sitzplätzen ankamen.

Kurz darauf fing der Film an und war sofort ein riesiger Erfolg. Das Publikum genoss den Horror und das ganze Gemetzel. Der Held des Films, der Dunkle, war so sexy und heldenhaft wie immer. Natürlich erinnerte ich mich daran, wie Sinclair in diesem Kostüm ausgesehen und mich verführt hatte. Das erfüllte mich mit Vorfreude auf die kommende Nacht.

Während des gesamten Films hielt er meine Hand. Sein Daumen streichelte über meine Haut und ich bemerkte, dass er seine Sitzposition hin und wieder ändern musste. Offenbar war auch er aufgeregt, wie der Abend weitergehen würde.

Der Film war dunkel und sexy. Im zweiten Teil kämpften Dante und Analisa gegen rebellische Engel, die junge Frauen entführen wollten, um sie in ihren Harem zu zwingen. Mit dem Segen seines Vaters schlich sich Dante in diese Gruppe ein, dann gab es jede Menge blutiges Gemetzel, die Frauen wurden befreit. Ich liebte den Film, aber ich hoffte, sie würden für den dritten Teil einen weiblichen Drehbuchautoren anheuern. Der Film war gut, aber es fehlte die Sichtweise einer Frau. Als der Abspann lief, sagte ich genau das zu Sinclair. Zu meiner Überraschung war ihm dieser Gedanke nie gekommen.

„Wow, das Drehbuch von einer Frau und eine weibliche Regisseurin, das könnte der Sache eine tolle neue Richtung geben. Reyna, du bist ein Genie“, lobte er und strich wie beiläufig mit einer Hand über meine Hüfte. „Gibt es etwas, worin du nicht super gut bist?“, fragte er hingerissen.

„Eine Menge, um ehrlich zu sein.“

Sinclair strahlte.

Dies war sein Leben und er war stolz auf das, was er bisher erreicht hatte.

Die meisten Leute blieben bis zum Ende des Abspanns sitzen. Vielleicht, weil sie den Film mochten, aber vielleicht auch, weil ihr eigener Name so weit unten stand, dass sie warten mussten, bis sie ihn lesen konnten. Wie auch immer, Sinclair war glücklich.

„Sieht so aus, als würde dieser Film noch erfolgreicher als der erste.“ Seine Stimme bebte vor Aufregung. Das war sein besonderer Moment. „Ich mag deine Idee, der Sache eine weiblichere Note zu geben. Mann, das fühlt sich alles fantastisch an!“

„Du hast hart gearbeitet und es dir wirklich verdient“, lobte ich. „Das Publikum ist begeistert“, fügte ich hinzu, als das Licht im Saal wieder anging.

„Du hast auch hart gearbeitet.“ Ich verstand nicht, wieso er mich darin einschloss. „Was? Ich habe genau zwei Wochen mitgearbeitet. Total viel.“ Ich boxte ihm spielerisch gegen die Schulter. „Genieß es doch einfach. Es ist allein dein Erfolg.“

Eine Menschenmenge verlangte seine Aufmerksamkeit, um ihm zu gratulieren. Ich ging davon aus, dass wir noch eine ganze Weile hier im Kino verbringen würden. Außerdem gab es noch eine Premierenfeier anschließend. Sinclair hatte gesagt, wir würden dort nur bleiben, solange es unbedingt nötig war. Dann wollten wir uns davonschleichen.

Er hatte Pläne für ein romantisches Dinner in seiner Villa in den Bergen von Hollywood. Er hatte mir sogar die Wahl gelassen, entweder ein romantisches Restaurant oder sein eigener Koch, Salvatore, der nur für uns zwei etwas zaubern würde. Natürlich hatte ich mich für Letzteres entschieden. Je weiter wir uns entfernen konnten von all den Leuten, die ihn kannten, desto besser.

Sinclair war höflich und zuvorkommend mit all seinen Bewunderern und ich war beeindruckt, wie schnell wir uns durch die Menge arbeiteten, bis schließlich Chris vor uns stand und uns aufhielt.

„Was für ein glänzender Erfolg, Sinclair. Ich hätte ehrlich nicht erwartet, dass der zweite Teil so erfolgreich sein würde. Eine angenehme Überraschung.“ Er klang höflich und bösartig gleichermaßen.

„Ich würde sogar sagen, er ist besser als der erste Teil.

Schön, dass er dir gefallen hat.“ Sinclair war freundlich und direkt.

„Ich bin ein wenig enttäuscht, dass du nicht auf mein Angebot vom letzten Jahr eingegangen bist, um über eine Zusammenarbeit zu reden. Ich denke, ich hätte mehr rausholen können für das Geld, aber ich bin immer noch offen für Angebote. Ruf mich einfach an.“ Chris reichte Sinclair seine Karte und sah mich an.

Bis zu dem Zeitpunkt hatte er mich einfach ignoriert, als habe er wie eine Schlange im Gras nur auf den richtigen Moment gewartet. Mein Herz blieb stehen und mir wurde schlecht. Panik erfasste mich.

Sinclair nahm die Karte. „Ich werde mal sehen, was in nächster Zeit so ansteht und ob es zu dir passt.“ Ich hoffte, Sinclair sagte das nur aus Höflichkeit. Ich konnte mir nicht vorstellen, jemals wieder mir Chris zusammenzuarbeiten. „Ich freue mich, dass dir der Film gefallen hat. Wir müssen jetzt zur Party, möglichst bevor die anderen Gäste eintreffen. War nett, mit dir zu plaudern.“ Sinclair wollte an Chris vorbeigehen, aber der machte keinen Platz.

„Ich hoffe doch, dass ich auf der Gästeliste stehe“, sagte er lauernd.

„Natürlich. Die Party ist im Chateau Marmont. Wir sehen uns da.“ Sinclairs Anspannung wandelte sich langsam zu ausgewachsenem Zorn, aber dann machte Chris uns endlich Platz und ließ uns vorbei.

Ich war so erleichtert, endlich von ihm wegzukommen. Aber dann packte er mich am Arm und sah mich fies und kalt an.

„Oh, und Reyna, du siehst hinreißend aus. Man käme nie auf den Gedanken, dass du ein Baby hast. Man sieht es dir jedenfalls nicht an. Dein Bauch ist ja schon wieder wunderbar flach. Ich dachte, der Körper einer Frau ist nach der Geburt ruiniert. Du hast das Gegenteil bewiesen.“ Seine Stimme war ein böses Zischen.

„Entschuldigung!“, mischte sich Sinclair ein. „Nimm die Hände von meinem Mädchen, äh, meiner Assistentin.“ Er war wütend und besitzergreifend.

„Ist es ein Junge oder ein Mädchen?“, fragte Chris.

Ich erstarrte in Panik und konnte ihn nur stumm anschauen. Ich wusste einfach nicht, wie ich reagieren sollte. Schließlich fiel mir doch etwas ein. „Ich wüsste nicht, was dich das angeht.“ Meine Stimme war flach und monoton.

Sinclair nahm meine Hand und zog mich zum Ausgang. „Ich habe keine Ahnung, was das alles soll, Christopher, aber Reyna und ich müssen jetzt los.“ Er ging weiter, aber es half nichts.

„Was denn? Du hast es doch nicht etwa zur Adoption freigegeben, oder?“ Das war eine grausame Bemerkung gewesen, die gesessen hatte.

Als Sinclair mich wegzog, traten mir Tränen in die Augen. Er zog mich an sich und wisperte in mein Ohr. „Ist alles okay?“ Er klang besorgt.

„Es geht mir gut“, antwortete ich, aber ich stand total neben mir. „Können wir bitte später darüber reden?“, bat ich. Allerdings hatte ich keine Ahnung, wie ich ihm irgendetwas erklären sollte.

Ich konnte ihm nicht von Arianna erzählen. Ich war noch nicht so weit, ihn wissen zu lassen, dass er ihr Vater war. Wenn ich ihm sagte, dass Chris die Wahrheit gesagt hatte, würde er daraus die falschen Schlüsse ziehen. Wir hatten uns an Halloween von unserer Leidenschaft hinreißen lassen. Ich hatte ihm erzählt, dass ich noch nicht mit vielen Männern zusammen war. Und jetzt sollte ich schwanger gewesen sein und ein Kind von jemand anderem haben? Was würde er denn da von mir denken? Und es wäre ja gelogen. Ich fühlte mich auf einmal schwer wie Blei und absolut verzweifelt.

Kapitel 13 – Sinclair

Als wir das Kino verließen, war ich absolut sprachlos. In meinem Kopf schwirrten die Gedanken. Ich konnte kein vernünftiges Bild daraus machen. Sie hatte offenbar ein Kleinkind. Von wem? Wann denn? Es musste im letzten Jahr passiert sein. War es von Christopher Regent? Ich konnte die Nacht nicht einfach weitermachen, als wäre nichts geschehen. Ich musste es wissen. Als wir in die Limousine einstiegen, drehte ich die Scheibe zum Fahrer hoch und konfrontierte sie damit.

„Ich habe verstanden, dass du Christopher Regent gesagt hast, du willst nicht drüber reden, aber ich bin der Ansicht, ich sollte die Wahrheit wissen." Ich fühlte mich vollkommen ernüchtert und ein wenig neben der Spur.

„Ich weiß." Mehr sagte sie nicht. Stattdessen fing sie an zu heulen.

„Also hast du ein Baby?" Die Worte auszusprechen verstärkte den Schock nur noch.

„Habe ich", flüsterte sie.

„Wieso hast du mir nichts gesagt?" Es war Gefasel. Ich wollte sie besser kennenlernen, aber eigentlich wollte ich sie vor allem vögeln. Aber als ich nun in ihr vor Scham errötetes Gesicht sah, wurde mir bewusst, dass ich streng genommen nicht das Geringste über sie wusste. Sie hatte etwas so Wichtiges vor mir verborgen und ich fragte mich warum. Vielleicht wollte sie einfach nicht damit hausieren gehen, dass sie ein Kind von einem anderen Typen hatte. Nachvollziehbar. Allerdings war ich der Ansicht, dass

Aufrichtigkeit wichtig in einer Beziehung war und daran haperte es bei uns noch ziemlich.

„Ich wusste nicht, wie ich es dir sagen sollte“, gab sie zu und blickte hinunter auf ihre Hände.

„Wie wäre es mit: ‚Sinclair, ich habe daheim ein kleines Baby‘?“, neckte ich sie, um die Stimmung ein wenig zu entspannen.

Der Abend hatte längst aufgehört, ein Date zu sein. Ich hatte so lange auf diesen Abend gewartet, eine ganze Woche lang. Und irgendwie auch ein ganzes Jahr lang. Es fühlte sich wie eine Ewigkeit an. Ich wollte nichts anderes, als sie die ganze Nacht ficken, stattdessen hatte ich auf einmal Schuldgefühle und wusste nicht einmal wofür. Vielleicht lag es daran, dass sie auf einmal wie gelähmt vor Angst war.

„Sinclair, ich habe ein Baby“, sagte sie beinahe monoton.

„Wo steckt der Vater? Bist du mit ihm zusammen?“ Was für eine beschcuertc Frage. Ich stand immer noch neben mir.

„Nein.“ Ihre Lippen zitterten und sie weinte immer noch.

„Okay. Schon gut. Du musst nicht drüber reden, wenn du nicht willst.“ Ich zog sie an mich und streichelte ihr Knie. „Ich bin hier. Wir können drüber reden oder auch nicht. Ist in Ordnung.“ Ich hätte wütend und eifersüchtig sein sollen, aber ich wollte ihr mein Mitgefühl und meine Unterstützung anbieten.

Sie hat mit anderen Typen gevögelt, na und? Ich hatte mich schließlich auch mit anderen Frauen vergnügt. Rückblickend kam es mir nur etwas seltsam vor, dass sie an Halloween so zurückhaltend war, als hätte sie wenig Erfahrung im Bett. Vielleicht konnte ich Menschen doch weniger gut einschätzen, als ich mir bisher eingebildet hatte.

„Ich bin keine Schlampe“, keifte sie und wurde von

Schluchzern geschüttelt. „Ich mache so etwas normalerweise nicht.“ Sie bekam Atemprobleme und weinte bitterlich.

„Ist schon okay. Wir alle machen Fehler.“ Ich wollte irgendwie behilflich sein.

„Sie ist kein Fehler.“

„Natürlich nicht. Ich meinte nicht deine Tochter. Ich kann offenbar nicht die richtigen Worte finden.“ Ich seufzte und strich mit der Hand über ihr Bein, um sie zu beruhigen.

„Tut mir leid, dass ich es dir nicht gesagt habe“, wimmerte sie leise. Ich konnte sie kaum verstehen.

Meine Hand streichelte sie etwas sinnlicher. Ich wollte ihr klarmachen, dass ich sie noch immer begehrte, trotz der veränderten Sachlage.

„Also ist es ein kleines Mädchen?“ Ich dachte, es helfe ihr vielleicht, wenn sie über ihre Tochter redet.

„Arianna.“ Tränen und Rotz liefen ihr über die Wangen.

„Das ist ein schöner Name. Weiß der Vater von ihr?“ Die Frage war wohl etwas heikel angesichts ihrer Verfassung, aber ich sah nicht, wie es mit uns beiden weitergehen sollte, wenn wir dieses Thema nicht ein für allemal klärten.

„Nein“, hauchte sie.

„Meinst du nicht, du solltest es ihm sagen? Vielleicht möchte er wissen, dass er Vater ist.“ Romantisch war das nicht. Und ich hätte gut und gern darauf verzichten können, den Vater des Kindes ins Spiel zu bringen. Aber auf einmal hatte ich Mitgefühl mit dem unbekannten Mann, der vielleicht nie erfahren würde, dass er eine Tochter hatte.

„Ich glaube nicht, dass er sie haben will.“ Sie wandte mir ihr verheultes Gesicht zu und schaute mich direkt an.

Da war etwas in ihrem Blick, dass alles sagte. Natürlich war sie keine Schlampe oder eine Drogenabhängige. Sie war wirklich die schüchterne, sexy Frau, die sich einer Nacht voller Leidenschaft hingegeben hatte. Nur eine Nacht, in der sie einmal nicht vernünftig sein, sondern eine Fantasie ausleben wollte. Eine Nacht mit mir, verborgen hinter Masken.

„Hast du ihn gefragt, ob er sie will?" Ich sah sie ebenso ernst und aufrichtig an.

Sie holte tief Luft und zitterte. Ihr Blick senkte sich und sie zupfte an ihrem Kleid herum.

„Er war der schönste Mann, den ich je getroffen hatte. Er war sexy und freundlich. Ich fühlte mich als jemand anderes in der Nacht, es war wie Magie." Ihre Augen richteten sich wieder auf mich. „Wir haben ein Wunder erschaffen. Sie ist so schön." Sie sah aus, als wollte sie noch mehr sagen, aber sie starrte mich nur noch an und zitterte.

„Ist sie von mir?" Die Luft zwischen uns war wie elektrisiert.

Sie nickte. „Ja", sagte sie leise.

Meine Hand streichelte sie noch immer mechanisch, aber mein Hirn war leer. Ich war ein Vater.

„Ich kümmere mich allein um sie. Du musst gar nichts machen, wenn du damit nichts zu tun haben willst. Ich kann mir ein Taxi nach Hause nehmen. Ich kann mir auch einen anderen Job suchen. Ist schon okay." Sie fing wieder an zu weinen. „Tut mir leid."

„Hey, schon gut, Reyna. Es ist okay." Ich hielt sie im Arm. „Es ist ein ziemlicher Schock, aber es ändert nichts. Ich meine, es ändert natürlich eine Menge, aber wir kriegen das hin. Wir sind erwachsen." Ich redete mir das mehr ein als ihr.

Ich war Vater. Es war schwierig, diesen Gedanken zu erfassen. Den Rest der Fahrt hielten wir einander und sagten kein Wort mehr. Ich war ziemlich erleichtert, als wir am Chateau Marmont ankamen. Die Party würde Ablenkung bringen und die Anspannung zwischen uns hoffentlich ein wenig lösen.

Bevor wir ausstiegen, nahm ich ihre Hand und blickte ihr fest ins Gesicht. „Ich will dich immer noch, Reyna. Ich haue nicht einfach ab. Du kannst aufhören zu weinen." Ich wischte ihr die Tränen vom Gesicht. „Wir hatten ungeschützten Sex. Ich bin in dir gekommen. Wir haben das Schicksal herausgefordert. Und das Schicksal hat uns eine kleine Tochter beschert. Ich bin sicher, sie ist genauso schön wie ihre Mutter. Und alles andere ergibt sich irgendwie. Wir kriegen das schon hin." Ich meinte jedes Wort.

Wir hatten uns ohnehin auf dünnes Eis begeben, es wurde nun bloß noch etwas dünner. Ich ging davon aus, dass ich das hinkriegte. Und falls nicht, nun, dann würden wir uns eben trennen und ich zahlte für das Kind.

„Du bist mir nicht böse, dass ich es dir nicht gesagt habe?", fragte sie schniefend.

„Ich wünschte, du hättest den Mut gehabt, es mir zu sagen. Ich bedaure es, dass du mir nicht genug vertraut hast, um es anzusprechen. Aber ich verstehe es, denn immerhin kennen wir uns eigentlich kaum. Ich hoffe allerdings, dass du in Zukunft ehrlicher mit mir sein wirst." Ich lächelte und schob ihr eine feuchte Haarsträhne aus dem Gesicht. Trotz der Tränen und der Aufregung war sie immer noch wunderschön. Ihre Tränen hatten einfach nur ihre menschliche und verletzliche Seite gezeigt.

„Ich verspreche es, Sinclair. Keine Geheimnisse mehr", flüsterte sie.

„Ich tue mich schwer mit Langzeitbeziehungen. Aber falls es mit uns nichts wird, werde ich dennoch meine Vaterpflichten nicht vergessen. Ich hoffe, du siehst dich nun eher in der Lage, über alles mit mir zu reden. Egal was passiert, ich werde immer da sein.“ Ich lehnte mich mit einem solchen Versprechen weit aus dem Fenster. Aber es war das Richtige, das war mir bewusst. Wie das funktionieren sollte, wusste ich noch nicht, aber ich wollte Verantwortung zeigen.

„Danke.“ Endlich kehrte ein Lächeln auf ihr Gesicht zurück.

„Ich will immer noch die Nacht mit dir verbringen. Das alles ändert nichts daran, dass ich mit dir essen und dann die Nacht durchvögeln will. Wir sollten das nicht ruinieren, bevor es überhaupt richtig angefangen hat.“ Ich stieg aus und reichte ihr meine Hand.

„Okay, ich vertraue dir.“ Ihre dunkelbraunen Augen blickten mich intensiv an. Ich wischte ihr die letzten Tränen vom Gesicht, bevor wir hineingingen.

Sie holte Puder aus ihrer Handtasche und besserte ihr Make-up auf, um die roten Flecken auf dem Gesicht zu überschminken. „Ich sehe furchtbar aus“, jammerte sie.

„Tust du nicht. Du bist wunderschön, mit oder ohne Make-up.“

Sie legte Lippenstift nach, presste ihre Lippen aufeinander und grinste mich verschmitzt an. „Aber mit Make-up fühle ich mich wohler“, sagte sie und packte das Zeug wieder ein.

„Daran werden wir arbeiten müssen.“ Ich klatschte ihr auf ihren wunderbar prallen Hintern und wir gingen hinein. „Lass uns das hier schnell hinter uns bringen, damit ich endlich sehen kann, wie du nackt aussiehst, so als Mutter“, flüsterte ich ihr beim Hineingehen zu und ihre Augen weiteten sich.

Heute Nacht würde mächtig viel Spaß machen.

An die Party erinnerte ich mich später kaum. Wahrscheinlich stand ich immer noch ein wenig unter Schock von der Erkenntnis, Vater zu sein. Wie ich Reyna versprochen hatte, zeigten wir uns kurz, sprachen mit den wichtigsten Leuten und nahmen ein paar aufrichtige Gratulationen entgegen. Nach etwa einer Stunde schob ich sie zur Hintertür hinaus, wo ein Fahrer bereits auf uns wartete. Im Wagen öffneten wir eine Flasche Champagner und der private Teil des Abends begann.

Ich besaß mehrere Autos. Eines davon war ein alter VW Westfalia, ein Camper, mit dem ich gern an den Strand fuhr und dort übernachtete. Ich mochte das Geräusch der Wellen, es beruhigte mich und half mir, einen klaren Kopf zu bekommen. Der Westfalia hatte auf dem Dach ein Bett und eine rudimentäre Küche innen drin. Es war meine Art der Rebellion gegen mein eigenes privilegiertes Leben.

Ich besaß außerdem einen Land Rover, mit dem ich meistens zur Arbeit fuhr. Und dieser Wagen hier, der für die Stadt gedacht war, hatte allen Luxus, den man sich vorstellen konnte. Es gab eine kleine Bar und einen Tisch zum Essen darin. Alles war automatisiert. Wenn ich sie hier drin hätte vögeln wollen, wäre der Sitz zur Liege verstellbar gewesen. Der Wagen gehörte eigentlich meinem Vater, aber er war nie lange genug im Lande, um ihn zu benutzen.

Sobald ich Reyna im Wagen hatte, zog ich sie an mich und küsste sie. Ich hatte ein Jahr lang darauf warten müssen, diesen hinreißenden Mund wieder zu küssen, und hatte nicht mehr die Geduld, noch länger zu warten. Sie öffnete sich für mich, unsere Zungen liebkosteten einander, als seien wir Verhungernde. Ihre Finger gruben sich in mein Haar und zogen mich näher. Es kostete mich all meine Willenskraft, sie nicht hier im Wagen meines Vaters zu ficken. Ich hatte einen wunderbaren Abend für uns vorbereitet. Wir waren keine Teenager auf dem Highschool-

Ball, ich würde meinen Schwanz noch ein wenig unter Kontrolle halten können.

Ich nahm sonst nie Frauen mit nach Hause. Das war das erste Mal für mich. Ich war mir anfangs nicht sicher, warum ich mit ihr gleich so vertrauten Umgang haben wollte. Aber nach dem, was sie enthüllt hatte, war ich froh, diesen Schritt gemacht zu haben. Normalerweise nahm ich mir mit Frauen immer ein Hotelzimmer.

„Danke noch mal für dein Verständnis wegen Arianna“, sagte sie, als sich unserer Lippen voneinander trennten. Wir fuhren gerade in die Berge von Hollywood hinauf.

„Danke, dass du mir gesagt hast, dass ich eine Tochter habe.“ Ich lächelte sie aufrichtig an, damit sie nicht wieder eingeschüchtert war. „Hast du Hunger?“

„Ich bin am Verhungern.“ Sie verzog das Gesicht. Gott sei Dank kehrte ihre alberne Seite wieder zurück.

„Großartig. Salvatore ist der beste Koch der Welt. Ich bin sicher, er wird sich freuen, mal für zwei Personen kochen zu können anstatt immer nur für mich alleine.“ Es war ein etwas schmerzhaftes Geständnis, aber es war die Wahrheit.

Meine Eltern hatten diesen Koch für mich angestellt, da sie wussten, ich würde niemals selber für mich kochen. Alle drei ihrer Söhne hatten einen eigenen Koch, ein Zimmermädchen und einen Butler. Sie waren selber mit viel Geld aufgewachsen und konnten sich nicht vorstellen, wie ihre Kinder ohne dieses Mindestmaß an Bequemlichkeit zurechtkommen sollten. Meine Eltern leben an ständig wechselnden Orten überall auf der Welt. Ihr Geld verdienten sie zwar in Los Angeles, aber sie zogen es vor, in Übersee zu leben.

Das Haus, in dem ich lebte, gehörte ihnen, aber sie kamen nie dahin. Sie haben es mir praktisch überlassen. Ich habe es umgestaltet und mich um alles gekümmert, falls sie doch mal irgendwann wieder hier leben möchten. Allerdings haben sie mir stets versichert, dass sie nicht die Absicht dazu hätten. Sage lebte im Wochenendhaus unserer Eltern in den Bergen und Shelton hatte die Wohnung in der Innenstadt übernommen. Außerdem habe ich noch einen Bungalow am Strand von Malibu bekommen, meine geheime Zuflucht.

„Deine Filme müssen echt erfolgreich sein, wenn du dir einen eigenen Koch leisten kannst", sagte sie beeindruckt.

„Ich fürchte, ich muss dir auch ein kleines Geständnis machen."

Sie holte tief Luft und sah mich erwartungsvoll an.

„Meine Eltern sind Milliardäre. Wir hatten immer viel Geld. Mein Großvater war ein Ölmulti. Aktuell betreibt mein Vater von London aus eine Immobilienfirma und meine Mutter ist eine Lebensberaterin im Internet. Sie haben mehr Geld, als sie je ausgeben könnten. Meine Brüder und ich mussten uns einfach nur entscheiden, was wir mit unserem Leben anfangen wollten, und unsere Eltern finanzierten alles. Ich muss nicht erfolgreich sein, nur glücklich. Einer meiner Brüder ist in einer Rockband und der andere zieht als fieser Anwalt Leuten Geld aus der Tasche. Ich liebe Filme und wollte meinen Traum wahr machen. Inzwischen bin ich ziemlich unabhängig, aber sie bestehen darauf, weiterhin meinen Koch zu bezahlen, weil sie wissen, dass ich selber nie versuchen würde zu kochen. Wahrscheinlich würde ich eher ihr schönes Haus in Brand setzen. Und wo wir schon von dem schönen Haus reden: Da wären wir."

Der Wagen bog in die Einfahrt und der Fahrer stieg aus, um Reyna die Tür aufzuhalten.

Sie machte große Augen.

„Mein lieber Herr Gesangsverein", sagte sie staunend.

Ich lachte. „Hast du das gerade wirklich gesagt?“

„Ich denke schon.“

Ich fand sie hinreißend.

Kapitel 14 – Reyna

Das Haus war unglaublich. Es war die Art Haus, an dem man vorbeifuhr und sich fragte, wer da wohl leben mochte. Es war riesig. Ich konnte mir nicht vorstellen, hier zu leben. Es war beängstigend und einsam. Ich dachte an das kleine Apartment, das ich mit den Mädels teilte. Als ich schwanger war, hatte Melody mir ihr großes Schlafzimmer überlassen, was ein eigenes Bad hatte und einen kleinen Ankleidebereich, wo ich die Wiege aufstellen konnte, und einen Wickeltisch. Für mich und Arianna war es perfekt.

Melody benutzte mein altes Zimmer, um ihre Musik aufzunehmen, und wohnte in unserem Wohnzimmer. Unser Haus war aus den 1920ern und hatte einen abgetrennten Essbereich, unabhängig vom Wohnzimmer und der Küche. Wir bauten ein paar Türen ein und fertig war ihr Schlafzimmer. Ich musste für das größere Zimmer einfach etwas mehr Miete zahlen und allen war geholfen.

Es war gemütlich in unserem kleinen Domizil in den Hügeln von Hollywood. Aber Sinclair lebte mehr oder weniger allein in diesem riesigen Anwesen. Es war ziemlich überwältigend. Mir blieb der Mund offenstehen. Wer lebte denn bitte so? Das war doch irre.

„Nur du und der Koch? Oder lebt sonst noch jemand hier?“, fragte ich.

„Die Haushälterin und der Butler“, murmelte er.

„Und alle sind nur für dich da?“ Ich weiß, ich benahm mich gemein, aber das war einfach zu viel des Guten. Das war ja ein echter Klassiker hier. Der einsame reiche Junge, der allein über das riesige Anwesen streifte.

„Ich habe manchmal Freunde zu Besuch“, erklärte er lächelnd. „Aber ja, eigentlich bin ich ein bisschen überversorgt.“

„Ein bisschen?“, spottete ich.

Wir gingen zur Haustür und er schloss sie auf. Von innen war das Haus noch beeindruckender. Mahagoniverkleidung, schwarz-weiße Fliesen, alles wirkte aufeinander abgestimmt und perfekt. Das Haus war so alt wie unsere Wohnung, aber hier blätterte keine Farbe ab und die Fliesen waren nicht gesprungen. Es war makellos.

„Das ist wie in einem Museum“, platzte es aus mir heraus.

„Ja, es ist in irgendeinem Katalog abgebildet. Willst du ein Glas Wein?“ Offenbar versuchte er meine Aufmerksamkeit von seinem Reichtum abzulenken und das war mir nur recht.

„Sehr gerne“, sagte ich und folgte ihm weiter hinein.

„Wir haben verschiedene Weine. Was für einen möchtest du?“ Ich konnte mir darunter nichts vorstellen und fragte mich, ob es mir an Fantasie mangelte. Aber ich kannte niemanden mit einem Weinkeller.

„Ein Chardonnay vielleicht?“ Ich wollte nicht zu beeindruckt klingen. Die Nacht verlief ganz und gar nicht, wie ich sie mir vorgestellt hatte. Ich kam mir etwas verloren vor und konnte noch immer nicht recht glauben, dass ich ihm von Arianna erzählt hatte. Er ging damit viel besser um, als ich befürchtet hatte. Das machte mich glücklich. Arianna hatte es nicht verdient, versteckt zu werden. Ich schämte mich ihrer nicht und das sollte er auch nicht. Wie auch immer es zwischen uns lief, er würde immer ihr Vater bleiben und ich war froh, dass er das verstanden hatte. Je mehr ich über Sinclair erfuhr, desto besser gefiel er mir.

„Das meiste habe ich neugestaltet“, sagte er stolz, als er an mir vorbei ins Wohnzimmer ging. Vom Fenster aus hatte man einen umwerfenden Ausblick über die Hügel von Hollywood. „Ich würde dir gern alles zeigen, was ich verändert habe, aber ich will dich auch nicht damit zutexten."

Ich lachte. „Ich sage dir, dass du ein Vater bist, und du machst dir Sorgen, dass ein paar Bemerkungen über die Inneneinrichtung mich abschrecken?"

Er sah ein, dass das witzig war. „Na ja, es ist ein ziemlich großes Anwesen, das kann einen schon etwas einschüchtern."

Er öffnete eine Glastür, die auf eine Terrasse führte, und wir traten hinaus. Die Nacht war warm, obwohl es November war. Das Wetter in Los Angeles war traditionell nicht vorhersehbar und neigte zu Extremen. Ich war von dem Ausblick so gefangen, dass ich zunächst gar nicht bemerkte, wie ein Mann in Jeans und Poloshirt zu uns auf die Terrasse trat.

„Oh, Michael", sagte Sinclair beiläufig und drehte sich zu ihm um.

„Mr. Harris." Michael sah nicht aus wie ein Butler, sondern eher wie jemand, den er aus dem Poloclub kannte.

„Kannst du bitte ein Glas Chardonnay für meine Begleiterin bringen? Und ich hätte gern einen Grey-Goose-Martini." Seine Stimme klang warm, aber befehlend.

„Sofort." Michael verbeugte sich und ging.

„Ich hatte eigentlich erwartet, dass er einen Frack trägt und einen britischen Akzent hat", sagte ich lachend.

„Wer arbeitet schon gern in einem Frack? Wenn Gäste da sind, trägt das Personal Dienstkleidung, aber ich war davon ausgegangen, dass dich das einschüchtert." Er sah mich an. Er war sexy und dominant.

„Ja, vielleicht hätte mich das ein wenig abgeschreckt, das gebe ich zu." Mein Herz raste so sehr, dass ich dachte, er müsse es unter meinem Kleid klopfen sehen.

„Dachte ich mir. Ich bin nicht Batman. Ich lebe nicht hier mit dem großväterlichen Diener im Frack und dem ganzen coolen Zeug im Keller. Ich rette auch nicht die Welt. Ich mache einfach nur Filme. Und es liegt mir etwas daran, dass mein Personal sich wohlfühlt. Dann sind die Leute produktiver. Das habe ich früh in diesem Geschäft gelernt.“ Seine Augen glänzten im Mondlicht.

Ich hörte beinahe nicht mehr zu. Als wir uns das erste Mal begegneten, war ich von den großen Flügeln seines Kostüms und seinen Bauchmuskeln beeindruckt gewesen. Er war gleichermaßen überirdisch und real. Wie er so da im Mondlicht stand mit funkelnden Augen, sah ich sein wahres Ich. Der Mann, der sich nicht hinter seinen Befehlen verstecken musste, oder so tat, als sei er eine Figur aus einem Film. Der Mann hier vor mir rastete nicht aus, wenn er die Frau wiedersah, mit der er einen One-Night-Stand hatte. Er gab ihr einen Job. Er erfuhr, dass er Vater war, und nahm sie dennoch mit zu sich nach Hause. Der Mann vor mir war ein bemerkenswerter Mensch.

„Also, wie war das mit den glücklichen Angestellten? Du bist in Wirklichkeit ein fieser Bösewicht, der über seine Schergen herrscht und finstere Pläne schmiedet?“ Ich neckte ihn, denn ich war auf einmal in einer spielerischen Laune.

„Vor allem bin ich nun auf einmal ein Vater, wie es aussieht.“ Er lächelte aufrichtig.

Sein Butler brachte uns eine Flasche Chardonnay in einem Kübel mit Eis und ein Glas Martini. Er stellte das Glas auf den Tisch, öffnete die Weinflasche und schenkte einen Schluck ein.

„Möchten Sie den Wein zunächst probieren, Miss?“ Er reichte mir das Glas mit dem kleinen Schluck drin.

„Ich bin sicher, er schmeckt vorzüglich“, sagte ich und nippte an dem kalten Wein, der eine kleine Spur nach Zitrone schmeckte. Ich fand ihn perfekt. „Ausgezeichnet.“ Ich schenkte ihm ein warmes Lächeln, während er mir einschenkte.

„Einen schönen Abend noch. Bitte rufen Sie mich, wenn ich noch etwas für Sie tun kann." Damit verschwand er wieder.

„Danke, Michael", sagte ich, als er ins Haus ging.

Sinclair nahm sein Glas und hob es an. „Auf uns."

Wir stießen miteinander an. Endlich entspannte ich mich ein wenig.

„Das ist der Himmel." Ich weiß nicht, warum ich mich auf einmal so wohlfühlte, denn wir bewegten uns eigentlich immer noch in unbekannten Gewässern.

„So ist es. Und du bist wunderschön, wenn du lächelst. Ich wünschte, du würdest das öfter tun." Er trat hinter mich und küsste mich auf den Nacken. „Du bist oft so ernst."

„Das liegt daran, dass mein Boss mich ganz schön unter Druck setzt." Ich rieb meinen Arsch an seinem Schwanz, um deutlich zu machen, was ich meinte. Er war hart und bohrte sich an meinen Hintern.

Er lachte, legte mir eine Hand auf den Bauch und zog mich an sich.

„Du bist eine sehr fähige und effiziente Assistentin. Ich kann mir nicht vorstellen, dass dein Boss dich so sehr beansprucht." Er stieß sanft gegen meinen Arsch und schlürfte seinen Martini. „Wolltest du schon immer Assistentin sein?"

„Um Himmels willen, nein", platzte es aus mir heraus. „Ich meine … nein, nicht immer." Ich änderte meine Tonlage, klang spielerischer.

Er lachte. Seine Brust und sein Schwanz vibrierten an meiner Rückseite. „Ist es so schlimm, Assistentin zu sein? Erzähl mir, was du sein wolltest, wenn du erwachsen bist, Reyna."

„Ich bin auf einer Farm aufgewachsen. Die Tiere füttern sich nicht von allein. Ich bin immer früh aufgestanden und hatte eine Menge zu tun, bis ich mal Zeit für mich hatte. Daher lernte ich schnell, effizient zu arbeiten. Daher war es nur logisch, als Assistentin zu arbeiten. Aber den Geist beschäftigt diese Arbeit nicht. Der ist frei und kann auf Wanderschaft gehen. Ich entwarf Geschichten in meinem Kopf und schrieb sie auf. Eigentlich bin ich nämlich Drehbuchautorin."

„Typisch Hollywood", meinte er mit einer Spur Sarkasmus, während seine Hand langsam meinen Körper erkundete.

Das Gefühl seiner Hand und seines Schwengels durch den dünnen Stoff meines Kleides machte mich irre. Ich nippte an meinem Wein, stöhnte leise auf und lehnte mich an ihn, während seine Hand zu meinen Brüsten wanderte.

„Ich habe gerade ein Skript bei Fungus Film Lab eingereicht. Mal sehen, ob etwas dabei herauskommt."

Seine Hand hielt auf meiner linken Brust inne. „Das ist eine ziemlich gute unabhängige Produktionsfirma. Wovon handelt das Drehbuch?" Er spielte mit der Brustwarze und ich schnappte nach Luft.

„Es handelt von einem kleinen Troll, der ein Riese sein möchte. Er macht sich auf den Weg, um den gewaltigen Riesen zu bekämpfen, der sein Dorf bedroht, aber er freundet sich stattdessen mit ihm an. Der Clou ist nämlich, dass der Riese eine Lernschwäche hat und deshalb so gemein zu dem Dorf und den Trollen ist. Es ist ein niedlicher Film zum Wohlfühlen. Und lustig ist er. Ich wurde während meiner Schwangerschaft dazu inspiriert, als ich daran dachte, was alles auf Arianna und mich zukommen würde als alleinerziehende Mutter. Mir gefiel die Idee mit dem Troll. Jeder ist doch auf seine eigene Art ein Riese. Ich habe noch mehr Drehbücher. Ein Freund hat den Kontakt zu Fungus hergestellt.“

Ich hoffte, es störte ihn nicht, über den Film zu reden. Aber ich sprach gern über meine Projekte. „Ich habe einiges geschrieben, Liebesgeschichten, aber auch düsteres, paranormales oder auch lustiges Zeug.“

Seine Hand trieb mich in den Wahnsinn, es fiel mir schwer, mich zu konzentrieren. Seine Finger spielten mit meiner Brustwarze, dann fuhr die Hand hinunter und ruhte auf meiner Hüfte.

„Ich würde es gern lesen.“ Sein Atem war heiß an meinem Ohr.

„Sicher.“ Ich biss mir auf die Lippen, als ich spürte, wie feucht ich zwischen den Schenkeln wurde. Er machte mich so an.

„Schick es mir am Montag per Mail zu. Oder du bist gefeuert.“ Seine Zunge leckte an meinem Ohr und ich erschauerte.

Er wollte mein Drehbuch lesen. Ich blickte wie eine Königin über die Stadt und seine Hand … das war zu viel für mich.

„Ich mag die Idee mit dem Troll. Schade, dass ich das Drehbuch nicht zuerst bekommen habe. Du klingst wie eine echte Drehbuchautorin. Voller Leidenschaft über ihre Arbeit. Und falls das überhaupt möglich ist, macht dich das noch schärfer in meinen Augen. Also, erst Sex oder erst essen? Es ist schon ziemlich spät, sicher hast du großen Hunger.“ Er nippte an seinem Martini, stellte das Glas auf den Tisch und fuhr mit dem kalten Daumen über meine Lippen.

„Dir kann ich nicht widerstehen.“ Ich blickte in seine unglaublichen grünen Augen und spürte die tiefe Bindung zwischen uns.

„Gute Sache, das ist reine Absicht.“ Sein Finger wanderte

von meinem Mund hinunter zum Kinn. Er küsste mich und drängte sein Becken gegen mich. Wieder spürte ich seinen gierigen Schwanz.

„Mein Schlafzimmer ist dort.“ Er drehte mich um und öffnete eine andere Tür. Dahinter lag ein atemberaubendes Schlafzimmer. Mitten drin stand ein riesiges Bett mit grauer Bettwäsche. Links und rechts davon standen Nachtschränke aus Metall, es gab einen Sitzbereich und eine Tür zum Bad.

Als wir das Zimmer betraten, zog Sinclair sich die Schuhe aus. Ich tat es ihm gleich.

„Hier wird die Magie erschaffen.“ Seine Stimme klang belegt und sinnlich. Er kam auf mich zu. „Ich werde dich wieder und wieder hier nehmen.“ Sein Gesicht versprach sexuelle Genüsse, wir waren wieder im Spiel.

„Vielleicht nehme ich ja auch dich“, erwiderte ich, packte ihn und warf ihn auf das Bett.

„Das geht natürlich auch“, lachte er.

Kapitel 15 – Sinclair

Sie schob mich auf das Bett und setzte sich rittlings auf mich, während sie mir gleichzeitig das Hemd über den Kopf zog. „Arme hoch“, befahl sie und ich gehorchte. Es gefiel mir, dass sie das Kommando übernommen hatte.

Ich mochte starke Frauen, sie waren eine Herausforderung für mich. Ich würde ihr eine Weile lang die Führung überlassen, dann selber übernehmen und es ihr so richtig besorgen. Sie war meine Göttin und ich wollte ihr Gott sein. Sobald sie meine Brust entblößt hatte, beugte sie sich vor und küsste mich. Ihr Mund war warm und süß. Sie spreizte die Schenkel und nahm meinen harten Schwanz zwischen ihre Beine. Meine Hände massierten ihren Hintern und schoben dabei das samtene Kleid immer höher, bis es unter ihren Brüsten steckte. Unsere Lippen tanzten miteinander, meine Hände glitten höher und hielten an einem stabilen BH inne.

„Warum diese Rüstung?“, fragte ich an ihrem Mund.

Sie zappelte auf meinem dicken Schwanz herum. „Ich muss ein Baby füttern. Ich dachte, das Kleid sieht besser aus ohne Milchflecken.“

Beinahe hätte ich sie umgedreht und wie besessen gevögelt, die kleine Hexe. Ich wollte eigentlich langsam weitermachen, aber ich musste unbedingt in sie eindringen. Sie war einfach zu viel für mich. Die Art, wie sie sich an mir rieb, brachte mich um den Verstand, ich konnte kaum noch klar denken.

Ihr Mund löste sich von meinem, sie setzte sich auf und zog ihr Kleid über den Kopf, während sie auf meinem Schwanz, der noch immer in der Hose steckte, hin und her ritt. Ihr BH war wirklich beeindruckend, aber mit ihren geschickten Fingern öffnete sie ihn flink und entblößte ihre vollen, erregten Brüste. Oh Mann, waren die gewachsen. Sie waren voll und rund. Meine Hände packten sie, aber sie hielt mich auf und küsste meine Fingerknöchel.

„Sie sind voller Milch.“ Sie wurde ein wenig rot, offenbar war es ihr peinlich.

Natürlich waren die Brüste größer, ich Idiot. Sie stillte ein Baby. Unser Baby.

„Braucht unsere Tochter die Milch? Müssen wir irgendetwas tun?“, fragte ich, vollkommen ahnungslos, was diese Dinge anging.

Bei der Erwähnung 'unserer Tochter' blieb mir kurz das Herz stehen. Das Ausmaß dieses Umstands musste ich erst noch richtig erfassen.

„Sie hat reichlich.“ Reynas wundervolles Lächeln kehrte zurück. „Aber da ich nicht weiß, wie du das findest, sind die Brüste tabu heute, bis ich abpumpen kann“, sagte sie kess.

„Ich habe zu lange darauf gewartet, um nun zu verzichten. Also helfe ich dir. Was brauchst du? Ich will deine Titten, so schnell es geht.“ Ich hatte keine Ahnung, worauf ich mich da einließ, aber ich war zu allem bereit und vor allem wollte ich sie endlich.

„Im Ernst?“, fragte sie erstaunt.

„Ja, ich denke schon.“ Wieso nicht?

„Na schön. Da du noch mehr Kleidung anhast als ich, würde es dir etwas ausmachen, meine Tasche aus dem Foyer zu holen? Die Pumpe ist da drin.“

Ah, okay. Ich denke, ich konnte mit Sicherheit sagen, dass das Wort Milchpumpe bisher noch nie im Bezug auf mein Sexualleben gefallen war.

„Kein Problem. Warte hier. Wieso machst du es dir nicht ein wenig mehr bequem, während ich weg bin? Ich mag den Slip, den du trägst, Süße. Aber er gefällt mir noch besser, wenn er auf dem Boden liegt.“ Ich blickte sie lüstern an.

Sie kicherte, stand auf und zog sich den Slip aus.

„So in etwa?“, fragte sie und ließ den Slip hoch über ihrem Kopf baumeln.

So wie sie da vor mir stand, nackt von Kopf bis Fuß, wurde ihr wundervoller Körper vom schwachen Licht herrlich in Szene gesetzt. Sie war die schönste Frau, die ich je gesehen hatte. Sie hatte sich verändert. Durch die Schwangerschaft hatte sie mehr Kurven und einen runden Bauch bekommen. Mein Schwanz regte sich vor Begeisterung. Der auffälligste Unterschied jedoch war eine dünne Linie auf ihrem Unterleib. Sie hatte offenbar einen Kaiserschnitt gehabt und die Narbe war noch immer als rote Linie sichtbar. Eine bleibende Erinnerung, dass sie unsere Tochter zur Welt gebracht hatte. Sie wirkte ein wenig besorgt, vor mir ihre veränderte Erscheinung zu entblößen, machte aber ein tapferes Gesicht.

Sie ließ den Slip zu Boden fallen. „Zufrieden?“

„Gleich“, knurrte ich. „Gott, bist du hinreißend. Mach dich bereit, ich werde jeden Zentimeter liebkosen, sobald ich zurück bin.“ Ein Lächeln breitete sich auf ihrem Gesicht aus und die Ängste lösten sich in Luft auf.

Michael hatte ihre Sachen auf meine Anweisung hin in eines der Gästezimmer gebracht. Ich fand ihre Tasche und verstand nun auch endlich, warum sie eine so große dabeihatte. Darin befanden sich Windeln, Flaschen, eine Garnitur Babywäsche mit winzigen Schmetterlingen. Mein Herz schmolz dahin. Außerdem befand sich in der Tasche ein unscheinbarer schwarzer Beutel, von dem ich annahm, dass die Pumpe sich darin befand.

Ich wollte nicht einfach ihre Sachen durchsuchen, daher nahm ich einfach die ganze Tasche mit in mein Schlafzimmer. Sie wartete auf mich, räkelte sich auf dem großen Kissen, die Beine scheinbar zufällig gespreizt.

Sobald ich hereinkam, setzte sie sich auf. „Ich nehme es dir ab.“ Sie stand auf.

Ich stellte die Tasche auf den Tisch und sah zu, wie sie die Pumpe herausholte.

„Es wird etwa 20 Minuten dauern, tut mir leid.“

„Um unser Kind zu füttern? Warum um alles in der Welt sollte sich eine Mutter dafür entschuldigen?“ Es gefiel mir nicht, dass ihr Selbstbewusstsein ins Wanken geriet.

Sie sollte unbedingt wissen, wie schön sie war und wie beeindruckend ich es fand, dass sie ein Kind zur Welt gebracht hatte.

„Es ist nur … ich komme mir vor, als sei ich eine Kuh in der Molkerei.“ Sie sah mich an. In ihren Augen erkannte ich, dass es ihr Ernst war.

„Das ist nun einmal die Natur. Wir haben wie die Karnickel gevögelt, das gehört nun mal auch dazu.“ Ich nahm sie in die Arme und küsste zärtlich ihren Hals.

Sie roch nach Parfüm und Erregung. „Bist du sicher, dass ich dir nicht helfen kann? Sag mir, was ich machen soll.“ Ich starrte auf ihre enormen Brüste und stellte mir vor, sie zu massieren, während Milch herauskam, die Nahrung für unser Baby.

„Es ist grausig.“ Sie biss sich auf die Lippe und ich hielt sie ein wenig fester im Arm.

„Das möchte ich bezweifeln. Dann lass mich dich wenigstens im Arm halten, während du pumpst.“ Ich knabberte an ihrem Hals und sie schnappte nach Luft. „Lass dir ruhig Zeit, ich küsse dich einfach überall, während du diese beeindruckenden Titten melkst."

„Du willst wirklich helfen?" Sie nahm die Pumpe aus dem Beutel, zwei Schalen und die Maschine, und kam damit zum Bett hinüber.

Sie machte es sich bequem und ich legte mich hinter sie. „Ja, ich will dir helfen. Zeig mir, was ich machen soll." Das konnte doch ganz lustig werden.

„Also, die kommen da hin." Sie setzte die Plastikschale auf ihre Brust und stellte die Maschine an. Es war tatsächlich eine kleine Melkmaschine, die an der Brust saugte und die Milch abpumpte. Ich spürte, wie peinlich ihr das Ganze war.

„Du musst nicht zugucken." Sie war rot geworden.

„Okay, tue ich nicht." Ich küsste ihren Hals. „Ich könnte dir mit der anderen helfen. Du hast ja noch eine zweite Pumpe."

„Es würde dann auf jeden Fall schneller gehen", gab sie zu.

„Sehr gut. Zeig mir, wie das geht." Sie nahm die Pumpe, setzte sie auf die andere Brust und schaltete sie ein. „Du musst sie eigentlich nur festhalten. Die Pumpe arbeitet von alleine."

„Schade." Ich tat, als würde ich schmollen. „Sieht aus, als könne man damit spielen." Ich drückte ihre Titte ein wenig.

„Also, falls du nicht die Milch über das ganze Bett verteilen möchtest, solltest du das Spielen auf ein Minimum beschränken." Sie kuschelte sich in meine Arme, während die Pumpen an ihren Brüsten ihre Arbeit taten.

Unterdessen küsste ich ihren Hals, ihr Haar und ihre Ohrläppchen. Nach einer Weile machte ich ein paar lüsterne Bemerkungen, sagte ihr, wie ich gleich an ihrer Muschi saugen würde, bis sie ihren Saft in meinen Mund tropfte. Sie lachte und bemühte sich, sich auf ihre Aufgabe zu konzentrieren, aber ich war gut im Ablenken. Nach zwanzig Minuten war sie fertig.

„Gut gemacht“, lobte sie mich und räumte das ganze Zubehör wieder weg. Während sie das tat, zog ich mich aus. Als sie zum Bett zurückkehrte, war ich so nackt wie sie. Meine Hand spielte lässig mit meinem Schwanz, um für sie bereit zu sein, sobald sie wieder im Bett war.

„Brauchst du da vielleicht Hilfe?“, fragte sie im selben Ton wie ich bei der Pumpe. „Ich könnte die Pumpe wieder auspacken.“ Sie hatte ein teuflisches Grinsen aufgesetzt.

„Meine Güte, nein. Ich komme zurecht. Ich brauche nur dich und deine göttliche Muschi.“

„Bist du sicher? Jeder kann mal eine helfende Hand gebrauchen.“ Ihre Hand legte sich auf meine und glitt mit ihr auf meinem Schaft auf und ab.

Aber mein Schwanz wollte einfach nur in sie rein. Ich küsste sie auf den Kopf und ließ meine Hand sinken. Sie auf meiner Haut zu spüren, war umwerfend. Nachdem sie mich ein wenig gerubbelt hatte, senkte sie ihren warmen Mund über meine Eichel. Ihre heiße Zunge spielte damit und leckte die ersten Tropfen Ejakulat ab. Meine Eier spannten sich an. Es würde nicht lange dauern, dann war ich soweit. Wenn sie mich bis in den Hals saugte, wäre es um mich geschehen. Ich stützte mich auf die Ellenbogen.

„Ich bin bereit für dich, Liebling“, sagte ich in der Hoffnung, dass sie mich losließ, bevor ich in ihrem Mund kam.

Sie leckte den Schwanz entlang und küsste meine Eier zärtlich.

„Darf ich jetzt?“, fragte ich und strich mit den Fingern über ihre Brustwarzen. Sie reckte mir ihre schönen Brüste entgegen.

„Ja, jetzt darfst du, mach damit, was du möchtest."

Ich massierte das wundervoll weiche Fleisch, dann beugte ich mich vor und lutschte eine Titte in meinen Mund. Ich konnte den Hauch von süßer Milch schmecken, also saugte ich stärker. Es war der Geschmack, der mich daran erinnerte, wofür Brüste eigentlich gedacht waren.

„Oh mein Gott", stöhnte sie. Ihre Stimme klang rau und erregt.

Von dem Pumpen waren ihre Titten sicher sehr empfindlich. Ich spielte mit der Zunge an der Brustwarze. Dann wanderte ich zur anderen Brust. Ich war beeindruckt, wie gut sie in Form war nach der Geburt. Sie hatte kaum zugenommen und die neuen, weichen Stellen machten sie nur noch sinnlicher. Ich genoss es, ihre neuen Kurven zu erkunden. Ich hatte ihren Körper erst ein einziges Mal zuvor gesehen und mochte die kleinen Veränderungen, die die Mutterschaft mit sich gebracht hatten. Ich wanderte hinunter bis zur Narbe auf ihrem Unterleib, durch die unser Kind in die Welt geholt worden war. Die dünne rosa Linie war perfekt und sollte sie mit Stolz erfüllen. Die Erinnerung an eine wahrlich anstrengende Zeit. Ich küsste ihren runden Bauch und befasste mich mit ihrem Bauchnabel, bis sie sich unter mir wand.

„Mein Körper hat sich ziemlich verändert", gab sie zu, als wäre es eine Art Verbrechen, ein Kind zu gebären.

„Mir kam gerade der Gedanke, dass mir das hier besonders gefällt", sagte ich und leckte über die lange Narbe.

Ihr Körper bäumte sich auf und sie keuchte.

„Tut es weh?" Ich hielt inne.

„Nein, es … fühlt sich seltsam an." Ich war mir nicht sicher, ob es ihr gefiel, wenn ich über die Narbe leckte, aber sie schien es auch nicht abzulehnen. „Soll ich weitermachen oder lieber abwärts wandern?“

„Weitermachen.“ Ihr Atem kam stockend und stoßweise.

„Sehr gut. Ich mag jede Stelle von dir.“ Ich küsste die Narbe, dann rieb ich mit meinem stoppeligen Kinn über ihren Venushügel.

„Ohhh.“

Ich mochte, wie intensiv sie auf alles reagierte.

Ich sah die Opfer, die ihr Körper anlässlich der Geburt gebracht hatte. Opfer, die sie allein bringen musste. Ich überschüttete sie mit Aufmerksamkeit und ignorierte meinen tropfenden Schaft, um ihr zu huldigen und auch ihrer Mutterschaft. Mein armer Schwanz war zum Bersten angeschwollen, ich tropfte auf sie herunter. Es war schwer, mich auf irgendetwas zu konzentrieren. Aber das war jetzt nebensächlich. Dieser Moment gehörte allein meiner Göttin. Es ging einzig darum, sie zu befriedigen, bevor ich sie nahm. Ich legte meinen Kopf zwischen ihre Beine, meine Zunge leckte über die rosige Haut um ihre Muschi herum. Sie drängte sich an meinen Mund. Meine Zunge glitt über ihre Pussy bis zur Klitoris. Ich knabberte und saugte daran, bis sie laut keuchte. Ihr Saft lief mir in den Mund und ich wusste, sie würde gleich kommen. Ihr Atem stockte, sie bäumte sich mir entgegen. Ich küsste ihre Klitoris und blickte zu ihr auf.

„Komm, Baby, komm für mich“, gurrte ich verführerisch.

Sie stöhnte auf und schloss die Augen, als ich mit meinen Fingern in ihre Nässe eindrang, während meine Zunge weiter mit ihrer Perle spielte. Ihr Becken bog sich hoch, mir entgegen. Sie biss die Zähne zusammen, wollte den Schrei unterdrücken. Ich schob einen weiteren Finger in sie hinein und fingerte sie schneller. Mehr brauchte es nicht. Sie ritt auf meinen Fingern zum Höhepunkt, ihr Schenkel erzitterten, ihr Becken erbebte an meinem Mund, sie ergoss ihren Saft.

„Wundervoll", lobte ich und leckte ihre Muschi ab. Dann küsste ich ihren Venushügel erneut und rutschte höher, während sie sich noch immer von dem Orgasmus erholte.

„Oh mein Gott", flüsterte sie erneut, dann küsste ich sie, noch immer mit ihrem Geschmack im Mund.

Mein dicker Schwanz lag zwischen uns und ich spreizte mit den Fingern ihre Muschi noch ein wenig mehr, um ihn aufnehmen zu können.

„Bist du bereit für mich?", fragte ich und zupfte mit der anderen Hand eine nasse Haarsträhne aus ihrem Gesicht.

„Und ob ich bereit bin", keuchte sie.

Ich rieb mit meinem Schwanz über ihre Schamlippen, nahm ihren Saft als Gleitmittel auf, damit es sie nicht schmerzte, wenn ich in sie eindrang. Sie war nass und bereit. Aber bevor ich in sie stieß, hielt ich kurz inne. „Nimmst du die Pille?" Die Frage war irgendwie ein Stimmungskiller, aber wir hatten immerhin schon ein Kind auf diese Weise zustande gebracht, ich fand nicht, dass wir bereit waren für ein weiteres.

„Ja, mach weiter." Sie lächelte ermutigend und drängte ihr Becken an mich, um sich auf meinen Schwanz zu schieben, aber sie stieß nur dagegen und erregte mich noch mehr.

„Gut, dann weiter." Ich schob meinen Schwanz mit einer Hand in ihre Muschi.

Unsere Säfte vermischten sich zu einem perfekten Gleitmittel. Mit Leichtigkeit bewegte ich mich in ihrer engen Muschi. Sie quiekte und bäumte sich auf, was mich ein wenig in Panik versetzte.

„Tue ich dir weh?", fragte ich, besorgt, dass sie vielleicht wund war.

„Nein, es fühlt sich gut an. Alles gut, mach einfach weiter. Weiter, weiter." In ihrer Ekstase faselte sie ein wenig, aber ich fand es niedlich und erregend.

Ich mochte es, sie so benommen und euphorisch zu sehen. Ihre Muschi passte sich meinem Schwanz an wie ein Handschuh. Ich glitt langsam rein und raus, wie bei einem Tanz. Sie hob ihre Beine hoch, damit ich tiefer in sie eindringen konnte.

Sie schloss ihre Augen und presste die Lippen zusammen, als ich sie tiefer und tiefer fickte.

„Immer noch alles gut?", fragte ich nach.

„Ja, fick mich einfach, Sinclair", keuchte sie.

„Wie du willst."

Ich konnte mich nicht länger beherrschen und rammelte sie nun so hart und schnell, wie unsere Körper es aushielten. Meine Eier klatschten gegen ihren Hintern, meine Bauchmuskeln verkrampften sich und ich näherte mich rasend meinem eigenen Orgasmus.

Unser letztes Mal war viel zu lange her und mein Verlangen nach ihr war unendlich. Ich fickte, sie wimmerte. Sie würde ein zweites Mal kommen. Ich hielt es nicht länger aus. Ich beugte mich vor, drang so tief in sie wie nur möglich und schoss meine Ladung tief in ihre heiße Mitte. Ihre Beine schlossen sich um mich, hielt mich in ihr fest, während sie lustvoll aufschrie. Ihre Muschi melkte meinen Schwanz und sie erzitterte unter mir. Ihr zweiter Orgasmus ergoss sich warm über meinen Schwanz.

„Fuck", japste ich und schoss einen letzten Schwall Samen in sie.

Sie war unglaublich im Bett. Ich wollte mich nicht aus ihr herausbewegen. Ich wollte für immer in ihr drinstecken. Ich blieb noch einen Moment so, genoss die Nässe unserer vereinten Säfte, die aus ihr heraus und an meinem Bein herunterliefen. Ich rollte sie auf mich, ihre Beine umschlangen meinen Leib. Sie war total erschöpft und ließ ihren erhitzten Kopf auf meiner Brust ruhen.

„Danke", seufzte sie. Ich konnte ihren Bauch bei jedem Atemzug auf mir spüren.

„Wir sind noch lange nicht fertig", neckte ich sie und gab ihrem süßen Arsch einen kleinen Klaps. Sie zuckte zusammen, was dazu führte, dass mein Schwanz aus ihr herausrutschte, erschlafft und nass.

Ich nahm sie in die Arme und streichelte ihre warme Haut. Eine Weile blieben wir so liegen, hielten einander fest und ließen die Leidenschaft ein wenig abklingen. Dann wurde uns bewusst, wie klebrig wir waren.

„Wie wäre es mit Duschen und Essen? Ich habe Hunger", flüsterte ich in ihr Ohr.

„Perfekt." Sie küsste mich.

„Wir machen später an dieser Stelle weiter", sagte ich, hob sie vom Bett und trug sie ins Bad.

Wir duschten schnell. Für Sexspielchen unter der Dusche waren wir zu erschöpft und zu hungrig. Daher wuschen wir uns nur schnell ab. Ich freute mich auf das Essen, denn ich hatte etwas Besonderes geplant.

Kapitel 16 – Reyna

Er war ein umwerfender Liebhaber und bediente meinen Körper mit so viel Lust. Ich hatte Sorge, dass er nach der Schwangerschaft meinen Körper nicht mehr attraktiv finden könnte. Mein Körper hatte sich definitiv verändert. Aber ich mochte meine neuen Kurven. Zum Glück tat er das auch.

Nach dem Duschen zog ich mir etwas Bequemes an. Die Vorstellung war bei Sonnenuntergang gewesen, danach die Party um halb sieben, jetzt war es bereits neun Uhr. Ich musste bei Melody und Charlynn nachfragen, wie es mit Arianna lief. Ich hatte ein schlechtes Gewissen, weil ich mich nicht schon früher gemeldet hatte, aber sie meinten, ich müsste überhaupt nicht anrufen. Daher war es schon eine ziemliche Leistung von mir, so lange mit dem Anruf zu warten. Ich war noch nie so lange von meinem Baby getrennt gewesen. Ich war sehr gern mit Sinclair zusammen und genoss es, ihn so intim kennenzulernen, aber mein Mädchen fehlte mir.

Melody ging gleich beim ersten Klingeln dran. „Neun Uhr. Alle Achtung, Reyna. Arianna ist ein Engel. Sie hatte ihr Fläschchen, hat ein Bäuerchen gemacht und wurde gebadet. Wir haben sie in den Schlaf gesungen. Ich übernehme die erste Schicht und Charlynn die zweite. Und du brauchst nicht wieder anzurufen. Wenn etwas sein sollte, rufen wir dich schon an, aber ich möchte, dass du deinen Abend genießt. Und morgen. Und noch eine weitere Nacht, wenn du willst.“ Sie sagte das alles mehr oder weniger, ohne Luft zu holen.

„Hallo“, sagte ich lachend.

„Oh, und erwähnte ich schon, dass wir dein Kind lieben?“

Sie lachte ebenfalls.

„Sieht ganz so aus. Dann ist also alles in Ordnung und ich kann nach Paris abhauen?“, neckte ich.

„Kein Ding. Wir bringen die Kleine auch allein durch“, sagte sie, ohne mit der Wimper zu zucken.

So sehr die beiden auch mit ihr zurecht kamen, mir fehlte meine Kleine. Selbst eine harmlos gemeinte Bemerkung, jemand anderes würde sich dauerhaft um sie kümmern, versetzte mir einen Stich. Natürlich war das albern, denn nichts und niemand würde mich je von meiner Tochter trennen können.

„Und? Wie läuft es bei dir?“, fragte Melody leise.

„Großartig. Sinclair ist fantastisch.“ Ich wollte ihr alles erzählen, was mir durch den Kopf ging, aber dafür war jetzt nicht der richtige Zeitpunkt.

Zwischen Sinclair und mir entwickelte sich gerade etwas Wundervolles, aber für Melody war es eine schwierige Zeit. Sie hatte letztes Jahr an Halloween ein Konzert gegeben und anschließend einen Schauspieler kennengelernt. Er hatte in ein paar erfolgreichen Filmen mitgespielt. Er war heiß, ein echter Traumtyp, und sie waren nach der Party eine Weile lang miteinander ausgegangen. Sie hatte sich ziemlich in ihn verliebt, aber er entpuppte sich als Arschloch. Ich glaube, eine Zeit lang dachte sie sogar, er wäre der Eine für sie, mit dem sie eine Familie gründen könnte. Sie sehnte sich danach, Kinder zu haben, noch mehr als ich. Die Trennung von ihm war sehr schmerzhaft für sie.

Und kurz danach wurde auch noch offensichtlich, dass ich schwanger war. Anfangs war ich unsicher, ob ich es hinkriegen würde, Arianna allein aufzuziehen. Aber Melody und Charlynn versicherten mir, sie würden immer für uns beide da sein. Und so war es auch. Ich glaube, Arianna hat Melody über ihren Schmerz hinweggeholfen. Und Charlynn hatte auch kein gutes Jahr bisher.

Es tat beiden also vielleicht wirklich gut, einen gemütlichen Abend voller Liebe mit meiner Tochter zu verbringen.

„Ich freue mich sehr für dich, Rey. Mach dir keine Gedanken um uns. Wir kommen prima zurecht. Geh zu ihm und genieß den Abend. Und ich meinte es ganz ernst, wenn du noch eine weitere Nacht bei ihm bleiben willst, lass es uns einfach wissen. Charlynn und ich haben damit kein Problem." Sie war so süß und eine wirkliche Freundin.

„Ich bin mir ziemlich sicher, dass ich nach Hause kommen werde. Ich vermisse meine Kleine. Außerdem, heißt es nicht, man kann auch zu viel des Guten haben?" Ich flüsterte, damit Sinclair mich nicht hören konnte. Er war im Bad und zog sich an, aber ich wollte auf Nummer sicher gehen. „Ich möchte, dass er sich mächtig ins Zeug legt", sagte ich lachend.

„Oh, auf jeden Fall! Alles klar, wir sehen uns morgen. Wir lieben dich!" Im Hintergrund hörte ich Charlynn und Arianna glucksen und singen. Offenbar war die Kleine gerade aufgewacht.

„Ich liebe euch auch. Und danke noch mal. Bis dann."

„Bis dann", sagte sie und legte auf.

Sinclair kam aus dem Bad, sauber und erfrischt. Er trug eine Jogginghose und ein T-Shirt. Ich hatte mir ein kurzes Sommerkleid übergezogen.

„Du siehst traumhaft aus", sagte er und kam auf mich zu, ganz das Alphamännchen, stark und überlegen.

„Du auch", sagte ich und wurde rot, als ich daran dachte, wie wir es eben noch miteinander getrieben hatten. Seine Hände umfassten mich und zogen mich an seine Brust. Ich legte meinen Kopf in den Nacken und überließ mich seinem Kuss. Er küsste mich leidenschaftlich und verlangend. Ich dachte, er würde mich gleich auf das Bett werfen und noch einmal ficken, egal, wie hungrig wir waren. Aber stattdessen zog er nur mein Kleid hoch und blickte auf meine seidene Unterwäsche.

„Die ist niedlich.“ Er zog sie mit den Fingern herunter.

„Hey, du Lüstling, ich habe Hunger. Können wir mit dem Wühlen in den Kissen warten, bis ich etwas im Magen habe?“ Ich liebte es, mit ihm meine sexuelle Seite zu erkunden, aber ich musste etwas essen.

„Sicher, ich möchte nur, dass du bereit bist, wenn es soweit ist.“ Er legte meinen Slip ordentlich auf die Kommode.

„Ach, und was ist mit dir? Ich hoffe doch nicht, dass du …“ Ich tastete mit meiner Hand über seinen Schritt und konnte seinen harten Schwengel durch die Hose spüren. „Du trägst auch keine Unterhose, richtig?“

Ich wurde rot.

„Du machst mich ganz wahnsinnig. Da dachte ich, es ist klüger, immer bereit zu sein.“ Er lachte, nahm meine Hand und zog mich hinter sich her. „Lass uns essen.“

Ich musste meinen Beinen befehlen, zu gehen, denn sie fühlten sich auf einmal an wie Gummi.

Das Haus war ein wenig verwirrend, genau wie das Büro, verteilt über mehrere Ebenen wie ein großer Irrgarten. Ich hatte keine Ahnung, wo wir waren. Von seinem Schlafzimmer aus betraten wir einen Flur, gingen durch mehrere Zimmer, die aussahen wie Gästezimmer, und dann waren wir wieder im großen Wohnzimmer. Von dort aus ging es eine lange Treppe hinunter in die Küche.

„Ich dachte, da wir nur zu zweit sind, können wir auch an meinem Lieblingsplatz essen. Der formelle Speisesaal auf dem oberen Flur ist nicht so mein Fall“, gab er zu. „Meine Eltern nutzten ihn für große Partys, aber ich gebe nicht gern Partys daheim.“ Er sah mich verführerisch an. „Ich mag es lieber zu zweit."

„Ja, das habe ich gemerkt", erwiderte ich und stupste ihn an.

„Umso besser." Er führte mich in einen kleinen Raum.

Es roch fantastisch. Wir betraten eine Art Wintergarten, ganz aus Glas, selbst die Decke. Um uns herum waren Bäume und große Steine, in der Mitte stand ein Tisch.

„Wow." Ich war sehr beeindruckt von diesem Raum.

Von hier aus konnte man weder die Straße noch andere Häuser sehen, sondern nur die reine Natur und den unglaublichen Ausblick auf das Tal unter uns. Die Villa stand in den Hügeln von Hollywood. Man würde uns hier nicht sehen können, denn es gab ringsherum keine anderen Häuser und die Umgebung war zu steil, um hinaufzuklettern.

„Ich liebe diesen Raum", sagte er, während er mir einen Stuhl zurechtrückte.

Ich nahm Platz und er setzte sich neben mich. „Ich mag ihn auch. Als wären wir komplett von der Außenwelt abgeschnitten."

„Ja, genauso fühlt es sich an, nicht wahr? Manchmal kann man von hier aus Tiere in der Nacht beobachten. Meistens Stinktiere und Waschbären, aber hin und wieder auch mal einen Kojoten oder einen Luchs."

„Luchse? Wirklich? Toll." Ich konnte es kaum glauben, denn ich hatte bisher nur davon gehört, dass es solche Tiere in den Bergen hier geben sollte, aber selber noch nie welche gesehen.

„Ich habe zweimal einen gesehen. Vielleicht war es beide Male derselbe. Es ist ein beeindruckender Anblick, beinahe magisch." Er wirkte auf einmal wie ein staunendes Kind. „Ich habe diesen Raum hier genau dafür entworfen, um die Natur zu beobachten. Ich habe ihn erst nachträglich anbauen lassen. Ich wollte einen Ort, an dem ich der Welt entfliehen konnte."

Michael betrat das Zimmer mit zwei Gläsern, einem Martini und meinem Wein. Er stellte das Glas vor mir ab.

„Danke, Michael", flötete ich, vielleicht ein wenig zu übereifrig.

Sinclair nickte dem Butler zu, als er den Martini vor ihm abstellte. „Wir können jetzt mit der Vorspeise anfangen."

Er war mit dem Butler sehr formell.

Zwar durfte der legere Kleidung tragen, aber das Verhältnis zwischen den beiden war alles andere als leger. Da war ich von meinen Mitbewohnerinnen etwas völlig anderes gewohnt. Ich stellte es mir ziemlich einsam in diesem Haus vor, nur mit Angestellten, die einen wie einen Gott behandelten, und sonst niemandem.

Sobald Michael hinausgegangen war, fragte ich: „Wie lange arbeitet er schon für dich?"

„Michael hat schon für meine Eltern gearbeitet, bevor ich das Haus übernommen habe. Also ungefähr sieben Jahre, schätze ich." Er nippte an seinem Drink.

„Sieben Jahre und ihr beide seid keine Kumpel?" Wenn aus uns etwas werden sollte, dann musste ich mich aber so benehmen dürfen, wie ich war. Ich würde im Bett nicht seine Assistentin sein. Ich war ihm ebenbürtig. Ich würde ihn behandeln wie einen Freund und Liebhaber, nicht wie einen Boss, der unglaublich viel Kohle und Macht besaß.

Er verschluckte sich beinahe an seinem Drink. „Nein, ich würde Michael und mich nicht gerade als Kumpel bezeichnen. Ich habe Brüder für so etwas. Nun, zumindest einer von beiden ist auch eine Art Kumpel für mich." Er sah etwas blass aus und nippte wieder an seinem Drink.

„Dann solltest du mal mit Michael abhängen. Man kann nie genug Freunde haben." Ich trank meinen Wein.

„Sich mit den Angestellten anzufreunden, ist riskant." Sein Blick war dunkel und eindringlich.

„Mit den Leuten, die für dich in deinem Haus arbeiten, nicht befreundet zu sein, ist auch riskant." Ich erwiderte seinen finsteren Blick auf humorvolle Weise. „Du bist ein wortkarger, grüblerischer Typ, oder? Der Dunkle, geheimnisvoller Liebhaber, Filme über gefallene Engel, der alles beherrschende Boss trotz des firmeneigenen Basketballfeldes und des gemeinsamen Besäufnisses an Freitagen. Im Grunde deines Herzens bist du ziemlich düster." Ich war nur ein Freizeitpsychologe, aber dieser Mangel an Gelassenheit machte mir langsam ein wenig Sorge.

„Ganz recht. Eigentlich bin ich vor allem ein Zyniker. Ich würde mich noch nicht als Sith-Lord bezeichnen, aber ich habe eine grüblerische Seite. Ich habe keine Folterkammer, aber ich habe ein Schreckenskabinett. Ich würde es dir gern eines Tages zeigen."

Michael kam mit einer Platte voll Obst, Brot und Käse hinein. Sinclair betrachtete ihn nachdenklich. Vielleicht erwog er meine Kumpel-Bemerkung.

„Oh, wie köstlich!", rief ich und bemühte mich, seine letzten Worte einfach zu ignorieren. „Meine Mitbewohnerinnen und ich machen auch mindestens einmal im Monat einen Fingerfood-Abend." Es war mir egal, falls ich mich anhörte wie ein Prolet.

„Du hast mir erzählt, dass du Vegetarierin bist, also hat Salvatore das berücksichtigt und ein paar nette Häppchen vorbereitet. Sei dir sicher, er wird noch weitere Gaumenfreuden für dich bereithalten." Oh, noch mehr hochtrabendes Geschwafel.

„Wie aufregend."

Ich wartete darauf, dass er mir einen Teller servierte, denn ich wollte nicht ausgehungert erscheinen, auch wenn ich genau das war. Ich vermutete, ich sollte wohl die gerettete Maid spielen, um ihn ein wenig zu lockern. „Das sieht fantastisch aus."

Ich nahm eine gewürzte Olive und steckte sie in den Mund. „Also, dieses Gruselkabinett", sagte ich mit vollem Mund, „ist das eine Art Dungeon? Ich frage nur, weil ich so gar nicht auf Peitschen und Ketten und so Zeug stehe. Wenn du irgendetwas verarbeiten musst, dann gebe ich dir die Nummer von meinem Therapeuten, aber nicht meinen Arsch." Ich lächelte und hoffte, dass ihn das nicht zu sehr verstörte.

Er brach in lautes Gelächter aus. „Nachvollziehbar. Nein, das Gruselkabinett ist genau das. Es beinhaltet Erinnerungstücke, Sammlerzeug. Ich habe es im Keller neben dem kleinen Kinosaal eingerichtet. Ich meine, die Ketten sind spaßig, aber es gibt keine Peitschen. Das Leben ist auch so schon schmerzhaft genug." Er füllte sich seinen Teller voll.

Da war es. 'Das Leben ist schon schmerzhaft genug'. Eigentlich war das für die meisten Menschen nicht der Fall, erst recht nicht für ihn. Wieso kam er auf den Gedanken, es wäre so?

„Wie meintest du das, die Ketten wären spaßig?" Ich blickte ihn von der Seite an und versuchte, ihn aus der Reserve zu locken.

„Ich meinte, ich mag sie für mich. Manchmal mag ich es eben, gefesselt zu sein. Ein bisschen den Schwanz zu quälen macht Spaß." Er sagte das tatsächlich. „Und ich benutze sie im Kino unten, um die Leute an den Sitzen anzuketten, damit sie meine Filme anschauen. Wenn du dich also nicht artig benimmst, zwinge ich dich dazu, ein paar meiner ersten Filme von der Filmakademie anzuschauen." Endlich hörte ich einen spielerischen Tonfall heraus, aber er wirkte immer noch finster und verrückt.

„Oh, nein … bitte nicht, Master!“ Ich spielte die hysterische Maid. „Also, du möchtest gern gefesselt sein? Ich mache mir eine geistige Notiz. Sicher finde ich auf YouTube eine Menge Videos mit Anleitungen, wie man einen Schwanz quält.“ Ich grinste anzüglich, nahm eine kleine Möhre und biss kräftig hinein.

„Nein, wirst du nicht.“ Er erwiderte meinen Blick. „Auf YouTube gibt es so etwas nicht. Es sei denn, du möchtest einen medizinischen Vortrag. Da musst du schon etwas tiefer in die Abgründe des Internets steigen, um zu finden, was ich mag. Nun, allzu tief nun auch wieder nicht. Ich mag es, gereizt zu werden, aber keine Gewalt. Warum reden wir darüber?“ Offenbar fühlte er sich plötzlich etwas unwohl.

„Dein Gruselkabinett hat dich zu deinem Geständnis verleitet, mein Bester. Aber da ich meine Lederkluft und meine Peitschen daheim gelassen habe, ist dein Schwanz vorerst sicher. Allerdings habe ich noch immer meine Milchpumpe.“ Ich blickte ihn vielsagend an.

„Nein, nein, nein. Und wenn wir noch weiter davon reden, denn lege ich dich hier auf den Tisch und vernasche dich. Dann hätten Michael und ich ein richtiges Kumpelgespräch zu führen.“ Er leckte eine Austernschale aus und schluckte das glibberige Zeug herunter.

Ich brach in Gelächter aus. „Da ist ja endlich deine humorvolle Seite.“

„Ich habe eine Menge Humor, warte es nur ab.“

Der Rest des Essens war sehr unterhaltsam. Er hatte nicht zu viel versprochen. Das vegetarische Essen war hervorragend und köstlich. Ich konnte es kaum erwarten, in sein Schlafzimmer zurückzukehren und seinen Schwanz zu foltern, aber er hatte andere Pläne für uns. Sobald wir mit dem Essen fertig waren, kam Michael herein und wünschte uns einen schönen Abend. Es war bereits halb zwölf. Wir wünschten ihm einen schönen Abend und er ging.

Ich machte mir Sorgen, dass Michael in der Nähe von Sinclairs Schlafzimmer wohnte, aber Sinclair erklärte, dass der Butler und seine Frau Lorna, die hier die Haushälterin war, ein eigenes kleines Haus auf dem Gelände bewohnten, etwas höher in den Bergen. Die beiden hatten schon für seine Eltern gearbeitet. Sie waren schon über 50, hatten keine Kinder und Sinclair nahm an, dass sie auch keine wollten. Ihr Job war es einzig, sich um Sinclair zu kümmern, der aber kaum da war. Kein schlechter Deal.

Sobald Michael gegangen war, blickte Sinclair mich mit einem teuflischen Grinsen an.

„Oha", sagte ich ein wenig nervös. „Den Blick kenne ich inzwischen. Was hast du geplant, Sin?" Ich benutzte seinen Spitznamen, denn er wirkte mehr wie der maskierte Mann vom letzten Jahr als der Boss, für den ich nun arbeitete und mit dem ich ausging.

„Ich dachte mir, ich vernasche dich, wie ich es angekündigt hatte." Er wirkte todernst, aber ich hoffte, er machte einen Scherz.

„Ach?", krächzte ich.

Ich hatte mich richtig satt gegessen und konnte jetzt nicht sofort heißen Sex haben, ohne dass mein Magen verrückt spielte. Was fürs Schwimmen galt, musste doch fürs Rammeln auch gelten, nahm ich an.

„Bist du nicht voll vom Essen? Ich schon." Ich stand auf und machte ein paar Schritte weg von ihm, um einen Vorsprung zu haben.

Er lachte und fasste das als Spiel auf, wie es ja auch gemeint war. „Für dich ist immer noch Platz."

Die Jagd begann.

Es gab nur zwei Türen in diesem Raum, durch eine waren wir gekommen, die andere führte nach draußen. Ich wusste nicht, was mich hinter beiden erwartete, daher entschied ich mich für die Tür nach draußen, denn die war näher. Viel Zeit blieb mir nicht. Ich schob einen Stuhl zwischen uns, schloss die Tür auf und schlüpfte hinaus. Die Luft war kühl, aber nicht zu kalt. Ich spürte den Luftzug auf meiner nackten Muschi, was mich erregte. Ebenso wie die Tatsache, dass er hinter mich getreten war und mich mit den Armen umfasste.

„Nicht die klügste Idee, vor dem Mann in seinem eigenen Haus davonzulaufen.“ Er lachte und hielt mich fest an sich gepresst.

Ich drehte und wand mich, um mich aus seinem Griff zu befreien, als eine seiner Hände von meiner Hüfte zu meiner Muschi glitt. Er rieb mit den Fingern über meine Klitoris, schnell und energisch, während sein anderer Arm mich fest umklammerte.

Seine Finger waren unermüdlich in Bewegung, aber er blieb äußerlich ruhig. Er küsste meinen Nacken und die Schulter, hin und wieder biss er mich sanft. Es dauerte nicht lange, da wand ich mich in seinen Armen und erschauerte in einem machtvollen Orgasmus.

Er zog seinen Finger zurück und leckte ihn ab.

„Nachtisch“, sagte er mit rauer Stimme.

Ich war ein wenig benommen von meinem Orgasmus.

Über uns schien der Mond und warf ein wunderschönes Licht auf uns. Rechts von uns war ein atemberaubender Wasserfall, der in eine Art heiße Quelle stürzte, die in den Felsen gehauen war. Es wirkte natürlich und schlicht, sehr asiatisch. Ein hölzerner Steg führte um das Becken herum, beleuchtet von kleinen Lampen.

Er führte mich zu einer der Bänke, die um das Becken herumstanden. „Dies ist mein Zufluchtsort“, flüsterte er mir ins Ohr und setzte mich mit gespreizten Schenkeln auf seinen Schoß.

Er öffnete mich weit, entblößte meine erschöpfte Muschi in der kühlen Nachtluft.

„Es ist wunderschön hier“, sagte ich und versuchte, in einem plötzlichen Anfall von Schamgefühl meine Beine zu schließen.

Er machte ein tadelndes Geräusch. „Ich bin noch nicht fertig.“ Mit den Knien drückte er meine Schenkel wieder auseinander.

Er hielt mich mit einer Hand weit geöffnet, die Finger der anderen Hand drangen wieder in mich ein. Ich nahm den Dampf wahr, der von dem heißen Becken aufstieg, und es roch nach Zedern und Eukalyptus. Mir drehte sich der Kopf, als seine Finger rein und raus glitten und meine Nässe überall verteilten. Je mehr ich mich wand, desto tiefer drangen die Finger in mich. Er fügte einen weiteren Finger hinzu, während er mit der anderen Hand meine Brustwarzen zwickte und etwas Milch herausquetschte. Meine Sinne waren wie benebelt.

Kapitel 17 – Sinclair

Ich wollte ihr Lust bereiten und Erlebnisse, von denen sie bisher nur geträumt hatte. Weit geöffnet lag sie vor mir auf der Bank, bereit, ein weiteres Mal zu kommen. Aber ich wollte sie nicht zu sehr erschöpfen. Also stellte ich sie auf die Füße, zog ihr das Kleid über den Kopf und betrachtete ihre nackte Schönheit im fahlen Mondlicht.

Sie sah mich an und schimpfte. „Und was ist mit dir? Willst du nur dastehen und deine Sachen anbehalten, während ich hier die Lady Godiva spiele?“ Sie tat, als schmolle sie.

Ihr Gesicht war von Ekstase erhitzt und so verführerisch, dass ich nicht widerstehen konnte. Da es nur fair war, dass sie auch mal dran war, breitete ich die Arme weit aus. „Betrachte es als Einladung, mich auszuziehen.“

„Oh, und ob.“ Sie zog mir das T-Shirt aus, was ihr nicht ganz leichtfiel, weil ich zu groß für sie war. Sie kämpfte einen Moment damit, zog es mir dann über den Kopf und warf es auf die Bank.

„Ich mag deine Muskeln“, säuselte sie und strich mir über den Bauch.

„Und ich mag deine Brüste“, erwiderte ich und massierte ihre Titten.

Ihre Hände tanzten über meinen Körper, hinunter zur Hose. Mit den Fingerspitzen spielte sie in meinen Haaren rings um meinen harten Schwanz. Sie befreite ihn schnell und ich zog die Hose aus. Sie küsste meinen Körper von oben hinab bis zu meinem Schaft. Anstatt weiterzumachen, fuhr sie mit dem Finger die Linien meines Tattoos nach.

„Also“, sagte sie und blickte von meinem Schwanz zu mir auf. „Ich bin neugierig.“ Ihr Finger glitt weiter über das gotische Kreuz. „Hast du einen Jesus-Komplex? Ist es der Code einer Gang? Oder ist es das Ergebnis einer durchzechten Nacht mit deinen Kumpels?“

„Irgendwie von allem ein bisschen.“ Ich strich ihr über das seidige Haar. „Und eine Erinnerung, mich anständig zu benehmen.“ Ihr unschuldiges Gesicht glänzte im Mondschein.

Wenn ich diesen Weg mit ihr gehen wollte, musste ich vorsichtig sein. Sie war die Mutter unseres Kindes, eine Göttin, eine Muse, und ich verfiel ihr viel zu schnell.

„Wie meinst du das, anständig benehmen?“ Sie wirkte ein wenig beunruhigt.

Ich hatte ihr nichts über das Tattoo erzählt, es hatte sich einfach nicht ergeben, der passende Moment hatte gefehlt. Ja, ich hatte es machen lassen, als ich mich mit den Jungs betrunken hatte. Und es war dazu gedacht, meine Männlichkeit zu feiern. Aber es hatte eine tiefere Bedeutung, die ich nie jemandem erzählt hatte. Ich hatte es ernst gemeint, als ich sagte, es sollte mich ermahnen, mich anständig zu benehmen. Im College genoss ich meine Freiheit. Endlich nicht mehr unter der strengen Aufsicht meiner Eltern zu stehen, erlaubte mir, mich gehen zu lassen, ungezügelt. Das war nicht unbedingt die beste Idee gewesen. Ich hatte Sex mit zahllosen schönen Studentinnen. Sie alle hatten es eilig, ihre eigenen Ketten abzuwerfen, und ich nutzte das aus.

Mein Schwanz übernahm die Führung, mindestens ein ganzes Jahr lang. Ich redete mir ein, dass sie mich ja unbedingt wollten und damit nicht mehr meine Verantwortung waren. In Wahrheit übernahm ich für gar nichts mehr die Verantwortung. Reynas Kind war nicht mein erstes. Eine der Kommilitoninnen kam zu mir, nachdem wir ein paar Monate miteinander ausgegangen waren, und sagte mir, sie sei schwanger. Ein paar Tage lang war ich total durch den Wind. Ich würde Vater werden und musste alles aufgeben, was ich immer gewollt hatte, all meine Träume und Hoffnungen. Ich dachte keine Sekunde daran, was sie wollte oder was sie opferte.

Als sie mir einen Monat später mitteilte, dass sie eine Abtreibung wollte, war ich einerseits erleichtert, aber irgendwie auch ein wenig enttäuscht. Ich war noch nicht bereit, Vater zu sein, jedenfalls nicht damals. Unsere Wege trennten sich. Hin und wieder begegnete ich ihr auf dem Campus der Uni. Wenn ich sie sah, dachte ich daran, dass sie einmal mein Kind in sich getragen hatte und wir es nicht hingekriegt hatten. Wir gingen aneinander vorbei, sagten kein Wort, waren wie völlig Fremde.

Ich ließ das Tattoo stechen aus einer betrunkenen Laune heraus. Mir selbst und meinen Kumpels redete ich ein, das sollte meinen glorreichen Schwengel feiern. In Wahrheit sollte es mich zur Anständigkeit ermahnen. Und wieder fand ich mich in einer ähnlichen Situation, trotz des Tattoos. Und doch war alles ganz anders. Als Reyna mir sagte, dass sie unser Kind zur Welt gebracht hatte, wusste ich, dass ich nun ein besserer Mensch sein würde als damals für die unglückliche Frau, deren Namen ich mir nicht einmal merken konnte.

„Das Tattoo hilft mir, mich daran zu erinnern, dass mit dem Sex auch immer Verantwortung einhergeht. Man darf die damit verbundene Macht nicht missbrauchen."

Ihre Hand, die mich sanft streichelte, hielt für einen Moment inne. „Na, dafür hättest du es größer machen müssen", neckte sie mich und rubbelte mich härter. „Es gehören immer zwei dazu. Ich wusste, worauf ich mich einlasse. Aber das Tattoo ist trotzdem cool." Ihre Hände waren wie Magie auf mir.

Sie schob die Vorhaut vor und zurück und machte mich

damit wahnsinnig. Sie rieb mich schneller und schneller, bis ich das vertraute Gefühl in den Eiern spürte. Ich packte ihre Hand und bremste sie.

„Wow“, krächzte ich. „Immer langsam mit den jungen Pferden.“

Sie beugte sich vor und küsste die Eichel. „Tut mir leid, die sind wohl mit mir durchgegangen.“

Sie stand auf, drehte sich von mir weg, beugte sich über das heiße Becken und präsentierte mir ihren prächtigen Arsch.

Dann sprang sie hinein ins warme Wasser. Die kleine Hexe ließ mich einfach so dastehen mit hartem Ding und stieg ohne mich in den Pool.

„Du lässt mich hier einfach so hängen?“, schmollte ich.

„Da hängt nichts, Sir. Alles steht Kommando.“ Sie grinste breit und tauchte unter.

Sie trieb mich in den Wahnsinn. Ich stieg ebenfalls ins Wasser und nahm sie in meine Arme. „Kommando, ja?“ Ich schob meinen Schwanz zwischen ihre Arschbacken.

„Jawohl, Sir.“ Sie wollte sich mir entziehen, aber ich hatte mich schon an ihrer Muschi in Position gebracht. Sie konnte mir nicht entkommen. Ich schob meinen Schwanz zwischen ihre Arschbacken und hielt sie fest. Sie musste annehmen, dass ich eine schnelle Nummer mit ihr machen wollte, aber das tat ich nicht. Ich hielt sie einfach so fest. Eine Weile blieben wir im Wasser, ich streichelte sie, genoss ihre weiche Haut, erkundete, liebkoste.

„Es fühlt sich so selbstverständlich an, dich hier zu haben“, gab ich zu. Wahrscheinlich war es zu früh für solche Geständnisse.

„Tut es.“ Mehr sagte sie nicht, sondern legte ihren Kopf an meine Brust. Ihre Augen schlossen sich. Nach einer Weile dachte ich, sie sei eingeschlafen. Aber sie richtete sich wieder auf und zappelte auf meinem Schwanz herum, der ein wenig erschlafft war. Sofort wurde ich wieder hart, als ihre Arschbacken ihn drückten. Ihre Brüste hatten sich wieder mit Milch gefüllt. Ich massierte sie, bis etwas Milch heraustropfte und sich mit dem Wasser im Becken vermengte.

„Das fühlt sich gut an. Sie hatten schon etwas wehgetan."

Ich freute mich, ihr behilflich sein zu können.

Ohne ein weiteres Wort schob sie sich in Position und nahm meinen Schwanz in ihre Muschi auf. Sie rutschte ganz auf mich drauf und fing an, mich langsam zu reiten.

„Danke", stöhnte ich und nahm ihr Tempo auf.

Es war nicht so einfach, im Wasser stark in sie zu stoßen, daher hob ich uns auf den Rand des Beckens. Sie beugte sich vor, ging auf Knie und Hände und stieß sich hart gegen mich. Es war hypnotisierend, ihre enge Muschi saugte meinen Schwanz auf, rutschte rhythmisch auf und ab. Ich hielt sie an der Hüfte fest und schob mich mit jedem Stoß tiefer in sie hinein. Es wurde zu viel. Ich stand auf, hielt sie auf meinem Schwanz aufgespießt fest und drehte sie zu den Bergen um. Sie stützte sich auf den Felsen und ich nahm sie von hinten. Mein Schwanz fickte sie hart, meine Eier klatschten gegen ihren Arsch.

Offenbar gefiel es ihr, hart gevögelt zu werden, denn sie wimmerte und japste. „Sinclair, oh mein Gott, ja, ja … tiefer." Gut zu wissen, dass sie genauso in den Wahnsinn getrieben wurde wie ich.

Ich stieß so tief ich nur konnte in sie, weiter ging es einfach nicht. Sie bäumte sich auf und schrie vor Lust. Mehr brauchte ich nicht. Ich erschauerte und ergoss meinen heißen Saft tief in ihr drin. Ich hatte noch nie so einen Erguss gehabt, mit keiner anderen Frau. Reyna war wie eine Droge. Sie betörte mich mit ihren Säften und Düften. Nachdem ich jeden Tropfen verspritzt hatte, zog ich mein Ding aus ihr raus und setzte mich. Mein Schwanz war geschwollen und glänzte von unseren Flüssigkeiten.

„Himmel, was tust du nur mit mir." Ich schnappte nach Luft und musste mich erst einmal sammeln. Sie küsste mich und sagte: „Vergiss nicht, dass wir am Montag wieder ins Büro müssen." Sie sprang zurück ins warme Wasser.

Ich folgte ihr. „Ich werde weder das hier noch dich jemals vergessen, oder das, was sich zwischen uns entwickelt. Montag wird meine persönliche Hölle, du wirst es schon sehen", versicherte ich ihr.

„Wieso?" Sie hatte offenbar wirklich keine Ahnung, welche Wirkung sie auf mich hatte.

„Weil ich nichts anderes tun will, als dich zu ficken", sagte ich grinsend.

„Ich hoffe, eines Tages möchtest du mehr als das." Sie wirkte bedrückt, aber mir fehlte die Kraft, um das Thema jetzt anzuschneiden.

Ich hatte nicht die Kraft, um ihr zu sagen, dass ich alles wollte, das ganze Paket. Die aufstrebende Filmemacherin, die Mutter meines Kindes, die Ehefrau meiner Träume. Es war zu früh, ich wollte sie nicht überfordern. Ihre Bemerkung hing zwischen uns in der Luft, während wir still das Mondlicht betrachteten und uns in den Armen hielten.

Nach einer Weile ergriff sie das Wort. „Ich mag diese private Party in deinem Haus. Aus reiner Neugier: Wird auch irgendwann mal geschlafen? Ich werde langsam echt müde."

Sie gähnte.

„Na, komm, schlafende Schönheit." Ich hob sie in meine Arme. „Zeit fürs Bettchen."

Ich trug sie in mein Schlafzimmer und platzierte sie nackt

auf den frischen weißen Laken.

Sie war schon eingeschlafen, bevor ihr Kopf aufs Kissen fiel. Meine Gefühle für sie wuchsen. Dies entwickelte sich langsam zu meinem 'und sie lebten glücklich und zufrieden weiter bis…'.

Kapitel 18 – Reyna

Ich erwachte mit dem Sonnenaufgang. Durch Arianna war ich es gewöhnt, früh aufzuwachen, und sie fehlte mir. Aber es war auch ein schönes Gefühl, neben Sinclairs warmem, nacktem Körper zu liegen. Er hielt mich im Arm und sein halb harter Schwanz drückte gegen meinen Hintern. Es fühlte sich richtig an, so von ihm gehalten zu werden. Als könnte dies eines Tages mein Zuhause sein. Ich wollte nicht zu viel darüber nachdenken. Sinclair und ich lernten uns gerade erst kennen.

Ich musste ins Bad und Milch abpumpen. Daher schlich ich mich aus dem Bett, ohne ihn zu wecken. Als ich zurückkehrte, saß er im Bett und hantierte mit seinem Handy herum. Er sah aus wie ein nackter, fleißiger Geschäftsmann. Sobald er mich erblickte, klopfte er neben sich auf das Bett.

„Kommst du wieder ins Bett?“ Er blickte kaum vom Handy auf.

Ich sprang ins Bett und kuschelte mich an ihn, ohne ihn bei seiner Arbeit zu stören. „Musst du schon arbeiten?“, fragte ich und versuchte, einen Blick auf das Display des Handys zu erhaschen.

„Ich beantworte nur schnell ein paar E-Mails. Niemand sollte am Wochenende arbeiten. Aber offenbar denken alle, ich sollte eine Ausnahme machen. Ist alles in Ordnung? Du bist ziemlich schnell aus dem Bett verschwunden.“ Er wirkte ein wenig nervös.

„Ja, alles in Ordnung. Ich musste Milch pumpen und all die anderen langweiligen Dinge tun, die die Natur verlangt. Aber mir fehlt meine Kleine. Ich bin noch nie ohne sie aufgewacht.“ Ich wollte noch nicht gehen, aber ich wollte auch nicht länger von ihr wegbleiben.

„Es muss schwer für dich sein." Er wirkte immer noch ein wenig neben der Spur.

„Ist es. Aber ich habe auch Spaß mit dir." Ich lächelte ihn ermutigend an, was ihn offenbar fröhlicher stimmte.

„Hast du noch Zeit für eine schnelle Nummer? Und ich denke, Lorna hat schon das Frühstück vorbereitet, wenn du also Hunger hast danach … Vielleicht kannst du heute Abend wiederkommen und Arianna mitbringen?" Er sah aus wie ein kleiner Junge mit großen Augen und voller Hoffnung.

Ich wollte kein Stimmungskiller sein, aber ich war nicht der Ansicht, dass das eine gute Idee war. Wir lernten uns gerade erst kennen und das war schon überwältigend genug. Da musste ich nicht auch noch meine Tochter hierherbringen.

„Irgendwann tue ich das", sagte ich und küsste ihn auf die Stirn. „Aber noch nicht heute Abend. Ich sollte die nächste Nacht daheim verbringen. In meinem Kopf geht alles ein wenig durcheinander gerade. Ich brauche ein wenig Zeit für mich, um mir über Dinge klarzuwerden."

Ich küsste seine Schulter und streichelte über die muskulöse Brust, um meinen Worten die Schärfe zu nehmen.

„Hast du Zweifel?" Die Unsicherheit war wieder zurück in seiner Stimme.

„Nein, Idiot." Ich gab ihm einen Klaps. „Aber du musst zugeben, es ist ein bisschen viel auf einmal. Ich ficke meinen Boss, ich habe ein Kind von ihm und ich soll quasi bei ihm einziehen. Alles auf einmal. Ich muss das alles ein wenig langsamer angehen, verstehst du?" Meine Hand glitt über seinen Bauch. „Aber ich hatte mächtig viel Spaß."

„Ich auch. Und ich kann dich noch nicht gehen lassen.“ Er packte meine Hand, offenbar ohne die geringste Ahnung, wie beängstigend diese Geste war. Zum Glück vertraute ich ihm genug, um das nicht falsch zu verstehen. „Das klingt beinahe so, als wolltest du mich kidnappen“, neckte ich ihn.

„Nun ja, wenn du es so auffassen willst, dann geh halt.“ Er schmollte.

Was für ein Baby. Ich musste ihm offenbar beweisen, dass es mir ernst mit ihm war. Ich zog die Bettdecke weg und entblößte seinen erigierten Schwanz. „Ah, ich verstehe dein Problem. Das Ding da“, ich deutete auf seinen Schwanz, „verlangt nach Aufmerksamkeit.“ Er benahm sich wirklich albern.

„Was immer du mir anbieten kannst, ich weiß es sehr zu schätzen.“ Seine Hände legten sich auf meine Hüfte.

Ich setzte mich auf ihn und platzierte meine Muschi über seinem Schwanz. „Da der Herr meine Muschi so hart gefickt habt, werde ich am Montag kaum an meinem Schreibtisch sitzen können. Daher gibt es vorerst kein weiteres Eindringen ins Liebesnest. Aber ich will wohl gerne deinen Schwanz ein wenig quälen.“ Ich rieb meine Muschi über seine Erektion, drückte mit meinem ganzen Gewicht dagegen.

„Oh“, keuchte er. „Okay, das ist gut.“

Auf ihm zu rubbeln, machte mich nass. Ich war zu wund, um mich ficken zu lassen, aber das hier fühlte sich auch gut an. Sein Schaft rieb über meine Klitoris und erregte mich. Ich drängte mich fester an ihn. Seine Arme umschlangen mich, er hielt mich in Position und stöhnte lustvoll auf. Ich schob mein Becken vor und zurück, bis er unter mir erschauerte. Sein Schwanz pulsierte und entlud sich über seine Brust. Ich melkte ihn weiter, noch mehr Ejakulat spritzte heraus. Es lief in seinen Bauchnabel, dann über seine Hüfte auf das zerwühlte Laken. Er japste und keuchte, bis er fertig war, und ich legte mich auf ihn, gierig, endlich selber zu kommen.

„Ich bin dran“, verlangte ich und küsste ihn.

Er drehte mich auf den Rücken, spreizte meine Schenkel und tauchte ab. Er leckte alles auf, was an Säften an und in meiner Muschi war, dann drang er mit der Zunge in mich ein und besorgte es mir so. Das tat meiner überempfindlichen Vagina so gut, dass ich kurz darauf selber kam und meine Säfte in seinen Mund ergoss.

Er küsste meine Muschi, meinen Bauch, meine Brüste und schließlich auch meinen Mund.

„Was denkst du? Duschen, essen, und dann bringe ich dich nach Hause?“ Er wirkte ein wenig betrübt, wollte aber das Richtige tun.

„Klingt perfekt.“ Meine Hand rieb über seine Bartstoppeln. Er respektierte mich, was es mir schwer machte, seinen Wünschen zu widerstehen. Aber ich wollte es auch nicht gleich übertreiben. Wir bewegten uns ohnehin schon viel zu schnell. Ich redete mir ein, es wäre okay, wenn es bei dem One-Night-Stand bliebe. Für mich würde diese Nacht immer unvergesslich bleiben. Als ich den Job bei ihm antrat, dachte ich, ich lerne ihn ein wenig besser kennen und treibe meine Karriere voran. Als er offenbar etwas ganz anderes im Sinn hatte, dachte ich, wir gehen einige Male miteinander aus, verbringen ein paar heiße Nächte miteinander. Aber das hier, die Liebe, die Bewunderung, der Respekt. Das war etwas von Dauer und es machte mir Angst.

Ich befürchtete nämlich, dass er das ganz und gar nicht so empfand. Er wollte derjenigen Tatsache Rechnung tragen, dass er mir ein Kind gemacht hatte. Das wusste ich durchaus zu schätzen. Aber Ehe, Monogamie, Vaterschaft, das alles waren Dinge, die er nicht wollte, er hatte es selbst gesagt. Ich musste ein wenig Distanz zwischen uns bringen.

Das Frühstück, Obst und Müsli, war bereits für uns hingestellt worden.

„Ich habe auch weniger gesundes Zeug, wenn dir das lieber ist. Lorna weiß, was ich mag. Sie kann dir alles zubereiten."

„Das ist genau das, was ich zum Frühstück essen möchte." Ich füllte mir Müsli in eine Schale.

Nach dem Essen duschten wir, dann fuhr er mich mit dem Land Rover zu meiner Wohnung.

Ich küsste ihn und verabschiedete mich. Vorerst. „Das war eine tolle Nacht. Es war magisch. Danke." Ich öffnete die Wagentür und stieg aus.

Eilig und ein wenig in Panik stieg er ebenfalls aus und kam um den Wagen herum. Ich war schon halb die Treppen hinauf. Ich wusste selber nicht, warum ich auf einmal so schnell von ihm fortkommen wollte. Offenbar sollte ich mir eine Menge Gedanken machen.

„Hey, warte mal." Er nahm vorsichtig meine Hand, hatte aber den vertrauten Kommandoton. Er sah hinunter auf seine Hand, die mich festhielt. „Ich verstehe nicht, warum du davonläufst, meine Liebe." Seine Finger streichelten meine Hand.

„Ich auch nicht." Ich ließ den Kopf hängen.

„Darf ich sie sehen? Ich meine, du musst es mir nicht erlauben, aber … ich würde gern" Er holte tief Luft. „Das ist schwer für mich. Ich will dich nicht bedrängen oder überfordern. Ich bin ein ziemliches Arschloch. Ich würde an deiner Stelle auch vor mir davonlaufen. Aber ich möchte deine Erlaubnis. Es ist deine Entscheidung."

Er drückte meine Hand.

„Sicher, komm rein. Willkommen im Irrenhaus." Ich ging

die Treppe hinauf zu meiner Wohnung. An der Tür drehte ich mich zu ihm um. „Nur als kleine Warnung, meine Mitbewohnerinnen rasten sehr wahrscheinlich aus."

„Ich fühle mich gewarnt." Er strich mit der Hand über meinen Rücken. „Nichts schreckt mich ab."

Ich öffnete die Tür und trat ein. Melody saß auf der Couch und spielte Gitarre, Charlynn war in der Küche und wusch die Milchflaschen aus. Abrupt hörte Melody auf zu singen, als sie Sinclair sah.

„Ich bin zu Hause", rief ich wie in einer Sitcom aus dem Fernsehen.

Melody starrte Sinclair einfach an. Ich hatte nicht daran gedacht, wie gut er aussah. Er war ein echter Hingucker. Meine Mitbewohnerinnen hatten ihn noch nie gesehen, nur von mir die Schwärmerei anhören müssen. Natürlich wussten sie von unserer heißen Nacht an Halloween. Ich hatte es ihnen erzählt, bevor ich zu dieser Verabredung ging.

„Wie lief es?", fragte ich in die Stille hinein.

„Sie ist ein Traum. Ich liebe sie, ich liebe sie so sehr", schwärmte Melody.

Charlynn rief etwas aus der Küche, ohne von den Flaschen aufzublicken. „Ich liebe sie auch. Lass dich nicht von Melody dazu überreden, sie alleine babysitten zu lassen. Hey, solltest du nicht eigentlich noch den Daddy der Kleinen vögeln? Ich dachte, du verbringst das ganze Wochenende bei dem." Sie hantierte weiterhin mit den Flaschen.

Sinclair blickte mich finster an und flüsterte. „Ich hätte dich das ganze Wochenende haben können? Hmmm."

Charlynn stellte das Wasser ab. „Was ist passiert? War er ein Blindgänger? Vielleicht braucht er die Maske, um ihn hochzukriegen.“ Sie drehte sich um und ihr Unterkiefer klappte herunter.

„Babys Daddy ist da“, sagte er lächelnd.

„Oh, fuck“, japste Charlynn. Sie sah ihn an und kicherte. „Ich stelle mich da drüben in die Ecke und schäme mich gleich. Dann lief es offenbar gut.“ Sie überging ihre peinliche Bemerkung einfach.

„Das würde ich auch sagen.“ Sinclair spielte mit.

„Von meiner Seite aus gibt es auch keine Beschwerden“, fügte ich hinzu, allerdings ein wenig peinlich berührt.

„Ich lasse trotzdem meine Nummer da. Vielleicht kannst du mir ein paar Tipps geben. Ohne meine Maske bin ich aufgeschmissen.“ Er war locker drauf und machte Witze. Diese Seite hatte ich noch nicht an ihm gesehen.

„Oh, bitte nicht“, stöhnte ich und rollte mit den Augen.

„Ist sie wach?“ Automatisch flüsterte ich, aber da sie nicht hier bei ihnen war, ging ich davon aus, dass sie schlief.

„Ich habe sie eben hingelegt“, sagte Melody, ebenfalls flüsternd.

„Okay, ich will Babys Daddy nur eben seinen Nachwuchs zeigen.“ Alle lachten.

„Ich hoffe, der Brut wachsen keine Hörner“, witzelte er und folgte mir ins Schlafzimmer.

Sinclair Harris, beeindruckender Boss und Produzent, stand in meinem winzigen Apartment und machte Witze mit meinen Mitbewohnerinnen. Und es fühlte sich gut an. Auch darüber würde ich nachdenken müssen.

Arianna schlief friedlich in ihrem Bettchen. Sie war das süßeste Baby der ganzen Welt. Winzig, friedlich und perfekt.

„Da ist sie." Ich nahm seine Hand. „Arianna Reyna Sandoval. Deine Tochter."

Kapitel 19 – Sinclair

Sie war ein unfassbar niedliches kleines Geschöpf. Ich konnte nicht aufhören, ihre perfekten kleinen Finger und Zehen anzuschauen. Ihr Gesicht war engelsgleich. Alles an diesem Kind war anbetungswürdig. Ich konnte nun verstehen, warum Reyna es so eilig gehabt hatte, nach Hause und zu ihr zu kommen. Und nun wunderte es mich, dass sie sich überhaupt eine Nacht von ihr hatte trennen können, um sie mit mir zu verbringen. Es schmerzte mich, dass Arianna ihren Nachnamen trug, aber welchen hätte sie ihr auch sonst geben sollen? Sie wusste ja damals nicht, wer ich war. In jedem anderen Fall wäre ich erleichtert und dankbar gewesen, dass ich nichts damit zu tun gehabt hatte, aber nach einem einzigen Blick auf das Kind wollte ich nichts weiter, als dass sie auch vor dem Gesetz zu mir gehörte.

Ich entschied mich, das Reyna gegenüber noch nicht zu erwähnen. Sie hatte recht, für uns beide gab es eine Menge Dinge zu verarbeiten und zu bedenken. Aber ich würde es beizeiten ansprechen. Ich wollte ihnen beiden meinen Namen geben. Hier an der Wiege, in dem alten Apartment, mit den lustigen Mitbewohnerinnen, fühlte es sich nach einem Zuhause an, nach Familie. Der einzige, der hier fehlte, war mein Bruder Sage. Auf Shelton konnten wir getrost verzichten, aber Sage würde es hier auch gefallen.

Er würde vor allem Melody mögen. Ich hatte sie Gitarre spielen gehört und sie war ziemlich gut. Ich konnte mich nicht erinnern, wie oft ich ins Zimmer gekommen bin und Sage auf der Gitarre gehört hatte, so wie eben Melody. Das fühlte sich alles so richtig an. Ich wollte die kleine Arianna in die Arme nehmen, aber ich wusste, dass es oft mühselig war, bis Babys mal einschliefen, daher ließ ich es.

„Sie ist perfekt. Eine Miniaturausgabe von dir“, sagte ich, nahm Reyna in die Arme und küsste sie. „Sie ist perfekt, Rey. Ich bin sehr beeindruckt.“

„Ja, sie ist toll.“ Reyna strahlte überirdisch schön.

Ich hatte diesen Gesichtsausdruck schon vorher gesehen, wenn wir Sex hatten. So eine unbeschreibliche Schönheit. Ich hätte es vorher nicht benennen können. Aber da ich nun sah, wie sie unsere Tochter anschaute, da verstand ich es. Es war Liebe, reine und bedingungslose Liebe.

„Danke, dass ich Teil deines Lebens sein darf, Reyna. Ich verspreche, ich werde alles in meiner Macht Stehende tun, um meiner Vaterrolle gerecht zu werden. Wir müssen es nicht jetzt sofort tun, aber im Laufe der Woche möchte ich mit dir über Geld reden und darüber, wie ich mich auch um sie kümmern kann.“ Ich erwartete, dass sie sich sträuben würde, daher legte ich ihr einen Finger auf die Lippen. „Nein, bitte keine Debatte darüber. Ich bin ihr Vater. Wenn du darauf bestehst, können wir einen Vaterschaftstest machen lassen, aber ich bin mir absolut sicher, dass das unnötig ist.“ Selbst wenn die geringe Chance bestand, dass das Kind nicht von mir war, es war mir egal. Ich glaubte Reyna. Und selbst wenn sich meine Annahme als Irrtum herausstellen sollte, so würde ich doch der Vater dieses Kindes sein. Für immer.

„Sie ist von dir. Es gab sonst niemanden in der Zwischenzeit.“ Ich übersah ihren enttäuschten Gesichtsausdruck, der wahrscheinlich daher rührte, dass ich die Vaterschaft überhaupt angesprochen hatte.

„Ich habe keinen Zweifel daran und ich werde dafür sorgen, dass sie alles bekommt, was sie braucht.“ Ich verspürte das dringende Bedürfnis, Reyna erneut zu küssen. Also beugte ich mich vor und presste meinen Mund auf ihren.

Wir küssten uns leidenschaftlich, dann löste ich mich von ihr. Wenn ich sie weiterhin küsste, würde es unweigerlich damit enden, dass ich mit ihr schlafen würde, nicht nur Sex haben, sondern sie lieben würde.

Bisher hatte es vor allem Spaß gemacht, aber ich wollte sie lieben, mich ihr überlassen und nie wieder zurückschauen.

Aber zunächst überließ ich sie ihren Mitbewohnerinnen und unserem Baby.

„Ich weiß, du brauchst etwas Zeit für dich, meine Liebe, daher werde ich nun gehen. Aber am Montag möchte ich gern mit dir besprechen, wann wir uns wieder treffen können." Ich nahm ihre Hand, küsste ihre Fingerknöchel, aber ich wollte eigentlich so viel mehr.

„Okay, das besprechen wir dann am Montag." Sie wirkte ein wenig benommen, aber ich nahm an, das lag daran, dass es alles ein bisschen viel auf einmal für sie war, wie sie ja selber gesagt hatte.

Sie begleitete mich zur Tür. Im Wohnzimmer waren noch immer ihre Mitbewohnerinnen. Eine saß an ihrem Laptop, die andere spielte Gitarre. Ich winkte ihnen im Vorbeigehen zu. „Bis dann, man sieht sich." Ich küsste Reyna erneut. „Wir sehen uns am Montag in der Firma. Sei pünktlich." Ich spielte den strengen Firmenchef, tätschelte ihren Hintern und drehte mich in der Tür noch einmal um. „Mach's gut, Schätzchen."

„Tschüss, Sin."

Sie schloss die Tür hinter mir.

Dort im Hausflur des Wohnblocks blieb ich einen Moment stehen. Ich hatte mich noch nie so allein gefühlt. Sie war so nahe, sie beide waren so nahe. Und doch so weit entfernt.

Als hätte ich ein Stück meines Herzens dort hinter der Tür zurückgelassen. Ich kannte Reyna erst so kurze Zeit, aber sie war ein wunderbarer Mensch, und unser Baby … ich wollte es halten und ein richtiger Vater sein. Ich redete mir ein, es sei leicht, ein Kind aufzuziehen. Und es sei auch überhaupt kein Problem, sich auf eine feste Beziehung mit einer Frau einzulassen, die ich kaum kannte. Mein Herz sagte mir, ich sollte zurückkehren in die Wohnung, mir beide schnappen und meine Familie mit nach Hause nehmen. Platz genug hatte ich allemal. Selbst die Mitbewohnerinnen konnte ich unterbringen.

Das Leben, mit all seinen Privilegien, erschien mir auf einmal sehr ungerecht. Ich wollte nichts weiter, als Zeit mit Reyna, dem Baby und den lustigen Mitbewohnerinnen zu verbringen. Stattdessen setzte ich mich in meinen Land Rover und fuhr zurück in die Villa in den Hügeln, dem einsamsten Ort der Welt.

Ich kam mit diesen überwältigenden Gefühlen nicht klar. Das Einzige, was mir helfen könnte, war meine Leidenschaft für Filme. Also verbrachte ich den Rest des Samstags damit, mir im Keller meines Hauses Filme anzuschauen. Michael brachte mir Lunch und Dinner hinunter und sorgte sich wahrscheinlich ein wenig um meinen Geisteszustand. Er sagte aber nichts außer einer beiläufigen Bemerkung, dass die Frau von letzter Nacht sehr liebenswert gewesen sei. Ich hätte ihm kaum mehr beipflichten können.

Der Montag war auch eine Quälerei, vielleicht sogar noch schlimmer. Ich kam früh ins Büro, obwohl ich schon unendlich viel Zeit vor dem Kleiderschrank vergeudet hatte, weil ich nicht wusste, was ich anziehen sollte. Ich freute mich wie ein Kleinkind, dass ich Reyna wiedersehen würde. Ich wollte etwas anziehen, das gleichermaßen männlich und sexy aussah. Als ich ankam, war außer mir noch niemand da. Ich stellte mir den Moment ihrer Ankunft immer wieder vor.

In Wahrheit wollte ich sie eigentlich in mein Büro holen, die Tür abschließen und sie auf dem Sofa lieben. Aber sie verdiente mehr. Sie war nicht die Art Mensch, die man einfach über den Tisch beugte. Das wurde mir nun klar. Unser Sex war toll. Aber ich wollte sie lieben.

Allerdings musste ich im Büro so tun, als liefe nichts zwischen uns. Da unsere Beziehung, wenn es denn überhaupt schon eine war, noch so frisch war, hielten wir es beide für keine gute Idee, damit schon hausieren zu gehen. Ich wollte allerdings auch nicht mehr allzu lange damit warten. Es war meine Firma. Und ich wollte ganz und gar nicht mein Kind verstecken. Oder mein Interesse an Reyna. Allerdings würde es bedeuten, dass sie einen anderen Job finden musste. Aber dazu waren wir noch nicht bereit. Jedenfalls war ich es nicht.

Dann kam sie endlich an. Immer mehr Mitarbeiter trafen ein, ich hörte vor der Tür ihre Stimmen. Es waren die üblichen morgendlichen Gespräche, aber ich war sehr angespannt. Wo blieb sie denn? Nach einer gefühlten Ewigkeit hörte ich endlich ihre melodische Stimme. Nicht nur das, auf einmal war die Luft erfüllt von einer Brise aus Sandelholz und Lavendel. Sie begrüßte alle freundlich auf ihrem Weg zu ihrem Tisch, direkt vor meinem Büro.

Endlich. Absolut pünktlich. Sie war guter Dinge und die Ruhe selbst, wie immer. Ich war derjenige, der die Nägel abkaute vor Nervosität. Auf sie zu warten war die reinste Folter.

Sie winkte mir zu und stellte ihre Sachen auf dem Tisch ab, bevor sie sich hinsetzte. „Guten Morgen, Mr. Harris", sagte sie lächelnd.

„Reyna", erwiderte ich kurz angebunden. Sie wusste, dass ich nicht gern als Mr. Harris angesprochen wurde. Sie reizte mich und wusste, dass sie damit durchkommen würde, weil ich für die meisten Leute hier Mr. Harris war.

Ich verbarg meine Anspannung hinter einem Lächeln. „Guten Morgen, Reyna. Mr. Harris ist ein Mathelehrer und ich bin dein Chef. Kommst du bitte kurz in mein Büro?“ Ich klang offenbar ernster, als ich gehofft hatte, denn ein Ausdruck der Besorgnis huschte kurz über ihr Gesicht.

„Sicher.“ Sie schlenderte lässig in mein Büro, den Notizblock in der Hand.

Sobald sie drin war, schloss ich dir Tür und drehte sie zu mir um.

„Guten Morgen, Mr. Harris?“ Ich konnte nicht anders, ich zog sie an mich und küsste sie mit all dem angestauten Frust. Meine Zunge verlangte Einlass in ihren Mund und ich schmeckte ihren frischen Atem. Mein gieriger Schwanz drängte sich gegen ihren Minirock. „Ich habe dich vermisst“, hauchte ich.

„Den Eindruck habe ich auch“, sagte sie lachend.

Sie strich mir mit den Fingern über die geschwollenen Lippen. Ich biss hinein und saugte daran. Sie zog die Finger weg und tat, als hätte es wehgetan.

„Au, du kleines Monster.“ Sie rollte mit den Augen und schüttelte den Kopf. „Weißt du, dieser Farbton steht dir einfach nicht.“ Sie wischte mir den Rest ihres Lippenstiftes vom Mund. „Du bringst uns noch in Schwierigkeiten, wenn du dich nicht anständig benimmst. Denk immer schön an das schicke Tattoo über deinem kleinen Freund. Ich wäre dir dankbar, wenn du meine Entlassung vermeiden könntest. Gibt es irgendetwas Berufliches zu besprechen?“

Meine Güte, wie sollte ich bloß diesen Arbeitstag überstehen? „Nein, kannst wieder an deinen Platz gehen.“ Ich klatschte ihr auf den Hintern und setzte mich an meinen Schreibtisch.

Sie warf mir einen finsteren Blick zu und kehrte an ihren Tisch zurück. Der Widerling Ken wartete bereits auf sie. „Und wie war dein Wochenende?“, fragte er und lehnte sich an ihren Tisch.

Er war ein sehr gut aussehender junger Mann und würde es sehr weit bringen, falls ich ihn nicht beizeiten rauswarf, weil er Reyna so anstarrte. Molly liebte ihn und ich musste zugeben, dass er sehr gute Arbeit in der Entwicklungsabteilung leistete. Er hatte es bereits geschafft, uns ein hervorragendes Drehbuch zu sichern, bevor ein Bietergefecht darüber ausbrach, und er hatte schon ein weiteres im Auge. Er war eigentlich unersetzlich. Aber innerlich kochte ich und hasste ihn.

„Das Übliche, was man am Wochenende eben so tut. Und du?“ Reyna startete ihren Computer und schenkte ihm kaum Beachtung.

Ich wollte am liebsten rauslaufen und dem Mann die Augen auskratzen. Aber ich beherrschte mich.

„Na ja, wir hatten am Freitag die Premiere. Hast du die Zahlen vom Premierenwochenende gesehen? Wir haben Predator übertroffen, den Film von Regent Pictures. Oder zumindest haben wir gleichgezogen mit denen. Wir sind der heiße Scheiß zurzeit.“

Ich wollte ihm widersprechen. Ich war der heiße Scheiß. Es war meine Firma. Und er bewegte sich gerade auf meinem Territorium. Wenn Mord doch bloß legal gewesen wäre.

„Ich war ziemlich erledigt nach der Party. Ich habe dich da gar nicht gesehen, höchstens für eine Minute oder so. Dabei habe ich dich überall gesucht. Da hast du bei Sinclair gestanden. Und dann warst du verschwunden. Was war denn los?“ Er beugte sich zu ihr, um ihre Aufmerksamkeit zu erlangen.

Ich würde ihn umbringen. Ken passte viel besser zu Reyna. Er war in ihrem Alter. Sie war achtundzwanzig. Ich hingegen war im Juli bereits neununddreißig geworden. Er hatte viel mehr mit ihr gemeinsam als ich. Er war jung, ein aufstrebendes Talent, so wie sie selbst. Ich hingegen war ein verwöhnter Millionär, der immer bekam, was er verlangte. Das Einzige, was Reyna und mich verband, war unser Kind. Das war immerhin etwas. Alles andere erkundeten wir gerade erst.

„Mein Wagen hatte eine Panne", sagte sie schlicht. „Ich musste damit in die Werkstatt, bevor die Feierabend machte. Sinclair wusste das. Und weil unser Boss kein komplettes Arschloch ist, war er so freundlich, mich von da aus nach Hause zu fahren."

„Wie galant. Das war es also. Ich hatte Gerüchte gehört, du wärst mit ihm nach Hause gegangen." Er senkte die Stimme zu einem Flüstern, sodass ich ihn kaum verstehen konnte.

„Um Himmels willen, nein", sagte sie lachend. Ich fand, sie übertrieb es ein wenig. „Ich habe mir eine Pizza bestellt und mit meinen Mitbewohnerinnen endlos viele Folgen von Stranger Things auf Netflix angeschaut. Nichts, worüber sich zu tratschen lohnt, fürchte ich." Sie zuckte mit den Schultern und fing an zu arbeiten.

„Nein, wohl nicht. Ich habe Samstag ausgeschlafen und den Rest des Wochenendes gedreht. Ich produziere nämlich einen unabhängigen kleinen Film. Du solltest den Regisseur kennenlernen. Der hätte bestimmt eine kleine Rolle für dich. Ein paar sind nämlich noch unbesetzt."

Nein, bitte nicht. Sie würde doch nicht im Film von diesem Sack mitspielen.

„Tut mir leid, ich bin eine ganz schlechte Schauspielerin."

Das stimmte eigentlich ganz und gar nicht. Sie war ziemlich gut im Rollenspielen. Aber ihre Antwort schreckte ihn ab. Ich wollte nicht, dass sie Zeit mit ihm verbrachte.

„Aber du siehst so umwerfend aus."

Er wäre bald ein toter Mann.

„Danke, aber nicht umwerfend genug, um über mangelndes Talent hinwegzutäuschen." Sie lächelte ihn an, drehte sich um und beschäftigte sich mit einem Stapel Drehbücher.

„Ich wage, zu widersprechen. Auf jeden Fall solltest du dir unseren ersten Film anschauen. Der ist auf YouTube." Er beugte sich noch weiter über sie und öffnete auf ihrem Computer den Webbrowser.

Das reichte. So lief das nicht. Ich räusperte mich laut und vernehmlich.

„Privates Surfen im Internet auf firmeneigenen Computern ist untersagt", rief ich aus meinem Büro.

„Oh, Mist. Hatte ich vergessen, Sinclair." Mit eingezogenem Schwanz schloss er die Internetseite und huschte zu seinem eigenen Schreibtisch, der nur wenige Schritte von Reynas entfernt war.

„Ich sollte wohl mal anfangen zu arbeiten." Er grinste mich schief an, aber ich blieb todernst.

„Gute Idee", sagte ich kühl.

Aus dem Augenwinkel sah ich, dass Reyna Mühe hatte, ernst zu bleiben. Irgendwie hatte ich das Gefühl, sie machte sich lustig über mich. Unangenehmes Gefühl.

„Hast du Zeit zum Lunch heute?", wisperte er laut genug von seinem Tisch zu ihr herüber.

„Nein", antwortete ich an ihrer Stelle. „Sie wird einen Arbeits-Lunch mit mir haben." Sollte er ruhig wissen, dass ich ihr Gespräch immer noch mit anhören konnte.

Er ignorierte mich einfach. „Wie wäre es mit ein paar Cocktails nach der Arbeit?"

Der Typ hatte echt Nerven.

„Sie muss Überstunden machen“, antwortete ich für sie.

„Hey, Sin. Was ist aus deiner Work-Life-Balance geworden? Die arme Frau muss doch auch mal was essen, wie alle anderen auch.“ Er hatte tatsächlich den Nerv, mir zu widersprechen.

„Es sind nur ein paar Tage, sie wird es überstehen.“ Dann klingelte das Telefon und diese elende Debatte war erledigt. Reyna nahm das Gespräch für mich an.

„Es ist Don Richards auf Leitung 1“, säuselte sie und beendete damit effektiv meinen verbalen Schwanzvergleich mit Ken.

Kapitel 20 – Reyna

Es war unterhaltsam zu sehen, wie eifersüchtig Sinclair auf Ken war. Mit ihm zu arbeiten war schwieriger, als ich erwartet hatte. Ich war so aufgeregt, ihn wiederzusehen, beinahe wie als kleines Kind an Weihnachten. Ich achtete darauf, auf die Minute pünktlich in der Firma zu erscheinen, um nicht zu übereifrig zu wirken. Dann zog er mich in sein Büro und küsste mich. Von da an konnte ich mich auf nichts mehr wirklich konzentrieren und dachte nur noch an Sinclair.

Ich wünschte mir, Ken hätte eine Ahnung, wie sehr er mir auf den Geist ging. Selbst wenn ich nicht mit Sinclair ausginge, hätte ich trotzdem nichts mit ihm angefangen. Dieser Schwanzvergleich zwischen den beiden war wirklich zum Schießen. Ich wollte mich keinesfalls da einmischen, sondern konzentrierte mich möglichst auf meine Arbeit und bemühte mich, die beiden zu ignorieren. Allerdings gelang mir das in Sinclairs Fall überhaupt nicht.

Nach dem Ende seines Telefonats bat er mich erneut in sein Büro. Ich wollte, dass er mich wieder küsste. Aber gleichzeitig wollte ich es auch nicht. Ich rechnete damit, dass er mehr wollte als nur Küssen, und da hörte der Spaß dann auf. Selbst wenn wir verheiratet wären, würde ich ihn nicht im Büro vögeln. So etwas machte ich einfach nicht. Schön für die, die damit kein Problem hatten, Hut ab, aber am Arbeitsplatz Sex zu haben, erst recht mit meinem Boss, würde einfach nicht passieren. Niemals.

Ich ging hinein, bereit für was auch immer er zu sagen hatte.

Ich schloss die Tür hinter mir und es platzte sogleich aus

mir heraus. „Sinclair, ich werde keineswegs Sex mit dir im Büro haben.“ Dann schaute ich ihn finster an.

Er lachte. „Du hast offenbar meine Gedanken gelesen. Aber du hast recht. Ich würde im Traum nicht daran denken. Außerdem habe ich keine Zeit. Da der Film am Wochenende so eingeschlagen hat wie eine Bombe, sind wir sehr gefragt. Ich werde den ganzen Tag in irgendwelchen Besprechungen sitzen. Daher werde ich auch wenig Zeit haben, um mit dir zu reden. Wir werden ein Arbeitsessen haben, aber ich werde der Einzige sein, der arbeitet. Du kannst in meinem Büro essen und Milch abpumpen oder dir Zeit nehmen für was auch immer.“ Das war der Sinclair, den ich mochte. Liebevoll und süß.

„Im Ernst? Ich muss zugeben, das Abpumpen auf dem Klo ist mir ziemlich unangenehm.“ Ich verzog das Gesicht, um meine Worte zu unterstreichen.

„Ich weiß, dass es keinen anderen Raum dafür gibt. Es ist zwar sauber im Waschraum, aber bequem ist es nicht gerade. Ich werde mit der Personalabteilung an einer Lösung arbeiten. Aber ich benötige dafür deine Erlaubnis, ihnen von dem Kind zu erzählen. Vielleicht kann man aus einem der Lagerräume einen Raum für Mütter einrichten, um dort zu tun, was getan werden muss. Nicht nur für dich wäre das etwas, Alejandra aus der Marketingabteilung ist schwanger und würde das sicher zu schätzen wissen.“

Ich war beeindruckt, wie sehr er sich mit dem Thema auseinandergesetzt hatte.

„Klingt perfekt.“ Ich lächelte und küsste ihn schnell auf die Wange. „Danke.“

„Keine Ursache. Wir hätten das längst einrichten sollen.“ Dann wandte er sich wieder an seine Arbeit. „Ich versuche, mir heute Abend ein wenig Zeit für dich zu nehmen.“

„Okay." Ich kehrte an meinen Tisch zurück, obwohl ich gern noch mehr Zeit mit ihm verbracht hätte.

Er hatte den ganzen Tag über Besprechungen und tauchte erst wieder auf, als die meisten Mitarbeiter schon Feierabend machten. Ich musste eigentlich auch los und Arianna von Mrs. Effleman abholen, aber ich wollte wenigstens auf ihn warten, um mich für den Tag zu verabschieden.

Als er endlich zurückkam, waren die anderen Mitarbeiter schon seit einer Stunde verschwunden. Ken war aber noch da, denn seine Chefin war in derselben Besprechung wie Sinclair gewesen und kehrte nun mit ihm zurück.

„Ah, ihr beide seid wohl an euren Tischen angekettet, was?", sagte Kens Vorgesetzte, als sie an uns vorbeikam.

„Ist kein Problem, Reyna und ich haben uns gegenseitig Gesellschaft geleistet", erwiderte Ken mit einem charmanten Lächeln.

Das war allerdings gelogen. Ich hatte gearbeitet und mich bemüht, ihn zu ignorieren.

„Ja, genau. Ich sitze hier und arbeite. Tolle Gesellschaft", spottete ich.

Sinclair blickte uns finster an, bis er meine Bemerkung hörte und verstand, dass ich ganz unschuldig war.

„Nun, für heute solltet ihr wirklich Schluss machen. Wir alle sollten das. Das Leben kommt sonst zu kurz. Von wegen Life-Work-Balance und so", sagte er und blickte Ken direkt an bei diesen Worten.

„Ich bin fertig", sagte ich und schaltete den Computer aus. „Ich warte nur noch darauf, dass mein Boss die Ketten aufschließt." Ich zwinkerte Sinclair verführerisch zu und er machte große Augen.

„Warte einen Moment, dann begleite ich dich zu deinem Auto.“ Ich war mir nicht sicher, ob er das wirklich vor allen anderen hatte sagen wollen, aber er hatte es getan.

„Ich kann sie doch begleiten“, mischte sich Ken ein. „Ich habe direkt neben ihr geparkt.“ Der mörderische Blick von Sinclair war zum Totlachen.

„Seit wann ist der Parkplatz so gefährlich?“, fragte Kens Chefin. „Vielleicht sollten wir dann besser alle gemeinsam runtergehen. Mit Macheten und so.“ Sie schüttelte den Kopf und verschwand in ihrem Büro. Wir anderen drei standen etwas irritiert herum.

„Ich hole nur schnell meine Tasche“, sagte Sinclair.

Eine Minute später war er wieder da und bereit zu gehen. Ken beeilte sich, ebenfalls seine Sachen zusammenzusuchen, als Molly aus ihrem Büro etwas rief.

„Ken, bevor du gehst, könntest du mir kurz noch bei etwas behilflich sein?“ Molly hatte ihn damit außer Gefecht gesetzt.

Sinclair wäre beinahe in lautes Gelächter ausgebrochen. Ken lächelte uns zu und wir gingen.

„Bis morgen“, rief ich ihm noch zu.

Sobald wir im Fahrstuhl waren, packte Sinclair mich und wir küssten uns. Unsere Zungen rangen miteinander, bis unten die Türen wieder aufgingen.

„Kann ich dich überreden, mit zu mir zu kommen?“, fragte er und sah dabei verloren aus wie ein kleiner Junge.

„Ich bin schon zu spät dran, um meine Tochter abzuholen.“ Ich bemühte mich um einen freundlichen Ton, um ihn nicht zu verärgern. Ich wollte auch gern mit ihm zusammen sein, aber das ging heute einfach nicht. Ich konnte mein Kind nicht schon wieder allein lassen.

„Ich verstehe.“ Er war eindeutig enttäuscht. Aber auch ihm war klar, dass meine Entscheidung richtig war. „Wir sehen uns dann morgen.“

Armer Kerl. Er war so niedergeschlagen, dass es mitleiderregend war.

„Wie wäre es, wenn wir das Wochenende miteinander verbringen?“, schlug ich vor, um ihn ein wenig aufzumuntern.

„Was? Nein, so lange kann ich unmöglich warten.“ Sein Gesicht wandelte sich von betrübt zu ungeduldig und verärgert.

„Wir sehen uns doch auf der Arbeit. Du wirst doch wohl eine Woche ohne zu vögeln auskommen.“ Ich war mir nicht sicher, ob ich das konnte, aber ich würde es wohl müssen.

„Nein, ich kann nicht so tun, als sei ich nur dein Boss und nicht auch der Mann, der sich Hals über Kopf in dich verliebt. Das ist die reinste Folter.“ Er holte tief Luft. „Mittwoch? Bring das Baby nach der Arbeit mit zu mir. Salvatore macht uns etwas zu essen. Dann können wir etwas miteinander abhängen.“ Es war merkwürdig, wenn er versuchte, wie ein Jugendlicher zu klingen.

„Falls du dich nicht in zwei Tagen komplett verändert hast, gehe ich nicht davon aus, dass wir einfach nur abhängen. Aber es klingt trotzdem gut. Halten wir also Mittwoch fest. Bist du sicher, dass ich Arianna mitbringen soll?“ Es wäre toll, wenn das ginge, aber ich wollte nicht, dass er das nur sagte, um mich um den Finger zu wickeln.

„Absolut.“ Offenbar meinte er es wirklich ernst.

Nach diesem Gespräch ließ er mich erstaunlicherweise tatsächlich gehen. Er wirkte wie eine Gestalt des Jammers, als ich losfuhr. Ich konnte es schon nachfühlen, denn an seiner Stelle würde es mir sicher ebenso gehen.

Er schickte mir den Rest des Abends Textnachrichten.

Wenn wir schon nicht eine einzige Nacht voneinander getrennt sein konnten, wie sollten wir dann auf der Arbeit einfach nur Boss und Angestellte spielen?

Am nächsten Tag freute ich mich darauf, Sinclair zu sehen, aber ich war hundemüde. Er hatte mir die ganze Nacht Nachrichten geschickt. Hatte mir Geschichten erzählt, mir geschrieben, was er gerade tat, und schlüpfrige Dinge geschildert, die er gern mit mir machen würde, um mich zu erregen.

Ich konnte nicht leugnen, dass mich das anmachte. Seit langer Zeit brachte es mich mal wieder dazu, mich selbst zu befriedigen, während ich an all die Dinge dachte, die wir am Mittwoch tun würden.

Als ich ins Büro kam, sah ich ihn an seinem Schreibtisch sitzen. In seiner Gegenwart überkam mich sogleich absolute Ruhe. Ich verliebte mich gerade ganz extrem in diesen Mann. Je länger wir getrennt voneinander waren, desto mehr sehnte ich mich nach ihm. Es war seltsam.

Beinahe wären wir uns in die Arme gefallen, als wir uns am nächsten Morgen begegneten, aber zum Glück konnten wir uns beherrschen.

Die Nachrichten wurden an diesem Morgen von einem einzigen Thema beherrscht. Natürlich war es Ken, der es uns brühwarm berichtete, als wir eintrafen. Er las es von der Webseite der Variety vor. Christopher Regent war wegen sexueller Belästigung seiner ehemaligen Assistentin angeklagt worden.

„Hey, hast du nicht mal für den gearbeitet?“, fragte Ken und blickte mich lauernd an.

Ich bekam kaum Luft. „Ja“, sagte ich kaum hörbar.

„Nach dem, was hier im Artikel steht, hat der eine Menge Mist gebaut.“ Ken klang ein wenig ungläubig. Ich gefror zu Eis. Ich war nicht diejenige, die gegen ihn Anklage erhoben hatte. Aber allein seinen Namen und die widerlichen Vorwürfe, die gegen ihn erhoben wurden, ließen mir das Blut in den Adern gefrieren. Ich erinnerte mich an all die schlimmen Dinge, die er getan hatte. Dinge, die ich nie jemandem erzählt hatte. Beinahe alles, was da erwähnt wurde, hatte er mir auch angetan. Ken erwähnte die Einladungen zum Essen, die nichts anderes waren als ein erzwungener Blowjob. Er berichtete auch von den Erpressungen, dass eine Frau den Job riskierte, wenn sie nicht mit ihm ausging. Ihm wurde nicht nur sexuelle Belästigung vorgeworfen, sondern auch Vergewaltigung in drei Fällen.

Ich hatte nicht zugelassen, dass es so weit kam, aber die Unterhaltungen mit ihm waren immer voller sexueller Anspielungen gewesen. Meistens musste ich ihn geradezu abwehren, um nicht betatscht zu werden. Was ich dennoch nie ganz verhindern konnte, waren beiläufige Griffe an meinen Hintern, in meinen Schritt und an meine Brüste. Ich musste ihn fest irgendwo kneifen, damit er mich losließ. Dann lachte er für gewöhnlich und tat, als sei es doch nur ein kleiner Spaß gewesen.

„Was Jungs in der Umkleidekabine eben so machen“, sagte er dann immer. Nachdem er mir während einer Besprechung mal einen Finger in die Vagina schieben wollte, zog ich nur noch dicke Baumwollschlüpfer an. Selbst im Sommer. Ich musste unter allen Umständen verhindern, dass er intime Stellen meines Körpers berühren konnte. Dennoch hörte er nie auf, mich unter Druck zu setzen oder seine gierigen Anspielungen zu machen.

Als Ken den Artikel zu Ende vorgelesen hatte, standen mir Tränen in den Augen. Ich musste mich hinsetzen, denn ich zitterte am ganzen Körper. Ich wusste, dass Chris Frauen vergewaltigt hatte. Er redete oft über Sex. Und er behauptete immer, es wäre einvernehmlich geschehen. Weil er so ein Hengst im Bett war, liefen die Weiber ihm nach, behauptete er. Als er das zum ersten Mal sagte, hätte ich mich am liebsten übergeben.

Er war besessen von Sex und redete ständig von seinen Eroberungen, die in meinen Ohren immer eher nach Vergewaltigungen klangen als nach ungezügelter Leidenschaft. Er prahlte auch damit, wie viele Kinder er gezeugt hatte, ohne Unterhalt für sie zu bezahlen. Die Schlampen machten doch zu gern die Beine für ihn breit, wieso sollte er für deren Liederlichkeit bezahlen? So sagte er.

Die Erinnerung an all das machte mich vollkommen unsicher. Ich hatte verdrängt, wie schlimm das alles war. Nachdem ich von ihm weg war und davon Abstand gewinnen konnte, erkannte ich nun, dass ich Tag für Tag sexueller Belästigung und Missbrauch ausgesetzt gewesen war. Jeder Tag war ein Kampf um meine Integrität und meine emotionale Unversehrtheit gewesen.

Kens anschließender Kommentar zu dem Artikel war fies und abwertend. Jeder in Hollywood wusste doch, was für ein Arschloch Christopher Regent war. Jede Frau, die dennoch für ihn arbeitete, musste doch quasi damit rechnen, dass es dazu gehörte, für ihn die Beine breit zu machen. Was zur Hölle?

„Machst du dich etwa lustig über diese Frauen?“ Ich konnte nicht fassen, wie unsensibel er mit dem Thema umging.

„Ach komm, Reyna. Ich habe Gerüchte gehört, du hast dem Sack in die Eier getreten.“ Er schenkte mir ein falsches Lächeln.

„Ich wurde entlassen, weil ich zu viel Zeit im Waschraum verbracht habe. Aber es war die Hölle dort.“ Ich blickte ihm direkt in die Augen.

Vergewaltigung und ähnliche Vergehen waren nichts, worüber man Witze machen durfte. Ich blickte Sinclair an. Der hatte Mühe, sich zu beherrschen. Mir war nicht bewusst gewesen, dass er mich beobachtet hatte, aber das Mitgefühl in seinen Augen brachte mein Herz zum Schmelzen. Wir hatten bisher nicht über meine Zeit bei Chris gesprochen. Er hatte mich mit ihm an Halloween gesehen und nur kurz mit ihm bei der Premiere am Wochenende geredet.

Sinclair hatte keine Ahnung, was ich bei Chris alles durchgemacht hatte, aber ich wusste, er verstand es, ohne die Einzelheiten zu kennen.

Kapitel 21 – Sinclair

„In dem Artikel werden Frauen aufgerufen, sich als Zeugen oder Betroffene zu melden, falls sie Chris in Aktion erlebt haben.“ Ken blickte Reyna herausfordernd an. „Es wurde eine E-Mail-Adresse angegeben und eine Telefonnummer, wo die Frauen sich melden können. Vielleicht solltest du das tun, Reyna.“

Reyna sah blass aus. „Ich bin sicher, eine Menge anderer Frauen hat es schlimmer getroffen“, erwiderte sie.

„Ich hoffe, es melden sich viele dieser Frauen. Der Typ sollte für den Rest seines Lebens hinter Gitter für das, was er getan hat“, sagte ich, um allen deutlich zu zeigen, was ich von ihm hielt.

Nach diesem unglücklichen Start in den Tag gingen alle an ihre Arbeit. Eine Stunde später wurden die Aufnahmen des Vortages geliefert und ich bat Reyna, sie mit mir in meinem Büro anzuschauen und ein paar Dinge zu notieren. Als sie in mein Büro kam, war sie wieder mehr sie selbst.

„Du hast mir gefehlt“, flüsterte sie und schloss die Tür hinter sich.

„Du mir auch, wahnsinnig.“ Ich nahm sie in meine Arme. „Ich halte das nicht bis morgen Abend durch. Können wir nicht heute schon zusammen sein? Und morgen? Und auch die anderen Nächte danach?“ Ich wollte nicht verzweifelt klingen, aber dafür war es wohl zu spät.

Sie lachte und nahm die Sache eher locker. „Also, ich habe ein eigenes Leben. Aber ich glaube, ich kann auch nicht mehr bis morgen warten."

„Ich habe darüber nachgedacht und mit meiner Haushälterin Lorna gesprochen. Sie hätte nichts dagegen, sich um Arianna zu kümmern, wenn du bei mir bist. Sie hat nicht allzu viele Aufgaben. Ich glaube, es würde ihr gefallen, etwas Sinnvolles zu tun. Jedenfalls würde es ihr Spaß machen, auf das Kind aufzupassen." Ich war nervös, wie Reyna auf diesen Vorschlag reagieren würde. Ich konnte an nichts anderes mehr denken. „Nach Feierabend könntest du die Kleine holen mit dem ganzen Zubehör, was sie so braucht, und dann treffen wir uns bei mir", schlug ich aufgeregt vor.

Der Gedanke, Reyna und das Baby bei mir daheim zu haben, war aufregend. Sie starrte mich an und für einen Moment dachte ich, sie würde ablehnen. Aber zu meiner größten Erleichterung nahm sie den Vorschlag an. Gott sei Dank. Es war fast unmöglich, den Rest des Tages irgendwie über die Runden zu bringen. Ich war gedanklich damit beschäftigt, sie die ganze Nacht lang zu verwöhnen.

Wir verabschiedeten uns zum Feierabend und ich hatte Mühe, ihr nicht nachzulaufen. Aber da hier zu viele Beobachter ringsumher saßen, hielt ich mich zurück.

Sie schrieb mir eine Nachricht, als sie bei mir daheim angekommen war. Sie und Arianna saßen bei Lorna und Michael.

Als ich ankam, hörte ich zufällig ein Gespräch mit an, das definitiv nicht für meine Ohren bestimmt war.

„Es wird sicher ein Vergnügen sein, die Kleine hier zu haben", hörte ich Lorna sagen. „Das große Haus ist sonst sehr einsam. Sinclair ist ein stiller Mensch. Er hat jede Menge Freunde, aber die kommen nicht oft hierher. Ich glaube, er ist ziemlich einsam. Sein Bruder Sage ist da viel offener und von Shelton sehen wir so gut wie gar nichts. Sie ist so schön und perfekt."

Lorna errötete, als ich eintrat. Sie hielt das Baby auf dem Arm. Reynas Gesicht strahlte, als sie mich sah. „Ich hoffe, ich störe nicht. Ich bekam einen Anruf, gerade als ich gehen wollte. Unser Hauptdarsteller für den Morning-Star-Film hatte irgendwelche Bedenken. Ich habe mir den Mund fusselig geredet. Aber jetzt bin ich endlich da."

Ich ging zu Lorna und streckte meine Arme aus. „Darf ich sie halten?" Ich blickte Reyna fragend an.

„Natürlich." Lorna überreichte mir das Kind.

„Sie ist wundervoll, Sinclair", sagte Lorna voller Bewunderung.

Ich war sehr angespannt, als ich Arianna im Arm hatte. Sie war so winzig und zerbrechlich. Ich schmolz dahin. Ich war ihr Vater und würde sie lieben und beschützen, solange ich lebte. Ich küsste ihre niedliche Stirn. Sie roch nach Babypuder und Unschuld.

„Sie ist einfach alles", seufzte ich.

Reyna kam zu uns und strich über Ariannas weiches, braunes Haar. Ich hatte den Eindruck, dass Baby betrachtete mich mit einem ebenso ungläubigen Blick wie ich sie. Ich hätte sie den Rest des Abends in meinen Armen halten können. Aber ich hatte Hunger und nahm an, dass es Reyna ebenso erging.

„Salvatore hat ein hervorragendes griechisches, vegetarisches Gericht gezaubert. Ich passe solange auf das Baby auf", sagte Lorna und nahm mir das Baby wieder ab.

„Willst du sie vorher noch füttern?", fragte ich Reyna. Lorna war so eifrig, dass ich vermutete, vom Kind den Rest des

Abends nichts mehr zu sehen.

„Vielleicht sollte ich das tun.“ Reyna lachte angesichts von uns beiden, die sich gegenseitig darin überboten, beim Anblick des Babys in Verzückung zu geraten.

Sie nahm das Baby auf den Arm und legte es an ihre Brust. Sofort fing es an zu nuckeln. Die beiden sahen perfekt zusammen aus. Ich verstand nun, warum die Madonna mit dem Jesuskind so eine ikonische Abbildung ist. Es gab keinen schöneren Anblick als eine Mutter mit ihrem Baby.

„Komm“, sagte ich und geleitete sie ins Wohnzimmer, „warum fütterst du sie nicht hier, auf der Couch?“

„Danke.“ Sie setzte sich hin und ich hörte, dass Arianna Nuckelgeräusche machte. Ich konnte die beiden nur ehrfürchtig anstarren. Ich hatte einen Artikel gelesen über Väter, die stillende Mütter unterstützten. Es wurde darin erklärt, wie der Partner die Mutter umsorgen konnte, während sie fütterte. Da war die Rede gewesen von Fußmassagen, Rückenmassagen oder einfach auch nur dafür zu sorgen, dass die Mutter zu trinken oder einen Snack bekam.

„Ich hole dir etwas zu trinken. Möchtest du Saft? Oder lieber Wasser? Tee?“ Mir war klar, dass sie keinen Wein trinken würde, solange sie Arianna fütterte, aber ich hoffte, sie hätte später vielleicht Lust darauf.

„Ein Kamillentee wäre nett.“ Sie blickte mich glücklich an.

„Kommt sofort.“ Ich eilte los, um ihr den Tee zu holen.

Ich machte den Tee selber. Ich wollte ihr etwas Gutes tun. Als ich damit zurückkehrte, war Arianna an Reynas Brust eingeschlafen. Mir wurde ganz warm ums Herz und ich wollte die beiden am liebsten in meine Arme schließen. Stattdessen stellte ich den Tee vor Reyna auf den Tisch und fragte sie, ob ich ihr das schlafende Kind abnehmen sollte, damit sie mit mir essen konnte.

Reyna hatte ein aufklappbares Bettchen mitgebracht. Ich stellte es im Gästezimmer neben meinem Schlafzimmer auf, so konnten wir hören, wenn sie nachts aufwachte. Ich legte sie hinein und war froh, dass sie dabei nicht aufwachte und schrie. Ich ging davon aus, dass sie es tun würde, aber sie tat es nicht. Zufrieden und ein wenig stolz kehrte ich ins Wohnzimmer zurück.

Wir aßen unser vorzügliches Abendessen und ich lernte mehr über die üblichen Abläufe für Arianna. Sie wurde gegen acht schlafen gelegt und wurde meist gegen Mitternacht wach.

„Wir sollten dann besser schnell aufessen und zum gemütlichen Teil übergehen, bevor der erste Schlafabschnitt vorbei ist." Ich stellte im Geiste einen Plan auf.

„Vielleicht sollten wir das tatsächlich." Reyna sah mich heißblütig und verführerisch an.

„Bist du dann soweit?" Ich stand auf, denn ich war satt.

„Absolut." Sie grinste, als ich sie auf den Arm nahm und in mein Schlafzimmer trug. Ich schlich leise an Ariannas Zimmer vorbei und legte Reyna auf mein Bett.

„Ich hatte ja nun etwas Zeit, um mir Gedanken darüber zu machen, auf welche Weise ich dich vernaschen werde. Teil eins dieses Abends wird sich also nur um dich drehen. Ich möchte jeden Zentimeter deines Körpers verwöhnen. Ich werde dich so lieben, dass du nie wieder auch nur einen einzigen Gedanken an einen anderen Mann verschwenden wirst." Meine Stimme klang verführerisch und bestimmt.

Sie lehnte sich zurück und spreizte leicht ihre Schenkel. „Ich gehöre ganz dir."

Ich stieg auf das Bett und half ihr beim Ausziehen. Sie trug wieder so süße Seidenunterwäsche. „Die gefällt mir", sagte ich. „Ist die neu?"

Sie legte den Kopf schief. „Wieso das Victoria‘s Secret heißt, ist mir unverständlich.“ Sie lehnte sich zurück, öffnete ihre Beine weiter und überließ mich meinen Liebkosungen.

Ich zog ihr den Slip aus und begann mein Spiel. Ich küsste die Innenseite ihrer Schenkel. Sie kicherte. Meine Bartstoppeln kitzelten die empfindliche Haut. Sie strampelte ein wenig. Ich wanderte hinauf zu ihrem Schamhaar, es roch frisch. Sie war süß und sinnlich, ich liebte es, sie zu lecken. Ich umkreiste mit der Zunge ihre Klitoris und ihr Becken bäumte sich mir entgegen. Meine Zunge fuhr in sie hinein und ich genoss es, wie sie sich daran auf und ab bewegte. Ich wusste, was ich tun musste, um sie zum Höhepunkt zu bringen. Und sie brauchte einige davon, damit ich sie ficken konnte, ohne dass es ihr wehtat. Ihre Finger vergruben sich in meinem Haar und sie drängte sich an meinen Mund. Ich liebte ihre quiekenden Laute, als sie kam. Ihr Gesicht in den Wogen der Lust zu betrachten, ließ meine Gefühle für sie nur noch wachsen.

Als sie langsam wieder runterkam, rutschte ich zu ihr hoch, noch immer vollständig bekleidet. Mein Schwanz sehnte sich danach, aus der Hose befreit zu werden, aber ich wollte sie noch mehr lieben. Die Mutter meines Kindes.

„Du machst es so gut“, seufzte sie, noch immer leicht entrückt.

„Ich kann auch noch andere Dinge gut“, gurrte ich und biss sie sanft in den Hals.

„Was zur …“ Sie zappelte, dann hielt sie still. „Beißt du mich etwa?“, fragte sie ungläubig. „Dann stimmen die Gerüchte also, du bist ein Vampir?“ Sie lachte und grapschte nach meinem Schwanz in der Hose.

„Hey, hier soll es doch um dich gehen“, tadelte ich sie, als sie an meinem Schwengel zog.

„Eben. Und ich will dein Ding“, flüsterte sie. „Ich musste zwei volle Tage darauf warten.“

„Stimmt.“

Ich gehorchte und zog meine Hose aus, während sie mir mit neuer Energie das Hemd aufknöpfte.

Sobald ich nackt war und sie auch, vergnügte ich mich an ihren Brüsten. Da sie gerade gestillt hatte, waren sie empfindlich und ein wenig wund. Ich küsste beide Brustwarzen und leckte sanft über die gerötete Haut. Sie schlang ihre Arme um mich und zog mich stöhnend fester an sich. Nachdem ich mich ausgiebig mit beiden Brüsten beschäftigt hatte, küsste ich sie mit all der Liebe, die ich im Herzen für sie empfand. Sie sollte wissen, dass ich sie als ebenbürtig empfand, emotional und sexuell.

„Ich mag zwar auch dein Boss sein, Reyna, aber ich betrachte dich als ebenbürtig“, sagte ich und zog sie auf meinen Schoß.

„Gut.“ Sie wand sich, bis sie auf meinem harten Schwanz saß.

Sie nahm mich mit Leichtigkeit in sich auf und rutschte auf mir auf und ab. Ihre enge Muschi umschloss meinen Schwanz so perfekt. Ich hielt sie fest und bewegte uns beide so, dass ich schneller und härter in sie stoßen konnte. Ich hielt sie eng an mich gepresst, die Reibung zwischen uns war intensiv. Ich fickte sie hart, bis sich ein Orgasmus ankündigte. Sie legte ihren Kopf an meinen Hals und ergab sich ihrer Lust. Ihre Finger krallten sich in meinen Rücken, als sie kam. Nur wenige Augenblicke später kam ich ebenfalls. Wir brachen beide auf dem Bett zusammen und ich nahm sie in meine Arme.

„Ich bin süchtig nach dir“, sagte ich atemlos. „Ich möchte, dass du mit Arianna bei mir einziehst. Ich weiß, es klingt verrückt, aber lass es uns tun. Ich habe genug Platz hier. Ich halte das nicht noch einmal zwei Tage ohne dich aus. Bitte sag nicht Nein.“ Es klang wie ein Befehl.

Sie warf ein Kissen nach mir. „Jetzt mach mal halblang.“ Ihre Reaktion warf mich ein wenig aus der Bahn, dann musste ich doch lachen. Sie hatte ja recht. Was war nur in mich gefahren? „Ich ziehe hier nicht ein. Das wäre doch der reinste Wahnsinn. Wir arbeiten zusammen. Und ich soll hier einziehen, nachdem wir wie lange miteinander gehen? Zwei Tage?“ Ihre krassen Worte brachten mich zum Lachen. Viele Menschen hatten oft Angst vor mir, aber sie nicht. Sie fürchtete meine Reaktion nicht und sie spielte gern. Ich klopfte ihr mit einem anderen Kissen auf den Rücken. „Ich kann aber doch trotzdem mal fragen, oder?“

Sie lächelte. „Klar. Fragen kann man immer.“

Die friedliche Stimmung nach dem Sex war bald darauf vorbei, als aus dem anderen Zimmer Ariannas Geschrei hörbar wurde. Anfangs klang es noch niedlich, aber es wurde rasant lauter und jammervoll.

„Wow, wer hätte gedacht, dass ein so kleiner Mensch einen solchen Lärm machen könnte.“ Ich war entsetzt.

„Und damit wären wir gerade noch rechtzeitig wieder zurück in der Realität.“ Reyna stieg aus dem Bett, zog ihr Shirt und ihren Slip über und ging hinaus.

Kapitel 22 – Reyna

Ich wusste, Arianna würde aufwachen. Normalerweise schlief sie bis Mitternacht, aber immer häufiger wachte sie auch um zehn schon auf. Sie war nicht hungrig, aber ihre Windel musste gewechselt werden. Die war voll. Es war ein wenig zum Magen umdrehen. Ich grummelte vor mich hin, als Sinclair reinkam, mit nacktem Oberkörper, nur in Pyjamahose.

„Windelwechsel?", fragte er neugierig und blickte mir über die Schulter. „Wow, igitt. Wer kann den ahnen, dass ein kleines Wesen so viel kacken kann? Der kleine Hintern." Er klatschte mir auf den Arsch.

„Mach mal Platz." Er schob mich an die Seite und nahm meinen Platz ein. „Okay." Seine heroische Haltung fiel ein wenig in sich zusammen, als er sich der vollgekackten Windel gegenübersah. „Also, was muss ich tun?"

„Ich mache es schon selber." Sein Enthusiasmus war lustig.

„Nein, ich kriege das hin." Er nahm die Feuchttücher und eine Windel.

„Okay."

Wenn es ihm tatsächlich ernst damit war, dass wir hier einziehen sollten, dann musste er ohnehin alles lernen über Windelwechsel, nächtliches Füttern und alles andere auch. „Heb ihre Beine vorsichtig an und wisch von vorne nach hinten die Kacke ab. Achte darauf, dass wirklich alles sauber ist, bevor du eine neue Windel ummachst."

Es war lustig, ihn beim Hantieren mit der Kacke zu beobachten, aber für das erste Mal machte er es eigentlich recht ordentlich. Arianna schien seine Bemühungen auch unterhaltsam zu finden. Er machte die Windel zwar nicht fest genug zu, aber ansonsten war es okay. Als er ins Bad ging, um sich die Hände zu waschen, machte ich sie etwas fester zu und nahm Arianna auf den Arm. Normalerweise schlief sie sofort wieder ein, sobald das Licht gedimmt wurde und ich ihr etwas vorgesungen hatte. Also tat ich das. Sinclair kam zurück, als ich angefangen hatte zu singen. Während ich sie ein wenig in meinen Armen wiegte, trat er hinter mich und wiegte sich mit mir und summte das Lied mit. Auch wenn es nur ein kurzer Moment war, so war er doch perfekt. Nach ein paar Liedern war Arianna wieder eingeschlafen und ich konnte sie zurück in das Klappbett legen.

„Danke für deine Hilfe."

„Ich werde das nun öfter machen", versprach er, zupfte mir eine Haarsträhne aus dem Gesicht und küsste mich auf die Schläfe. „Möchtest du einen Film anschauen, bevor wir schlafen gehen?"

„Warum nicht, klingt gut." Es war vielleicht keine schlechte Idee, diese intensive Nähe ein wenig zurückzufahren.

„Ich schaue gern noch einen Film, bevor ich schlafen gehe." Er führte mich aus dem Gästezimmer. „Ich werde Lorna informieren, dass sie ein Auge auf das Baby haben soll."

„Hat die nicht längst Feierabend?" Ich wollte mich keinesfalls aufdrängen.

„Vertrau mir. Es macht ihr nichts aus." Er holte sein Handy und schickte ihr eine Nachricht.

Wir gingen den Flur hinunter, dann ein paar Treppen und kamen zu einem kleinen Kino im Keller. Darin befanden sich etwa 30 echte Kinosessel. Er schaltete das Licht ein. Sein Gesicht hatte einen kindlichen Glanz bekommen.

„Also, was möchtest du sehen?" Er schaltete die riesige

Leinwand an. Es gab tausende Filme zur Auswahl. Die komplette Leinwand zeigte kleine Filmplakate.

„Meine Güte, wie soll ich mich denn da entscheiden?" Ich war vollkommen überfordert.

„Ich veranstalte für mich Filmnächte. Wie ein privates Filmfestival. Im Augenblick sind es Horror-Splatter-Filme." Er wurde ein wenig rot, schaltete mit einer Fernbedienung und es wurden nur noch Horrorfilme angezeigt. „Es war das Einzige, was mich ein wenig von dir abgelenkt hat."

„Na, toll. Ich mag solche Filme eigentlich nicht. Ich kriege Albträume davon. Aber da du ja neben mir schlafen wirst, wieso nicht?" Ich hatte schon etwas Angst, aber es war auch aufregend. Ich würde mich einfach an ihn klammern, wenn es zu gruselig wurde. Das konnte ganz lustig werden.

„Oh, das wird ein großer Spaß." Er streichelte meinen Arm und drückte die Fernbedienung. Der Film begann, dunkel und bedrohlich.

„Ich bin mir ziemlich sicher, dass ich das bereuen werde." Ich kuschelte mich an ihn, mein Magen verkrampfte sich bereits.

„Ich aber nicht." Sein Arm hielt mich fest umschlungen.

Wie zu erwarten war der Film grauenvoll, brutal, ekelhaft und gruselig. Er lachte über die ekeligen Sachen und ich schloss dabei die Augen. Es fühlte sich an, als wären wir Teenager bei einem Date. So sehr ich den Film auch hasste, es machte dennoch Spaß, mit ihm zusammen zu sein. Er hatte eine dunkle Seite, aber sie stellte keine Gefahr für mich dar und war eher jungenhaft. Es gefiel mir, dass ich eine weitere Seite an ihm entdeckte. Als der Film zu Ende war, war ich angespannt und verängstigt.

„Das war ein furchtbarer Film", sagte ich und rollte den Kopf hin und her, um meinen verspannten Nacken zu entkrampfen.

„Alles in Ordnung mit dir?“ Er wirkte aufrichtig besorgt.

„Nur ein wenig mitgenommen.“ Ich lächelte schwach. „Lief dieser Film wirklich mal im Kino?“

„Ich muss dir ein kleines Geständnis machen.“ Er grinste teuflisch und kindlich gleichermaßen. „Es ist ein Film, den wir eventuell kaufen wollen. Er wurde noch nicht veröffentlicht.“

„Das ist vielleicht auch besser so.“ Ich verzog das Gesicht.

„Man müsste schon noch einiges daran schneiden, aber in der Horrorszene wäre es sicher ein Erfolg. Ich hatte keine Ahnung, dass du so empfindlich bist.“ Er lachte und massierte meine Schultern. „Hast du nicht selber ein Gothic-Drehbuch geschrieben? Ich dachte, da macht dir Horror doch bestimmt nichts aus.“

„Es ist ein romantischer Film.“ Ich rollte mit den Augen. „Ich mag sexy Vampire und gefallene Engel, verstehst du? Wie der, mit dem ich ein Kind gemacht habe.“ Ich schaute ihn finster und herausfordernd an.

„Ups.“ Er feixte. „Möchtest du etwas anderes zum Ausgleich anschauen?“

„Ist es nicht schon Mitternacht?“ Ich war ziemlich müde und ich wusste, dass Arianna bald wieder aufwachen würde. Irgendwann musste ich schließlich auch mal schlafen.

„Es ist ein Uhr. Wir sollten vielleicht wirklich schlafen gehen. Morgen ist ein normaler Arbeitstag. Ich vergesse manchmal die Zeit, ich bin nämlich eine Nachteule.“ Er wirkte trotz der späten Stunde hellwach.

Er nahm mich mit zurück in sein Schlafzimmer. Ich warf einen Blick bei Arianna rein, die glücklicherweise noch immer schlief. Ich war überrascht, Lorna bei ihr zu sehen, aber auch dankbar, dass sich jemand um sie gekümmert hatte, während ich mit Sinclair den Film schaute.

„Wie war der Film?“, fragte sie leise, um das Kind nicht zu wecken.

„Grauenvoll. Der Mann hat doch Psycho-Tendenzen, oder?“

„Mein Mann und ich weigern uns jedenfalls, da unten einen Film anzuschauen. Er guckt sich schon seltsame Sachen an.“ Sie meinte das ernst. Ihre warme, mütterliche Art gefiel mir.

„Wem sagen Sie das.“ Ich blickte einen Moment auf Arianna und erfreute mich an ihrem süßen, schlafenden Anblick.

„Gute Nacht. Wir sehen uns Morgenfrüh.“ Lorna verließ das Zimmer.

„Danke noch einmal fürs Aufpassen.“

„Gern geschehen.“

Als ich Sinclairs Schlafzimmer betrat, hatte er sich bereits wieder ausgezogen und lag im Bett. Er zog die Decke weg und lud mich ein, neben ihn zu schlüpfen. Ich legte mich dazu und löschte das Licht.

„Ein Quickie vor dem Schlafen?“, fragte er und hob mein Bein über seinen harten Schwanz.

„Du hast auf jeden Fall den Sextrieb eines Vampirs“, meinte ich und spreizte die Beine für ihn. „Wenn dir nun noch spitze Zähne wachsen und du mir die Kehle herausreißt, wie dem Mädchen im Film, dann gehe ich und komme nicht wieder.“

Er kicherte, zog mir den Slip aus und bereitete mich mit den Fingern vor. Es dauerte nicht lange, bis ich nass war. Unser Liebesspiel war langsam und sinnlich. Wir liebten uns nebeneinander liegend und schauten uns dabei tief in die Augen. Sein Schwanz drang langsam ein, bewegte sich in einem sinnlichen Rhythmus, hielt das Tempo. Als wir gemeinsam den Höhepunkt erreichten, war es beinahe wie ein Tanz. Ich schlief in seinen Armen ein, gesättigt und erfüllt von seiner Liebe.

Ich hörte nicht, wie Arianna später rief. Ich merkte nur, dass es neben mir auf einmal kalt war. Er fehlte. Ich musste so tief geschlafen haben, dass ich nicht einmal merkte, wie er das Zimmer verließ. Ein Blick auf mein Handy sagte mir, dass es beinahe drei Uhr in der Frühe war. Ich zog mir schnell das Shirt über, verzichtete auf den Slip und lief ins Gästezimmer nach nebenan. Sinclair saß auf der Couch, Arianna im Arm. Sie schlief. Sie musste wach geworden sein. Es wunderte mich, dass ich es nicht gehört hatte, aber die beiden waren ein süßer Anblick. Ich schloss die Tür und kehrte zurück in sein Bett. Ich wartete eine Weile auf ihn, aber er kam nicht.

Am nächsten Morgen holte mich der Wecker aus dem Tiefschlaf. Sinclair war immer noch nicht da. Ich nahm an, dass er mit dem Baby eingeschlafen war. Also ging ich nach nebenan. Er war gerade dabei, die Windel zu wechseln.

„Hey, Mami, bring mal die Milchbar her. Ich glaube, sie hat Hunger." Er machte die Windel zu und reichte mir das Baby. „Ich mache Frühstück." Er war glücklicher, als ich ihn je gesehen hatte.

„Ich kann nicht glauben, dass du mit ihr auf der Couch eingeschlafen bist. Du musst echt erschöpft gewesen sein." Ich war ziemlich überrascht.

„Ist kein Problem. Sie ist so wunderbar. Aber wir sollten uns jetzt beeilen, wenn wir noch frühstücken, duschen und sie bei dir daheim absetzen wollen, bevor wir zur Arbeit fahren. Wenn du mit dem Stillen fertig bist, da ist ein Gäste-Bad." Er deutete auf eine Tür neben dem Schrank. „Wir treffen uns in der Küche. Uns bleibt noch eine Dreiviertelstunde." Er war sehr effizient, ganz der Boss.

Aber das störte mich nicht. Ich liebte ihn. Er machte Platz

in seinem Leben für uns beide. Ich wusste das ebenso zu schätzen wie die Tatsache, dass ich dadurch mehr Schlaf bekommen würde. Ich hatte seit Ewigkeiten nicht mehr so viel am Stück geschlafen. Bei meinem letzten Besuch hier hatten wir nachts andere Dinge im Sinn gehabt als Schlaf. Erstaunlicherweise schafften wir es pünktlich aus der Tür und Arianna zu Mrs. Effleman zu bringen. Sie freute sich, Sinclair kennenzulernen, und schaute ihn ebenso bewundernd an wie die meisten Frauen, die ihm zum ersten Mal begegneten.

Es lief alles großartig, bis er unterwegs im Auto den Prozess gegen Chris erwähnte.

„Ich weiß, du willst nicht darüber reden", begann er und ignorierte mein verärgertes Gesicht.

„Er hat mich nicht vergewaltigt, Sinclair. Er hat sich einfach nur wie ein widerliches Arschloch aufgeführt. Jeden Tag." Ich kochte.

„Okay. Du musstest dich also jeden Tag gegen seine Aufdringlichkeit zur Wehr setzen. Ich habe doch mitbekommen, wie er dich an Halloween behandelt hat. Wenn er kein Problem damit hatte, sich so in der Öffentlichkeit aufzuführen, dann möchte ich gar nicht wissen, was er privat abgezogen hat. Ich bin froh, dass du von ihm weg bist. Aber es gibt andere, die weniger Glück hatten. Im Grunde müssen wir beide ihm ja geradezu dankbar sein, dass wir indirekt durch ihn zusammengekommen sind. Es war deine Schönheit und mein Bedürfnis, dich zu retten, was uns zusammenführte in jener Nacht. Ich denke, du solltest aktiv werden. Nicht nur für dich, sondern auch für die armen Frauen, die das Pech hatten, mit ihm arbeiten zu müssen." Er war so ernsthaft, ich wusste, er würde mir keinen Ausweg lassen.

Ich holte tief Luft. „Er hat nur … mich nur angefasst. Hat einige Male versucht, mich zu küssen. Und natürlich wollte er ständig, dass ich sein Ding anfasse." Während ich versuchte, die Sache kleinzureden, kamen die Erinnerungen zurück.

„All die Worte, Anspielungen, Bemerkungen." Je mehr ich sagte, desto mehr erkannte ich die Tatsachen.

„Drohungen, Aufforderungen", ergänzte er.

„Aber wenn ich das mache, dann lenkt das die Aufmerksamkeit auf mich. Und dann finden sie heraus, wie das mit uns und dem Baby war. Das kann hässlich werden, Sinclair." Ich wollte ihn nicht mit hineinziehen in die Sache.

„Das ist mir egal. Ich möchte, dass du den Staatsanwalt anrufst. Ich halte zu dir. Und ich mache mir keine Sorgen um mich. Ich missbrauche Frauen nicht. Habe ich nie getan." Er wirkte so engagiert und überzeugend, dass ich nicht anders konnte, als zu akzeptieren.

„Okay", sagte ich leise. „Ich rufe ihn an, sobald wir in der Firma sind."

„Sehr gut. Schön, das war die erste Hürde, die wir gemeistert haben. Jetzt reden wir über uns." Mir blieb das Herz stehen.

Was gab es denn da zu reden? Ich war in Panik, wappnete mich gegen das Schlimmste. Würde er mich abservieren? Vielleicht war es ihm doch zu viel gewesen, uns beide bei sich zu haben? Letzte Nacht hatte er sich rührend um Arianna gekümmert, aber vielleicht hatte ihm das auch gereicht und er brauchte das nicht nochmal.

„Okay." Ich blickte hinunter auf meine unruhigen Hände und kaute auf meiner Unterlippe.

„Ich möchte, dass du mit Arianna bei mir einziehst. Ich weiß, du hast gesagt, es wäre zu früh. Aber hör mich bitte erst einmal an. Wenn es dir lieber ist, das nur auf Probe zu machen, ist es mir recht. Ich richte das Gästezimmer als Kinderzimmer ein und du kannst natürlich auch ein eigenes Zimmer bekommen. Dann kannst du dich immer zurückziehen, wenn dir danach ist. Aber ich denke, du solltest am Wochenende bei mir einziehen. Und dann sehen wir, wie es sich entwickelt." Er plapperte schnell, also war er wohl auch ziemlich nervös.

Vielleicht lag es gar nicht daran, dass das eine ziemlich große Entscheidung war, sondern an seiner Sorge, dass ich wahrscheinlich ablehnen würde.

„Sinclair", begann ich, unsicher, was ich eigentlich sagen wollte. Ich wollte bei ihm einziehen, aber es ging einfach alles so schnell.

„Wenn du Nein sagst, dann möchte ich einen echt guten Grund hören, warum wir es nicht wenigstens einmal versuchen sollten."

„Wie wäre es damit, dass wir erst seit Montag miteinander ausgehen? Und heute ist Mittwoch. Und welchen Grund sollten wir haben, es zu tun? Du hast selber gesagt, du bist nicht der Typ für lange Beziehungen. Warum sollte ich es also versuchen, wenn es nur damit endet, dass es mir das Herz bricht?" Und damit war die Katze aus dem Sack.

Wir brauchten noch etwa zehn Minuten bis zur Firma und ich hatte meine größte Angst ausgesprochen.

„Na schön, gehen wir die Dinge systematisch durch, die ich gesagt habe, dann sehen wir, wo wir stehen. Erstens sagte ich, dass ich nie etwas mit meiner Assistentin anfange." Er warf mir einen Seitenblick zu. „Daher habe ich dich nur als Aushilfe eingestellt. Ich wollte mit dir ausgehen. Zweitens, ob du es glaubst oder nicht, ich hatte vorher noch nie einen One-Night-Stand in einem Kostüm. Drittens, ich hatte nie vor, Vater zu werden. Viertens, es hat noch nie eine Frau bei mir im Haus übernachtet.

Und fünftens, ich habe noch nie einen Menschen so sehr geliebt wie dich. Wenn du denkst, es ginge hier nicht auch um mein Herz, dann liegst du falsch. Es ist für uns beide beängstigend, aber ich will es versuchen. Wir kriegen das hin. Wir haben ein Kind, wir sind hier. Lass es uns zusammen wagen, Reyna." Er war so überzeugend, ich konnte nicht anders.

„Es ist bestimmt der größte Fehler meines Lebens, aber wie sollte ich nicht, nach diesem Vortrag? Ich bin ja quasi schon mittendrin."

„Dann ist es abgemacht." Er strahlte über das ganze Gesicht und bog in die Tiefgarage ein. Er stellte den Wagen auf den firmeneigenen Parkplatz. Wir einigten uns, dass ich allein vorgehen sollte. Beim nächsten Mal würden wir es umgekehrt machen. So wirkte es zufälliger für Beobachter. Es war ein Spiel mit dem Feuer, aber es war mir egal. Ich liebte ihn schon zu sehr, um nun noch einen Rückzieher zu machen.

Kapitel 23 – Sinclair

Am Wochenende zog Reyna bei mir ein. Lorna und Michael halfen mir, das Kinderzimmer zu dekorieren mit Reynas Zustimmung. Anfangs hatte ich ihr angeboten, sie könne meine Kreditkarte nehmen und es selber dekorieren. Als ich sie dann auf der Webseite eines Billiganbieters sah, beendete ich das und stornierte die Bestellung. Sie meinte, sie wollte nicht, dass sie und Arianna mir auf der Tasche lägen. Verrücktes Mädchen. Da sie sich weigerte, mein Geld anzunehmen, übernahm ich das Dekorieren eben selber. Ich machte das sehr gern. Es war toll, einen einmaligen Ort für unsere kleine Tochter zu erschaffen. Bei der Einrichtung von Reynas Zimmer hielt ich mich allerdings zurück. Ich hoffte, ganz selbstsüchtig, dass sie möglichst viel Zeit in meinem Zimmer verbringen würde. Nachdem ich aber gesehen hatte, dass sie die Webseite von IKEA besuchte, verbot ich ihr auch, ihr eigenes Zimmer zu dekorieren.

„Mal ehrlich, Sinclair. Du bist ein echter Kontrollfreak. Lass mich doch das günstige Zeug kaufen."

Offenbar war sie tatsächlich wütend auf mich, aber das war mir egal.

„Nein. Kein billiger Kram. Nicht in meinem Haus." Nachdem ich das gesagt hatte, wurde mir sofort bewusst, dass es ein Fehler war. Ihr finsterer Blick bestätigte mir das auch sogleich.

„Ich meine, unser Haus. Es ist jetzt unser Haus." Oh, Mann. Da hatte sie mich kalt erwischt. „Also, was ist denn so dein Stil?", lenkte ich schnell vom Thema ab, als wir auf dem Weg von der Arbeit nach Hause waren.

Uns blieb nur noch ein Tag, um alles zu bestellen und es

uns liefern zu lassen. Ich hatte zwar ein Bett im anderen Gästezimmer, aber alles andere sollte ihres sein.

„Bohemian Schnickschnack", gab sie schließlich zu, noch immer angefressen darüber, dass ich mehr Geld ausgab als nötig.

Ich kaufte ein paar handgemachte Drucke und ein paar dekorative Staubfänger, die ihr sicher gefallen würden. Wie es sich herausstellte, hatte ich recht. Sie liebte das Zimmer. Es passte perfekt zu ihrem Stil. Am Sonntag war der Umzug erledigt. Ich glaube, sie stand immer noch unter Schock, ich aber nicht.

Als ich die Tür der Villa schloss und verriegelte, fühlte ich mich seit meiner Kindheit zum ersten Mal wieder sicher und komplett. Ich verstand endlich, was die Leute damit meinten, wenn sie sagten, dass der andere sie komplettierte. Mit den beiden in meinem Haus war ich komplett.

Im Laufe der Woche machte Reyna ihr Versprechen wahr und meldete sich als Zeugin der Anklage gegen Christopher Regent. Gerüchten zufolge machte ihn das rasend vor Wut.

Wir gewöhnten uns nach und nach an unser gemeinsames Leben. Die einzige Herausforderung blieb, unsere Beziehung vor den Kollegen geheim zu halten. Und Arianna hielt uns ganz schön auf Trab. Aber es war jede Minute wert. Ich war in das kleine Baby beinahe ebenso vernarrt wie in die Mutter. Ich musste meinen Zeitplan umstellen und an die Schlafenszeiten des Babys anpassen. Außerdem brauchte ich freie Zeit, um mit Reyna zu schlafen. Und natürlich brauchten wir auch beide Freiräume, damit jeder seinen eigenen Zielen und Träumen nachgehen konnte. Reyna hatte ihre Drehbücher, ich hatte meine Firma. Das war alles gar nicht so leicht, aber zum ersten Mal seit sehr langer Zeit hatte ich endlich wieder das Gefühl, am Leben zu sein.

Es lief also alles ganz prima, bis ich eines Tages ins Büro kam und Reyna mit Ken sprechen sah.

„Also, was ist da zwischen dir und Sinclair?“, fragte er leise, nachdem ich in meinem Büro verschwunden war.

„Nichts. Er ist nett. Ein bisschen ruppig hin und wieder“, erwiderte sie kühl.

„Nein, das meine ich nicht. Ich rede davon, dass ihr beide nach der Arbeit Zeit miteinander verbringt. Molly hat gesehen, wie du gestern in sein Auto gestiegen bist. Und das nicht zum ersten Mal. Ich an deiner Stelle wäre da vorsichtig. Jeder weiß, dass du in der Christopher-Regent-Sache ausgesagt hast. Du solltest vorsichtiger sein, mit wem du so abhängst. Ich meine, wenn du möchtest, dass irgendjemand deine Aussage ernst nimmt, solltest du vielleicht nicht unbedingt den Eindruck erwecken, dass du mit deinem Boss vögelst. Ich meine es nur gut.“

„Wovon zur Hölle redest du?“

Ich hätte ihr gern geholfen, aber ich wusste nicht wie.

„Immerhin verstehe ich nun, warum du nicht mit mir ausgehen willst. Tust du es wegen des Geldes?“ Der Idiot wusste nicht, wann er aufhören musste.

„Damit du im Bilde bist: Ich gehe nicht mit dir aus, weil du ein komplettes Arschloch bist. Allein dieses Gespräch beweist es schon.“

Sie kochte, stand auf und wollte offenbar gehen, um sich woanders wieder zu beruhigen.

„Nur die Ruhe, Schätzchen. Ich habe doch nur abgecheckt, wie meine Chancen so stehen. Aber es sieht wohl so aus, als hätte ich recht. Christopher Regent und Sinclair haben offenbar mehr gemeinsam als eine erfolgreiche Filmfirma. Also schön, Mädchen. Nimm dir den Boss. Oder er dich, mir egal. Aber pass auf dich auf. Dieses ganze Me-Too-Sache kann böse nach hinten losgehen.“

„Ich höre mir das nicht länger an.“ Damit ließ sie ihn stehen.

Nachdem sie weg war, gab mir das endlich die Gelegenheit, mal ein paar Worte mit Ken zu wechseln. Ich verließ mein Büro und ging auf ihn zu, ruhig und bedrohlich.

„Ich konnte nicht verhindern, dein Gespräch gerade mit anzuhören.“ Er wurde weiß wie die Wand.

„Und wenn ich noch einmal mitbekomme, dass du auf diese Weise mit ihr sprichst, bist du fristlos gefeuert. Ich werde jetzt zu Molly gehen und ihr davon berichten. Es ist mir egal, für wie gut du deine Arbeit hältst. Wenn du noch einmal so mit Reyna redest, bist du raus.“ Ich blickte ihm fest in die Augen. Er war getroffen, konnte es aber dennoch nicht sein lassen.

„Dann stimmt es also? Ihr beide tut unangemessene Dinge? Denn falls das so ist, bin ich sicher, dass die Personalabteilung auf meiner Seite stehen wird in dieser Angelegenheit.“ Er starrte mich ebenfalls an.

„Du hast keinerlei Rechte, was meine Privatsphäre angeht. Also spiel dich nicht so auf.“ Ich ließ ihn stehen und ging zu Molly.

Sie war nicht überrascht, dass ihr Assistent sich wie ein Arschloch aufführte. Sie rief ihn in ihr Büro, um ihn zur Rede zu stellen. Als ich Molly später auf dem Gang traf, erzählte sie mir, dass er weiterhin darauf beharrte, Reyna und ich hätten eine Affäre. Molly bestätigte, dass sie uns einige Male zusammen gesehen hatte. Sie warnte mich auf freundliche Weise, vorsichtig zu sein. Ich wusste, dass Reyna und ich früher oder später unsere Beziehung in der Firma öffentlich machen mussten. Es würde für uns einiges ändern, aber es ging nicht anders. So ärgerlich es auch war, Molly und Ken hatten in der Sache wohl recht. Unsere Tage als Chef und Assistentin waren gezählt.

Später am Tag hatten Reyna und ich einen offiziellen Grund, gemeinsam Überstunden zu machen. Wir baten Lorna, Arianna für uns abzuholen, da wir einen Drehort für einen unserer Filme besichtigen wollten. Als wir ins Büro zurückkehrten, saß zu meiner Überraschung mein Bruder Shelton auf Reynas Platz.

„Wie komme ich zu dieser fragwürdigen Ehre deines Besuches?" Ich hatte heute schon zu viele unangenehme Gespräche gehabt, um noch höflich zu bleiben.

„Ich bin hier, um ein paar Fragen zu stellen im Hinblick auf das Gerichtsverfahren gegen meinen Mandanten, Bruderherz", sagte er. „Ich habe mich ein wenig umgehört und siehe da, deine kleine Assistentin hier hat meinen Mandanten der sexuellen Belästigung beschuldigt."

„Du vertrittst Christopher Regent. Du darfst nicht mit Reyna sprechen, das ist gegen das Gesetz", schrie ich ihn an und bedeutete Reyna mit einem Kopfnicken, in mein Büro zu gehen. „Ich bringe dich gleich nach Hause. Sobald ich diesen Mistkerl losgeworden bin."

Meine Geduld war einfach zu Ende.

„Wieso sagst du deiner Assistentin, dass du sie nach Hause bringst? Das kommt mir merkwürdig vor. Erst recht angesichts der Tatsache, dass sie in ein Gerichtsverfahren verwickelt ist gegen ihren ehemaligen Chef, wegen unerwünschter Annäherungsversuche." Er wusste genau, wie er mich noch mehr reizen konnte. „Wenn ich Chris' Assistentin letztes Jahr an Halloween gefickt und sie ihm dann abgeworben hätte, dann würde ich mir ziemliche Sorgen machen, gesetzt den Fall, dass ich sie immer noch ficke, obwohl ich nun ihr Boss bin." Das Arschloch drohte mir. „Vor allem, wenn ich außerdem noch versuchen würde, das Kind unserer Liebesnacht vor allen anderen zu verheimlichen. Das kann eine richtige Schlammschlacht werden. Ich verurteile dich nicht. Wenn du deinen Schwengel in jede Schlampe in Hollywood stecken willst, nur zu. Aber wenn du sie auf Christopher hetzt, dann sieh dich vor. Wir ziehen sie durch den Dreck und finden jeden einzelnen Kerl, für den sie jemals die Beine breit gemacht hat.“

Er hatte mich kalt erwischt. Ich konnte versuchen, die Lüge aufrecht zu erhalten. Oder aber ich stellte mich den Tatsachen und kämpfte für Reyna und all die anderen Frauen, die von Christopher Regent benutzt worden waren.

„Ich kann dich nur warnen, Shelton. Versuch das nicht. Am Ende wirst du deine Lizenz los, weil du versucht hast, eine Zeugin einzuschüchtern. Ich bin nicht Chris. Mir hat noch niemand sexuelle Belästigung vorgeworfen. Und als Rechtsberater der Verteidigung ist deine bloße Anwesenheit hier durchaus als Einschüchterungsversuch zu interpretieren.“ Ich war so wütend.

„Aber ich bin doch dein Bruder. Das ist etwas ganz anderes.“ Er wirkte sehr zuversichtlich und unnachgiebig.

Reyna kam weinend an uns vorbei. Ich hatte noch nicht die Möglichkeit gehabt, mich um sie zu kümmern, zuerst musste ich meinen Bruder loswerden.

„Ich habe mir ein Taxi gerufen, Sinclair. Danke für das Angebot, aber ich komme schon nach Hause.“ Sie ging, ohne ein weiteres Wort zu sagen.

Mir brach das Herz.

Kapitel 24 – Reyna

Wieso hatte er mich nicht verteidigt? Sein Bruder hatte mich eine Schlampe genannt, Ken hatte das im Grunde auch getan. Aber Sinclair sagte nichts dazu. Ich war fix und fertig. Ich wusste zwar auch nicht, was er hätte tun können, da wir unsere Beziehung ja geheim halten mussten. Aber er hätte doch für mich kämpfen müssen. Für uns. Andererseits konnte er das natürlich nicht, wenn er wollte, dass ich meinen Job behielt. Ich konnte nur noch heulen. Es war beinahe unmöglich, meine Tränen vor Lorna zu verbergen, als ich Arianna bei ihr abholte.

Sie wunderte sich, warum ich sie abholte, aber ich sagte ihr, dass meine Mitbewohnerinnen sie furchtbar vermissten und wir die beiden daher besuchen wollten. Auf die Schnelle fiel mir keine andere Lüge ein. Ich war einfach zu erschüttert. Sicher ahnte sie, dass etwas nicht stimmte. Meine Augen waren vom vielen Heulen gerötet und geschwollen. Das war mir egal. Ich wollte nur noch meine Tochter nehmen und verschwinden. Ich brauchte Luft zum Atmen.

Alles war viel zu schnell gegangen. Das Kinderzimmer war toll, wie aus einer Zeitschrift, vollkommen übertrieben. Mein eigenes Zimmer nicht weniger. Sinclair hatte sich richtig ins Zeug gelegt, um mir und Arianna Platz in seinem Leben zu machen. Ich lebte gern bei ihm, auch wenn es manchmal ein wenig anstrengend mit ihm war, weil er alles bestimmen wollte. Er tat das aus Liebe, aber es war einfach zu viel. Ich brauchte Luft.

Sobald ich in mein altes Apartment kam, waren Melody und Charlynn vollkommen aus dem Häuschen, aber auf eine positive Art.

„Endlich bringst du unser Baby zurück!“ Melody streckte sofort die Hände nach dem Baby aus.

„Oh, hi, Reyna. Dich haben wir natürlich auch vermisst. Es ist viel zu still hier ohne dich und Arianna.“

„Was ist passiert? Hast du noch was vergessen? Ich dachte, du lässt ein paar deiner Dinge hier, so als eine Art Notfallplan.“ Charlynn hörte auf zu reden, als sie mein verheultes Gesicht sah. „Oh, äh, der Notfall ist da?“

Das reichte, um mich wieder zum Weinen zu bringen.

„Ist ja gut, wir sind ja bei dir“, sagte sie und schob mich zur Couch.

„Ich kann das nicht“, schluchzte ich.

„Ich wusste, der Typ entpuppt sich als Arschloch. Was hat er getan? Ich bringe ihn um“, sagte Melody, während sie das Baby in den Armen wiegte.

„Nein, er war toll. Aber diese Sache mit Chris … Auf einmal schnüffeln Leute herum und bald werden sie über mich und Sinclair Bescheid wissen. Ich glaube nicht, dass ich noch länger für ihn arbeiten kann, wenn ich mit ihm zusammenbleiben will.“ Ich war komplett neben mir. Aber mein Hirn war einfach durcheinander.

„Okay. Als Erstes musst du dich mal beruhigen. Du hast kein Verbrechen begangen. Wenn du mit ihm zusammen sein willst, dann musst du dir einen neuen Job besorgen. Ich kann dir da sicher helfen. Du bist doch sowieso nicht gern Assistentin. Vielleicht kann er dir helfen, eines deiner Drehbücher zu verkaufen. Du bist bei ihm eingezogen, also ist es wohl an der Zeit, offen dazu zu stehen, Mädchen.“ Charlynn nahm meine Hand.

„Ich weiß. Aber vielleicht macht es das alles nur noch

schlimmer."

Ich war so verängstigt und durcheinander, als sei ich irgendwie der Realität entrückt. „Vielleicht sollte ich die Anklage gegen Chris zurückziehen."

„Nein. Du solltest dich stattdessen wie eine erwachsene Frau benehmen und die Sache durchziehen. Ich weiß, es ist ein bisschen viel auf einmal, Reyna, aber du schaffst das. Wir stehen dir bei. Sinclair ist ein anständiger Mann, ihr beide müsst es nur ein wenig langsamer angehen lassen. Du kennst ihn kaum. Geht es entspannter an und tut, was andere Leute auch tun. Geht miteinander aus, schickt euch Nachrichten. Dann zieht ihr zusammen. Ihr beide habt da die Reihenfolge extrem durcheinandergebracht. Erst ein Kind, dann arbeitet ihr zusammen, dann seid ihr verheiratet. Bleibt mal auf dem Teppich."

Charlynn hatte vollkommen recht. Aber ich wollte das nicht hören.

In dem Moment klopfte es an die Tür. Ich erschrak mich beinahe zu Tode.

„Ich wette um eine Million, dass ich weiß, wer das ist", sagte Melody und brachte die schlafende Arianna in mein Zimmer.

Charlynn stand auf. „Was soll ich tun? Soll ich ihn wegschicken, ihn hereinlassen, ihm in die Eier treten? Wie geht es weiter?" Charlynn war so cool, ich liebte sie dafür.

„Lass ihn rein." Mir hing das Herz noch immer in der Hose, aber es war ja eigentlich nicht seine Schuld. Er hatte nichts falsch gemacht.

Ich hatte einfach zu hohe Erwartungen, was er hätte tun können. Aber realistisch betrachtet konnte er das gar nicht tun.

Charlynn öffnete die Tür. Sinclair stand da mit einem

Strauß Blumen in der Hand.

„Hi, Charlynn. Darf ich hereinkommen?“, fragte er, ganz der Gentleman.

„Mi casa es su casa“, antwortete sie und machte einen Schritt beiseite, um ihn hereinzulassen.

Wir drei blickten ihn erwartungsvoll an.

„Die sind für dich.“ Er reichte mir den Blumenstrauß. „Ich weiß, die sind keine angemessene Entschädigung für die furchtbaren Dinge, die da heute gesagt wurden. Aber sie sind hübsch.“ Er zuckte mit den Schultern. „Können wir uns irgendwo unterhalten?“, fragte er ganz geschäftsmäßig.

„Danke für die Blumen. Wir können in meinem Zimmer reden.“

Wir gingen in mein Zimmer. Ich setzte mich auf das Bett, während er zu Ariannas Bettchen ging und sie beim Schlafen beobachtete.

„Lorna war ganz außer sich. Sie dachte, du hättest uns verlassen.“ Er drehte sich um und blickte mich direkt an. „Ich muss ehrlich gestehen, als sie mir davon erzählte, war ich selber unsicher.“

„Wir müssen das alles überdenken, Sinclair.“ Ich spürte, wie mir die Tränen in die Augen schossen, und hatte Mühe mit dem Sprechen.

„Ich möchte nicht, dass du darunter leidest. Du solltest nicht da hineingezogen werden. Ich werde meine Anklage zurückziehen und …“ Ich konnte die Tränen nicht länger zurückhalten und fing wieder an zu heulen.

Er nahm mich in die Arme und hielt mich fest. „In der Tat müssen wir das überdenken, meine Liebe, da gebe ich dir recht. Aber ich möchte, dass du deine Anklage gegen Christopher

Regent aufrechterhältst. Der Mann gehört hinter Gitter. Ich werde da nicht im Weg stehen. Und es ist Zeit, dass wir offen und ehrlich mit unserer Beziehung und unserer Tochter umgehen. Es würde allerdings bedeuten, dass du dir einen anderen Job suchen müsstest. Das möchte ich zwar eigentlich nicht und du wahrscheinlich auch nicht. Aber es geht nicht anders."

Ich konnte nicht gleich darauf antworten, sondern wollte einfach nur von ihm gehalten werden.

„Bevor du mir widersprichst, hör mich bis zu Ende an." Er rieb mir über den Arm, um mich zu beruhigen. „Ich werde dir Geld geben für das Kind. Dann kannst du dich auf das Schreiben konzentrieren. In die Firma kannst du nicht mehr zurückkommen, aber es gibt dir Zeit, die du mit Arianna und mit deinen Träumen verbringen kannst. Ich möchte, dass du bei mir wohnst, denn da gehörst du hin. Aber es ist deine Entscheidung. Wir sollten einfach den Ball flachhalten, bis Chris im Knast sitzt."

„Ich arbeite aber doch so gern mit dir, Sin", widersprach ich.

„Das tue ich auch, aber bedenke doch, dass du nun die Gelegenheit hättest, das zu tun, wovon du immer geträumt hast. Sonst hast du doch kaum Zeit zum Schreiben. Und wenn dein kleiner Troll-Film in Produktion geht, wird dir für etwas anderes erst recht keine Zeit mehr bleiben. Du redest nicht mal mehr über deine Drehbücher. Ich möchte nicht, dass du meinetwegen auf deinen Traum verzichtest. Daher wäre das die beste Lösung."

„Ich möchte nicht, dass du für mich bezahlst. Ich bin keine Hure. Ich bin auch keine Schlampe. Ich bin …"

„Natürlich bist du das nicht. Und ich bezahle doch keine Hure! Ich sorge für meine Familie, wie ein Vater es tun sollte. Das ist doch wohl etwas völlig anderes."

„Ist es das, was du wirklich willst?" Ich wusste, ich konnte diese Auseinandersetzung nicht gewinnen.

„Nein. Aber es ist das Beste, was wir im Augenblick tun können. Es ist moralisch richtig und langfristig betrachtet wird es besser werden.“

Ich war wie betäubt.

Er bestrafte sich selbst und damit auch mich. Ich konnte nicht sehen, dass er vollkommen recht hatte. Sein Angebot war eigentlich toll. Ich konnte Mutter sein und meine Drehbücher schreiben. Aber ich sah darin eine Frau, die ausgehalten wurde, ohne eigenes Einkommen, abhängig von ihm. Es wäre toll, meine Tage mit Schreiben zu verbringen. Aber ich würde es ihm verübeln, mich finanziell auszuhalten. Ich war so durcheinander. Ich wollte, dass er ging. Ich musste nachdenken. Aber er blieb, bestellte Pizza und unterhielt sich mit den anderen. Er blieb auch über Nacht und wir schliefen miteinander. Er nahm mich zärtlich von hinten auf meinem schmalen Bett. Es war sehr eng die ganze Nacht. Irgendwann in der Nacht hörte ich Melody auf ihrer Gitarre spielen. Die Wände waren ziemlich dünn. Ich lachte und erklärte ihm, dass sie Probleme mit dem Schlafen hatte.

Er war erregt und wollte wieder Sex haben. Aber ich fand es unangenehm mit den anderen so nahe. Ich machte es ihm unter der Bettdecke mit der Hand. Es war zum Kichern, denn er versuchte, leise zu sein, als er in meine Hand abspritzte. Ich wusch mich, kuschelte mich wieder an ihn und fiel in einen unruhigen Schlaf. Als ich am Morgen erwachte, war er fort.

Kapitel 25 – Sinclair

Auch wenn ich das Richtige tat, es war trotzdem alles Mist. Nachdem ich Reyna und Arianna und ihre lustigen Mitbewohnerinnen verlassen hatte, fühlte ich erneut diese Leere in mir. Ich wollte, dass sie mit mir kam und bei mir wohnte. Da gehörte sie doch hin. Daran hatte sich nichts geändert. Ich musste mich immer wieder daran erinnern, dass wir nichts Falsches getan hatten. Ich wollte keine neue Assistentin, der Gedanke allein war mir zuwider. Aber allein konnte ich die Arbeit nicht bewältigen und Reyna behalten konnte ich auch nicht. Das verstieß gegen die Firmenpolitik. Eine Firmenpolitik, die ich selber eingerichtet hatte und die für die Sicherheit aller Mitarbeiter sorgen sollte.

Grace von der Personalabteilung war ebenfalls der Ansicht, dass ich eine neue Assistentin anheuern sollte. Angesichts des aktuellen Klimas in Hollywood war das angebracht. Ich nahm Arianna in meine Krankenversicherung auf und sah zu, dass für Reyna auch etwas heraussprang. Sie sollte eine Abfindung bekommen und für ein Jahr eine Krankenversicherung. Das war in Ordnung. Ich würde mich ohnehin für den Rest ihres Lebens um die beiden kümmern.

„Ich werde dir noch heute eine Aushilfe besorgen und dann hoffen wir mal, dass bald Gras über die ganze Sache wächst.“ Sie schenkte mir ein künstliches Lächeln. Mir wurde schlecht.

Ich kam an Kens Schreibtisch vorbei. Er wirkte klein und verschüchtert. „Es tut mir leid, was ich gestern über Reyna gesagt habe, Sinclair. Es war gemein und unangebracht.“

Ich nahm an, das sollte der Versuch einer Entschuldigung

werden.

„Sie hat gekündigt. Aber da du so viel auf falsche Gerüchte gibst, lass mich dir reinen Wein einschenken. Reyna und ich sind in einer ernsthaften Beziehung und lieben unsere gemeinsame Tochter über alles. Wenn du also jemals wieder auch nur ansatzweise behauptest, die Mutter meines Kindes sei eine Schlampe, dann zerquetsche ich dir die Eier. Niemandes Job ist heutzutage noch sicher. Ich an deiner Stelle würde mich vorsehen." Ich hielt mich tapfer, bis ich in meinem Büro war, dann sank ich an meinem Schreibtisch zusammen wie ein Häufchen Elend.

Meine neue Aushilfe kam am Tag danach. Sie war aufmerksam, perfekt, schlicht, langweilig und unerträglich. Es war mir egal. Sie machte ihre Arbeit, mehr sollte sie auch nicht. Ich verlor ein wenig meine Leidenschaft bei der Arbeit. Mir wurde bewusst, dass Reyna auch meine Kreativität befeuert hatte, solange sie für mich arbeitete. Ich hatte Projekte an den Start gebracht, den Erfolg meines Films gefeiert und von einer gemeinsamen Zukunft geträumt.

Dann fiel mir wieder ein, dass sie mir einige ihrer Drehbücher zum Lesen gegeben hatte. Die Geschichte mit dem Troll war bereits verkauft, aber es gab noch zwei andere. Ich hatte sie nicht einmal gelesen. Ich entschloss mich, den Tag damit zu verbringen. Zu meiner Freude entdeckte ich, dass sie enormes Talent besaß. So voller Vorstellungskraft und doch so bescheiden. Sie hatte nie erwähnt, wie gut sie war. Eine Menge Autoren bekamen Versprechungen zu hören und doch wurde nie ein Film daraus. Ihre Arbeit war fantastisch. Ich wollte beide Drehbücher haben.

Ich konnte aber nicht einfach grünes Licht geben. Auch wenn dies meine Firma war, musste doch der offizielle Weg eingehalten werden. Ich musste auch den anderen

Entscheidungsträgern die Drehbücher vorlegen. Ich entfernte Reynas Namen und legte die Drehbücher auf den offiziellen Lesestapel. Niemand sollte denken, ich würde sie bevorzugt behandeln.

So wurde wenigstens ein wenig von meiner Kreativität neu entfacht. Aber das kleine bisschen Glück wurde sogleich wieder zunichte gemacht, als mein Bruder Shelton passend zum Feierabend in die Firma kam.

„Hi, kleiner Bruder. Wo steckt denn deine scharfe Assistentin? Ich möchte ihr ein paar Fragen stellen.“ Was für eine Unverfrorenheit!

„Es ist immer noch gegen das Gesetz, sie einzuschüchtern, zu bedrohen oder auf andere Weise an Informationen zu gelangen. Sie ist eine Zeugin der Anklage.“

„Ich arbeite für die Firma, die wiederum Christopher Regent vertritt. Ich bin nicht sein Verteidiger. Vielleicht vertrete ich sie ja. Ich muss nur wissen, ob man daraus einen Fall bauen kann.“ Er war so ein widerlicher Lügner. Und nicht einmal besonders gut darin.

„Sie ist krank. Ich habe sie nach Hause geschickt. Du kannst also wieder gehen.“ Ich wandte mich ab.

„Ist sie es wirklich wert, Sinclair? Sie ist eine unverheiratete Mutter. Chris sagte, sie hätte sich ihm geradezu aufgedrängt, immer wieder. Und jetzt vögelt sie dich. Willst du dich wirklich mit so einer einlassen?“

Ich hätte es vielleicht nicht tun sollen, aber ich drehte mich um und haute meinem Bruder in die Fresse.

„Was zur Hölle sollte das? Ich könnte dich wegen Körperverletzung drankriegen, Bruderherz. Also nimm dich besser in Acht.“ Er hielt sich die blutende Nase. Ich triumphierte innerlich.

„Meine Beziehung zu meiner Assistentin geht dich einen Scheißdreck an. Ich stehe nicht unter Anklage und sie auch nicht. Also schlage ich vor, dass du deinen Arsch hier herausbewegst, bevor ich die Polizei rufe. Das ist mein Hausrecht." Ich kochte vor Wut.

„Ich finde schon heraus, was los ist, Sin. Ich ziehe jede Frau, mit der du ausgegangen bist, in diese Sache hinein. Sorg dafür, dass deine Schlampe ihre Anklage fallen lässt, oder ich mache dir so die Hölle heiß, dass du nicht mehr weißt, wo oben oder unten ist", drohte der Widerling.

„Versuch es ruhig, Shelton. Du wirst nichts finden." Ich war mir in dem Punkt zwar nicht so ganz sicher, denn es gab durchaus ein paar Frauen, die nicht gut auf mich zu sprechen waren, aber ich habe keine von denen je bedrängt. All meine Beziehungen beruhten auf gegenseitigem Einverständnis.

Er würde vielleicht sogar Frauen ausfindig machen, die sich an mir rächen wollten. Die würden sein Angebot vielleicht verlockend finden, auch wenn ich das nicht hoffte. Meine ganze Macht und mein Einfluss nutzten mir da nicht unbedingt etwas. Ich fühlte mich hilflos und ohnmächtig. Der Einzige, der mir da heraushelfen konnte, war mein Bruder Sage. Ich rief ihn an wie meistens, wenn ich in einer Krise steckte, und sagte ihm, ich würde vorbeikommen. Ich ging davon aus, dass Reyna nicht zu mir nach Hause kommen würde, ohne sich vorher anzukündigen. Bedauerlicherweise hatte sie sich bisher überhaupt noch nicht bei mir gemeldet. Ich brauchte dringend die Hilfe meines kleinen Bruders.

„Also schön, nur damit ich es verstehe: Der unglaublich heiße Engel, mit dem du an Halloween verschwunden warst, taucht ein Jahr später in deinem Büro auf, um deine Assistentin zu werden? Das ist doch irre. Und dann ist sie auch noch die Mutter deines Kindes, lebt in deinem Haus und verklagt den mächtigsten

Produzenten Hollywoods wegen sexueller Belästigung. Dir ist bewusst, dass es komplizierter kaum noch geht, oder?“

Wenn er es so sagte, klang es in der Tat ein wenig fragwürdig.

„Ich liebe sie, Sage. Ich würde es vorziehen, das alles als Schicksal oder Vorsehung zu interpretieren.“ Er als Einziger in der Familie würde das vielleicht verstehen.

„Hast du wenigstens einen Vaterschaftstest gemacht? Bist du sicher, dass das Kind von dir ist?“

Wer war dieser Mann? Sage war sonst nicht so kühl und zurückhaltend.

„Das muss ich nicht. Sie sieht mir ähnlich.“

„Ein runzliges Baby? Das sieht jedem ähnlich. Du brauchst einen Vaterschaftstest, sonst hast du keine Garantie.“

„Was ist denn mit Vertrauen? Ich glaube ihr. Und selbst, wenn es nicht von mir wäre, würde ich es als meines aufziehen. Das macht man aus Liebe.“ Ich war schon wieder wütend. Von meinem kleinen Bruder war ich eigentlich eine andere Reaktion gewöhnt.

Was war nur los mit allen?

„Dann ist das also die Eine, ja?“

Da hatte er mich. War sie das wirklich? War es das alles wert? Wäre ich nur irgendjemand gewesen, hätte die Sache anders ausgesehen. Aber ich war Christopher Regents schärfster Konkurrent. Und er wurde von meinem Bruder vor Gericht vertreten. Der wartete nur darauf, alle ins Chaos zu stürzen. War Reyna es wert, all das aufs Spiel zu setzen ohne eine Garantie, dass es gut ausging mit uns?

„Ja, ist sie. Ich denke, sie ist die Eine.“ Ich konnte kaum glauben, dass ich das wirklich sagte, aber ich war auch froh, es ausgesprochen zu haben.

„Dann kämpfe um sie. Das kann alles ziemlich übel werden. Aber du musst es öffentlich machen und den Kampf aufnehmen. Wenn sie die Eine ist, dann musst du die Medien schnellstmöglich informieren, auch über das Baby. Sie finden es früher oder später auf jeden Fall heraus und würden euch dann nur durch den Dreck ziehen. So ist das mit der Liebe, mein Bester. Wenn du sie liebst, dann stellst du dich in die Schusslinie für sie."

„Ich wusste, auf dich ist Verlass."

Ich musste die Sache durchziehen. Es würde nicht reichen, dass sie bei mir wohnte. Sie musste Teil meines Lebens sein. Sie musste mein Leben sein.

Kapitel 26 – Reyna

Ich starrte mein Handy an. Das war inzwischen zur Gewohnheit geworden. Ich wusste nicht, warum ich es immer wieder in die Hand nahm, er hatte den ganzen Tag über weder angerufen noch eine Nachricht geschickt. Ich nahm an, dass er wohl sehr beschäftigt in der Firma war, ganz ohne Assistentin. Ein bisschen tat er mir leid. Aber nun war der Tag beinahe schon vorbei und er hatte sich noch immer nicht gemeldet. Ich hätte ihn natürlich auch anrufen können. Aber ich wollte wissen, wo er stand. Er hatte mir Geld angeboten und war dann heute Morgen einfach verschwunden.

Ich wollte nicht wie eine Nutte oder Schlampe behandelt werden, denn ich war weder das eine noch das andere. Sinclair war der Eine für mich, war es von Anfang an gewesen.

„Hör auf, das Telefon anzustarren, Rey. Das macht es doch nur noch schlimmer", schimpfte Charlynn.

„Ich weiß, ich weiß." Ich blickte hinunter auf Ariannas liebliches Gesicht und spielte mit ihren winzigen Fingern. „Ich dachte bloß, er würde endlich mal anrufen."

„Er ist ein Feigling. Sobald es eng wurde, hat er sich davongeschlichen. Was für ein Held."

Charlynn war echt angefressen. Sie hatte mit Männern kein Glück und wurde oft schlecht behandelt. Irgendwie hatte ich das Gefühl, sie hatte vielleicht recht.

„Ich glaube nicht, dass er sich verdrückt hat, sondern …" Ich wusste ehrlich gesagt nicht, was ich eigentlich sagen wollte.

„Du weißt, dass das Telefon in beide Richtungen

funktioniert", sagte Melody, als sie mit ihrer Gitarre aus dem Schlafzimmer kam. „Ich habe einen neuen Song geschrieben, den müsst ihr euch anhören. Das lenkt euch von dem Vollidioten ab."

Ich war froh und dankbar für jede Ablenkung.

„Ich wollte am Telefon nicht rumheulen, deshalb rufe ich ihn nicht von mir aus an", gab ich zu. „Außerdem, wenn er wirklich mit mir Schluss machen …" Die verdammten Tränen kamen natürlich trotzdem, auch wenn ich mich bemühte, nicht ständig zu heulen.

„Wer würde denn endlos viel Kohle ausgeben, um ein Kinderzimmer einzurichten, und dann einfach so wieder Schluss machen? Ich denke, du übertreibst. Er hat wahrscheinlich einfach viel zu tun. Du hättest ja in sein Haus zurückkehren können, das wäre doch okay gewesen. Also, zum Heulen gehört eine Flasche Wein. Oder auch drei. Spiel deinen Song, Mel. Ich besorge uns ein paar Flaschen Pinot Noir."

Ich hörte Melody aufmerksam zu, während Charlynn den Wein holte. Ich hatte die besten Freundinnen der Welt, was brauchte ich denn noch mehr? Arianna und ich würden das schon irgendwie durchstehen. Sinclair hatte mir am Morgen 2 Millionen Dollar auf mein Konto überwiesen. Die Bank hatte mich angerufen und darüber informiert. Ich hatte bestätigt, dass ich den Überweisenden kannte, und war auf einmal eine reiche Frau. Es hätte ein toller Tag sein sollen. Aber ich fühlte mich elend.

„Das war ein tolles Lied, Mel. Ich liebe den Song." Noch mehr Tränen rannen mir über das Gesicht. „Ich hätte den Job niemals annehmen sollen", schniefte ich.

„Aber dann hättest du jetzt keine zwei Mille. Hallo? Plus ziemlich heißen Sex, wenn es stimmt, was du uns erzählt hast", erinnerte Charlynn mich.

„Er war umwerfend, Char, das war nicht einfach nur Sex.

Und er war toll mit Arianna. Und …“

„Oh, nein. Jetzt fängt die Leier wieder an“, unterbrach mich Melody. Sie reichte mir ein weiteres Taschentuch. Ich hatte einen enormen Verbrauch.

Von draußen ertönte eine laute Hupe, wie man sie vor allem von Zirkuswagen kannte.

„Oh, was ist das? Ein Volksfest? Oder Abschlussball? Wie spät ist es?“ Charlynn war schon ziemlich angeschickert.

Ich blickte aus dem Fenster und sah ein paar schwarze Autos mit verdunkelten Scheiben, dazwischen eine weiße lange Limousine. Musste wohl für einen Abschlussball sein. Wahrscheinlich irgendein Promi, der unbedingt auffallen wollte. Auf der Straße standen zahllose Paparazzi. Mir kam ein Gedanke. Wäre es nicht witzig, wenn Sinclair hier den großen Auftritt spielte? Einfach mal so richtig über die Stränge schlug, ohne drüber nachzudenken? Dann bekam ich eine Textnachricht.

Triff mich draußen vor deiner Wohnung. Zieh dir ein hübsches Kleid an und bring deine Tochter mit. Wir enden bestimmt in den Nachrichten. Dazu ein Smiley.

„Reyna, was ist los?“, fragte Charlynn, nachdem ich die Nachricht gelesen hatte. Ich zeigte ihr mein Handy und sie lachte lauthals. „Der Typ ist total verrückt.“

„Ich wusste es. Das ist Sinclair da draußen, richtig? Alter Schwede.“ Melody war beeindruckt.

Ich zog mein schönstes Kleid an und nahm meine Tochter. Sie war müde, aber still. Gemeinsam mit den beiden anderen gingen wir auf die Straße hinunter. Ich würde das nicht ohne meine Freundinnen durchstehen.

Als wir vor die Tür traten, stieg Sinclair aus der Limousine aus. Er trug einen maßgeschneiderten Anzug und hatte ein

Bouquet von mindestens hundert Rosen auf dem Arm. Ich war wie gelähmt. Er ging auf ein Knie hinunter, mitten auf der Straße, und die Paparazzi knipsten wie wild. Wir waren umgeben von Blitzlichtern. Ich blickte meine Freundinnen an, die ebenso verblüfft waren wie ich selbst.

„Willst du meine Frau werden?", fragte Sinclair und seine wunderschönen Augen blickten zu mir auf.

Ich konnte nur nicken und ein Ja hauchen.

„Dann lass uns tauschen." Er stand auf, gab mir die Blumen und nahm mir Arianna ab.

„Oh, Mist. Das habe ich vergessen." Er hantierte mit einer Hand in der Tasche und zog einen riesigen Diamantring heraus. Er hatte ihn einfach lose in der Tasche gehabt. Der Stein war gigantisch.

„Gib mir deine Hand", sagte er und versuchte bei der ganzen Hantiererei Arianna nicht aufzuwecken. Dann steckte er mir den Ring an den Finger.

„Bist du sicher?", fragte ich leise und starrte das riesige Ding an meinem Finger an. „Ist das wirklich, was du willst?" Ich hatte das Gefühl, mitten in einer Telenovela zu stecken.

„Ja", erwiderte er, ohne zu zögern. „Das habe ich die ganze Zeit gewollt. Und nun steig ein, damit ich dich entführen kann."

Ich winkte mit dem Ring am Finger meinen Freundinnen zu, denen der Mund sprachlos offenstand.

„Wir reiten in den Sonnenuntergang. Wartet nicht auf mich", rief ich ihnen zu und stieg in die Limousine.

Drinnen saßen Lorna und Michael. Ich hatte nicht erwartet, sie hier zu sehen. Das konnte nur bedeuten, dass Sinclair noch mehr verrückte Sachen geplant hatte.

„Ich weiß, dass geht alles ein bisschen schnell", sagte

Sinclair und reichte Arianna an Lorna weiter. „Aber mir ist nichts anderes eingefallen, um sämtliche Gerüchte im Keim zu ersticken.“

Mir sackte das Herz in die Hose. „Sehr clever“, sagte ich und bemühte mich, mir meine Enttäuschung nicht anmerken zu lassen. „Woher hast du den Ring?“ Ich nahm ihn ab und gab ihn Sinclair zurück. „Dann gib ihn mal besser zurück, bevor er noch verloren geht.“

Er schüttelte den Kopf und holte tief Luft. Lorna und Michael sahen auch ein wenig besorgt aus.

„Okay, ich weiß ja nicht, ob du je einen Liebesfilm gesehen hast. Ich dachte, du hättest das, weil du ja ein so schönes Drehbuch dazu geschrieben hast. Oh, da fällt mir ein, eines deiner Drehbücher habe ich unserem Kreativteam vorgelegt, damit sie sich dazu etwas einfallen lassen. Nun, wie dem auch sei, falls du es also nicht richtig verstanden hast, lass es mich noch einmal erklären. Ich habe dir einen Antrag gemacht. Diese Art von 'bis dass der Tod uns scheidet'. Der Ring ist ein Verlobungsring. Das ist so üblich, wenn man den Rest seines Lebens miteinander verbringen möchte.“

Er benahm sich seltsam.

„Und das musste in aller Öffentlichkeit sein, damit die Medien uns in Ruhe lassen. Ein Publicity-Ding ist nicht echt“, widersprach ich. Durch die getönten Scheiben sah ich die Paparazzi, die uns begleiteten.

„Wir fahren ins Büro“, sagte Sinclair zu dem Fahrer. „Ich möchte nicht, dass sie ins Auto fotografieren.“

Dann wandte er sich wieder zu mir und gab mir den Ring zurück. „Das war kein Publicity-Ding. Ich habe dich vollkommen aufrichtig gefragt, ob du mich heiraten möchtest. Wir können eine lange Verlobungszeit haben, wenn du willst. Ich bin impulsiv, aber ich wüsste nicht, wen ich je lieber heiraten würde. Lass dir Zeit. Wir müssen nicht schon morgen mit den Hochzeitsplanungen anfangen. Allerdings können wir das nur angehen, wenn du wieder bei mir wohnst. Wir haben beide eine Chance verdient."

„Wirklich?" Ich konnte kaum ein Wort herausbringen.

„Wirklich. So können wir unsere Beziehung erkunden und gegen Christopher Regent vorgehen. Wenn wir zusammenhalten, kann uns nichts und niemand trennen. Wenn wir es beenden wollen, dann nur, weil wir beide uns dazu entscheiden, nicht, weil irgendjemand uns andernfalls in der Öffentlichkeit durch den Dreck ziehen würde. Ich liebe dich. Ich möchte mein Leben mit dir verbringen. Jetzt ist nur noch die Frage, was du empfindest." Er schenkte mir ein betörendes Lächeln.

„Ich liebe dich auch." Ich schlang meine Arme um ihn und sah die Erleichterung auf Lornas und Michaels Gesichtern.

„Das ist ja noch mal gut gegangen", seufzte Lorna erleichtert. „Ich hatte einen Moment lang wirklich Bedenken."

„Bilde dir nicht ein, dass es mit dir damals einfacher war", meinte Michael trocken.

Kapitel 27 – Sinclair

Ich war froh, dass Reyna meinen Antrag angenommen hatte. Ich wusste, sie würde es tun, und wenn allein als Schockreaktion. Sie brauchte noch Zeit. Ich wusste das. Mir erging es nicht anders. Aber genau das würde uns dieser Schachzug beschaffen, so seltsam das auch klang. Die Medien würden uns weniger unter Beobachtung haben. Alles lief nach Plan.

„Das Büro ist wirklich ein angemessener Ort für einen so romantischen Anlass“, spottete Reyna. Sie sah immer noch ein wenig perplex und verwirrt aus, aber das würde sich schon legen. Sarkasmus war ihre Art, mit den Dingen klarzukommen.

„Würde es dir arg schwerfallen, wenn Lorna und Michael Arianna für das Wochenende mitnehmen? Wir haben eine Menge Muttermilch auf Eis liegen, daran sollte es also nicht scheitern. Ist nur die Frage, ob du es ein paar Tage ohne sie aushältst.“ Ich wusste, dass ich ihr einiges abverlangte und stellte mich auf ein Nein ein.

„Es würde uns wirklich keine Mühe machen, wir haben die Kleine sehr gern“, sagte Lorna und ihre Augen leuchteten.

„Das wird mir bestimmt ziemlich schwerfallen. Aber wenn ich stündlich anrufen darf …“ Reyna war sehr ernst. „Dann würde es wohl gehen. Wir sind aber nicht weit weg, oder?“ Sie sah mich nervös an.

Ich hatte kurz daran gedacht, sie nach Paris zu entführen oder an einen anderen furchtbar romantischen Ort, aber ich wusste, sie würde dem sowieso niemals zustimmen wegen Arianna, also hatte ich mich für diesen Kompromiss entschieden.

„Wir sind nur eine Stunde entfernt mit dem Auto. Ich

nehme mir den Freitag frei und wir bleiben ganz in der Nähe."

Das Tor zur Tiefgarage der Firma schloss sich und hielt die Paparazzi auf.

Meine Pressestelle hatte gute Arbeit geleistet. Sie hatten nur ein paar beiläufige Bemerkungen an den richtigen Stellen fallen lassen, dass da irgendetwas im Gange war bei einer der Frauen in der Christopher-Regent-Sache. Mein Name wurde bei der Gelegenheit auch erwähnt und schon war die Presse interessiert. Die Paparazzi hatten eben hunderte von Fotos meines Antrags geschossen. Ein potenzieller Vorwurf der sexuellen Belästigung war damit vom Tisch. Die Zeitungen würden erfahren, dass ich meine Braut an Halloween kennengelernt und sie von Christopher weggeholt hatte. Wir hatten uns verliebt, wir haben ein Kind, haben kurzzeitig miteinander gearbeitet und werden nun heiraten. Das war nicht die perfekteste aller Geschichten, aber das hier war Hollywood. Die Leute liebten solche Geschichten, erst recht wenn sie noch mit ein wenig Drama verbunden waren.

Ich geleitete Reyna aus der Limousine. Schweren Herzens ließ sie Arianna bei Lorna. Dann führte ich sie zu meinem VW-Bulli und sie blickte mich irritiert an.

„Was ist das?"

„Mein Hobby. Spring rein, wir machen eine Spritztour." Ich strahlte sie an.

Die Limousine fuhr aus der Tiefgarage und die Paparazzi folgten ihr. Ein paar blieben jedoch zurück, weil sie offenbar vermuteten, dass das ein Ablenkungsmanöver war.

Also öffnete ich den kleinen eingebauten Kühlschrank im Bulli und holte eine Flasche Champagner heraus. Außerdem hatte ich Reynas Lieblingssnacks vorbereiten lassen.

„Ich dachte, wir warten vielleicht besser hier, bis auch der letzte Paparazzo verschwunden ist. Ich habe ein paar kleine

Happen mitgebracht." Ich schenkte ihr ein Glas Champagner ein. „Auf spontane Heiratsanträge."

„Auf geistesgestörte Leute." Sie hob ihr Glas an.

Wir tranken unseren Champagner, aßen die Häppchen und fuhren dann mit dem Westfalia-Bulli eine Stunde in der Gegend herum, bis ich mir sicher war, dass uns niemand mehr folgte.

„Ich denke, wir haben sie abgeschüttelt. Zeit für meine Überraschung." Ich war regelrecht aufgekratzt.

„War der Heiratsantrag nicht schon Überraschung genug?" Sie schaute mich mit großen Augen fragend an.

„Nein." Ich konnte nicht aufhören zu grinsen.

„Okay." Sie musterte mich misstrauisch. „Es ist aber nichts Gruseliges, oder? Du weißt, wie sehr ich da drauf stehe." Ihr Sarkasmus war wieder da.

„Ich hoffe nicht." Mehr sagte ich nicht.

Wir fuhren etwa eine Dreiviertelstunde bis zum meinem Strandhaus in Malibu. Meine Eltern hatten jedem ihrer Söhne ein Haus gekauft. Shelton lebte in einem riesigen Loft in der Innenstadt, Sage hatte seine Villa in Brentwood für viel Geld vermietet und lebte stattdessen mietfrei in einem kleinen Studio, das unseren Eltern gehörte, wo er seine Musik machen konnte. Ich hütete das Haus meiner Eltern, aber dieses Strandhaus gehörte mir. Es war ein kleiner Bungalow in Malibu, das kleinste der drei Häuser, die unsere Eltern uns spendiert hatten. Denn alle gingen ohnehin davon aus, dass ich irgendwann die große Villa dauerhaft von ihnen übernehmen würde.

Allerdings, so klein war der Bungalow nun auch wieder nicht. Vom Wohnzimmer aus blickte man auf den Strand, es gab zwei Schlafzimmer und einen ausgebauten Dachboden. Ein kleines Paradies. Ich dachte, Reyna würde es hier gefallen, um unsere Verlobung zu feiern, da ihr das Haus immer zu groß und leer vorkam, zu elegant für normale Menschen. Das Strandhaus wäre sicher mehr nach ihrem Geschmack.

Wir kauften unterwegs ein paar Burger, denn im Haus würde nichts vorrätig sein. Ich würde am nächsten Morgen auf dem Markt einkaufen. Reyna würde es außerdem gefallen, dass es keinen Koch gab und auch sonst kein Personal, das uns bediente. Wir waren einfach nur normale Leute, die normale Dinge taten. In unserem Paradies.

Sie strahlte, als sie das Haus sah, fiel mir um den Hals und küsste mich.

„Das ist toll", jubelte sie.

„Es gehört alles uns. Nur uns."

Sie war goldig. Ich hatte das kleine Haus nie als so etwas Tolles betrachtet und fand ihre Reaktion vielleicht ein wenig übertrieben. Aber eben auch goldig. Ich versuchte, die Zimmer aus ihrer Sicht zu betrachten, und verstand, was ihr gefiel. Das Fenster zum Strand war riesig. Der Ausblick wurde durch nichts gestört. Wo immer wir uns auch aufhielten im Haus, man konnte das Meer sehen.

Neben den beiden Schlafzimmern und dem Wohnzimmer gab es noch eine kleine Küche und eine Terrasse. Dort standen ein paar Stühle und eine Feuerschale. Alles in allem war das für meine Familie ein bescheidenes Domizil. Der Strand und die Häuser in der Nähe gehörten zu einer privaten Gemeinschaft, die meisten Leute, die hier lebten, waren Pensionäre. Im Moment waren wir mehr oder weniger die einzigen Leute hier. Wir aßen unsere Burger auf der Terrasse. Wir tranken dazu unseren Champagner und lauschten dem Plätschern der Wellen.

„Bist du sicher, dass du das wirklich tun willst?", fragte sie erneut.

„Ich bin mir selten bei irgendetwas absolut sicher, aber ich möchte, dass wir es versuchen“, erwiderte ich. „Bist du dir denn sicher?“ Ich wusste nicht einmal, ob ich ihre Antwort wirklich hören wollte. Aber hier war nun einmal Ehrlichkeit gefragt.

„Ich habe ziemliche Angst, Sinclair. Nicht, dich zu lieben. Aber … aber ich möchte nicht verletzt werden.“ Sie senkte den Blick.

„Vor dir war ich nur mit einem einzigen Mann richtig zusammen. Und er hat auf eine ziemliche fiese Weise mit mir Schluss gemacht. Es fällt mir schwer, Männern grundsätzlich zu vertrauen.“ Mit diesem Geständnis blickte sie mir wieder in die Augen.

„Du solltest Männern nicht vertrauen. Aber du solltest mir vertrauen.“ Ich nahm ihre Hand. „Ich möchte, dass das hier von Dauer ist. Ich liebe dich, Reyna. Solange wir uns gegenseitig nicht die Luft zum Atmen nehmen, immer aufrichtig mit unseren Gefühlen sind und über alles reden, dann können wir das schaffen. Wir kennen uns zwar noch nicht sehr lange, aber ich bin mir sehr sicher, dass ich mit niemandem sonst zusammen sein möchte. Ich werde dich heute Nacht lieben und all die kommenden Nächte auch, solange du mich lässt, um dir zu zeigen, wie sehr ich dich liebe.“

Sie lächelte mich warmherzig und entschlossen an. „Ich liebe dich.“ Mehr sagte sie nicht.

Ich nahm sie auf die Arme, trug sie ins Schlafzimmer und setzte sie auf das Bett. Dann zog ich mich aus. Ich war schon hart und bereit. Sie zog sich ebenfalls aus. Wir gehörten zusammen, wir waren gleichberechtigt.

Sie sank vor mir auf die Knie und nahm meinen Schwanz in den Mund, lutschte und saugte sanft daran. Ich überließ es ihr heute Nacht, mich zu verführen. Ich fickte ihren Mund nicht, sondern überließ mich meinen Empfindungen und ihrer nassen Wärme auf meiner empfindlichen Haut. Ihre Hände packten meine Arschbacken und zogen mich enger an sie. Ich konzentrierte mich darauf, nicht in ihrem Mund zu kommen. Ich wollte, dass es noch ein wenig länger dauerte. Ihre Zunge spielte mit meiner Eichel, während ihre Hand mich befriedigte. Ich musste die Zähne zusammenbeißen, um nicht zu kommen. Ich war schon so nahe. Sie war gut mit dem Mund. Ich zog mich vorsichtig aus ihr zurück.

„Das reicht, meine Liebe“, sagte ich und zog sie auf die Füße. Ich küsste sie und schmeckte mich selbst auf ihren Lippen. Dann drückte ich sie sanft auf das Bett.

„Ich liebe dich“, sagte ich und ließ meine Hände über ihren Körper gleiten. Ich spielte mit ihren Nippeln und genoss ihre Kurven. Dann widmete ich mich ihrer nassen Mitte. Ich genoss es, mit dem Finger in sie einzudringen, drückte und streichelte ihre Klitoris und lutschte an ihren Titten.

Sie packte mich an den Haaren. „Oh, Sin … oh mein Gott“, rief sie, als ich mit drei Fingern in sie eindrang.

Mit dem Daumen rieb ich über ihre Klitoris und hörte ihren keuchenden Atem, als sie kam. Ich küsste sie, biss sie in die Lippe und sie kam immer noch. Ich hob ihre Schenkel an und drang in ihren wundervollen Körper ein. Ich hielt sie fest und fickte sie mit rhythmischen Stößen, küsste ihre Brüste, ihre Schultern, ihren Nacken …

Sie biss mir ins Ohrläppchen. Das kam überraschend und ich stieß härter in sie. Ihre Arme umschlangen mich und sie rollte sich auf mich. „Du fühlst dich so fantastisch an.“

Ihr Blick verschleierte sich. Ich liebte diesen euphorischen Gesichtsausdruck an ihr. Das war immer ein sicheres Zeichen, dass sie erneut kommen würde. Sie ritt mich hart und trieb mich in den Wahnsinn damit. Ich würde nicht mehr lange durchhalten.

„Sin … Sin“, rief sie, als sie erneut vom Orgasmus überwältigt wurde.

Mehr ging nicht. Ich rollte mich wieder auf sie, spreizte sie noch weiter und rammte so tief in sie, dass unsere Körper miteinander verschmolzen. Ihre heiße, schweißnasse Haut rieb sich an meiner, die Hitze war zu viel. Meine Eier zogen sich zusammen, ihre Muschi saugte mich noch tiefer und sie bäumte sich mir entgegen, als sie meinen Namen lustvoll herausschrie.

Ich vergrub meinen Schwanz tief in ihr und ergoss mich. Ein Schwall nach dem anderen entlud sich in sie. Wir hatten ein wunderbares Baby. Aber ich verlangte nach mehr. Wann immer ich mit Reyna Sex hatte, hatte ich das Bedürfnis, sie wieder und wieder zu schwängern.

Natürlich war mir klar, dass das keine gute Idee war, aber meinem Körper war das egal. Zum Glück nahm sie die Pille. Ich sank erschöpft neben sie und musterte ihr wundervoll verträumtes und gesättigtes Gesicht.

„Weißt du, was mir besonders daran gefällt, mit dir verlobt zu sein?“, fragte ich, noch immer auf der Welle meiner eigenen Lust reitend.

„Was denn?“ Sie drehte sich zu mir und stützte den Kopf auf eine Hand. Voller Liebe schaute sie mich an.

„Ich kann das hier für den Rest meines Lebens mit dir tun.“ Ich küsste sie und zog meinen Schwanz aus ihr heraus, befriedigt und erschöpft.

„Und ich auch“, jauchzte sie und spielte mit den Fingern in meinem Schamhaar, folgte den Linien des Tattoos zu meinem Schwanz, der sich sofort Mühe gab, sich wiederaufzurichten.

„Ich habe eine verrückte Idee“, platzte es aus mir heraus.

„Nämlich?“ Sie schaute mich neugierig an.

„Lass uns nackt an den Strand gehen und dort noch einmal mit einander Sex haben.“

„Bis du sicher? Hier wohnen immerhin Pensionäre, hast du gesagt.“

„Ich glaube nicht, dass es irgendjemand mitkriegen wird. Und wenn, dann fühlen diejenigen sich vielleicht inspiriert, es auch mal auf diese Weise zu machen.“ Ich zwinkerte ihr zu.

„Du bist ja ein ganz Schlimmer. Also los, ich will deine Wellen reiten, Baby.“ Sie war niedlich, wenn sie sich lüstern gab.

„Tu mir den Gefallen und benutze diese Worte niemals in einem deiner Drehbücher“, sagte ich, nahm sie bei der Hand und ging mit ihr hinunter zum Strand.

Wir liebten uns am Strand, zwei kleine Punkte am Rande des großen Ozeans. Aber wir waren unsere eigene Welt, entfachten unser eigenes Feuer. Es sollte uns für den Rest unseres Lebens erleuchten.

Epilog – Reyna

Wir hatten eine unglaubliche Hochzeit in Malibu. Ich wollte eigentlich nichts Großes planen und hatte es auch gar nicht eilig gehabt zu heiraten. Aber nach dem Wochenende in dem Strandhaus änderte ich meine Meinung. Entrückt von der Welt und der Arbeit war Sinclair der perfekte Mann. Ich liebte ihn von ganzem Herzen. Da er ohnehin der Vater meines Kindes war, richtete ich mich auf eine gemeinsame Zukunft mit ihm ein. Wir blieben ein Jahr verlobt. Arianna und ich zogen nach dem Wochenende in Malibu wieder bei ihm ein. Nach der Hochzeit änderte sich eigentlich nichts für uns, nur dass wir nun einen gemeinsamen Nachnamen und ein gemeinsames Konto hatten.

Wir hatten eine Menge zu tun, aber wir kriegten es hin. Unter der Woche brachten wir Arianna tagsüber zu Mrs. Effleman, Sinclair fuhr in die Firma und ich arbeitete an meinen eigenen Filmprojekten. Lorna half oft nachts bei Arianna aus und auch dann, wenn Sinclair mich für ein romantisches Dinner oder Wochenende mitnahm. Aber meistens kümmerte ich mich dann doch lieber selber um sie, wenn ich tagsüber schon so lange von ihr getrennt war.

Meine Eltern hatten noch nie eine große Rolle in meinem Leben gespielt, aber ich teilte ihnen mit, dass ich heiraten würde. Sie schienen überrascht zu sein, aber glücklich, dass ich mir einen Milliardär geangelt hatte. Es war seltsam, aber für sein Geld hatte ich mich eigentlich nie wirklich interessiert. Wir waren ein Team, wir arbeiteten hart und mehrten unseren Reichtum. Wir horteten ihn aber nicht, sondern unterstützten wichtige Projekte. Unsere Gemeinde profitierte ebenfalls davon.

Seine Filmfirma nahm zwei meiner Drehbücher und der Troll-Film wurde sehr erfolgreich. Ich arbeitete viel und genoss das sehr. Die Wochenenden verbrachten wir drei oft in Malibu. Auch dort schrieb ich. Es war sehr inspirierend dort für mich. Und Sinclair war da weniger angespannt. Unser Sex war immer schöner an dem magischen Ort am Strand.

Ich liebte es, zum Geräusch der Wellen aufzuwachen und draußen die Delfine springen zu sehen. Ein Jahr nach der Hochzeit wurde ich wieder schwanger. Ich war gern Mutter und wir hatten uns entschlossen, noch mehr Kinder zu haben, allerdings im Abstand einiger Jahre, damit wir auch weiterhin arbeiten konnten. Sinclair und ich kümmerten uns gern gemeinsam um die Kinder und unsere Familie war für uns beide unser Sanktum. Für uns selbst hatten unsere Eltern nie eine entscheidende Rolle gespielt und wir wollten das grundlegend anders machen und für unsere eigenen Sprösslinge immer da sein. Ich liebte es, neues Leben in die Welt zu setzen.

Auch wenn wir immer viel um die Ohren hatten, so waren wir doch sehr glücklich miteinander. Wir waren einfach perfekt füreinander. Wir waren gute Freunde, Geliebte, und natürlich immer auch Eltern. Wir wollten die Welt erobern. Mit jedem Film ein bisschen mehr. Wir machten Filme, die wichtig waren, wir brachten Christopher Regent zu Fall und wir erzogen unsere Kinder zu guten, aufrichtigen Menschen. Sinclair hatte recht, wir hatten unser märchenhaftes Happy End.

Epilog – Sinclair

Ein Jahr nach der Hochzeit war Reyna erneut schwanger mir Sinclair Junior. Arianna war drei Jahre alt und freute sich auf ihren kleinen Bruder. Ich hatte nie damit gerechnet, jemals Vater zu werden, aber ich liebte es. Nach zwei Jahren etwa begann der Prozess gegen Christopher Regent. 57 Frauen hatten sich gemeldet und in allen Fällen wurde er schuldig gesprochen. Er würde eine sehr lange Zeit im Gefängnis verbringen. Reyna und ich waren sehr erleichtert, als das Kapitel endlich abgeschlossen war. Sie hatte sich tapfer durchgebissen. Nun konnte er ihr nichts mehr anhaben.

Die Filmserie um den Dunklen nahm Fahrt auf. Wir arbeiteten am dritten Teil, zu dem Reyna das Drehbuch schrieb, worauf ich besonders stolz war. Es würde unser bester Film werden. Die Premiere war an Halloween. Unser persönlicher kleiner Scherz.

Sage und Reynas Mitbewohnerinnen waren oft zu Gast bei uns. Wir veranstalteten Barbecues und hatten eine Menge Spaß. Vor der Premiere von unserem neuen Film veranstalteten wir eine Kinderparty in der Villa. Reyna, Arianna und ich waren die dunklen Engel. Arianna war niedlich mit ihren blonden Locken und dem dunklen Kostüm. Sie wurde ihrer Mutter immer ähnlicher, stark, witzig und immer Herrin der Lage. Ich liebte sie sehr. Sinclair Junior war dunkler, er hatte Reynas braune Augen geerbt und die dunklen Locken. Von mir hatte er das energische Profil. Ich musste zugeben, wir hatten umwerfende Kinder gezeugt. Ich hatte nie erwartet, jemals so glücklich zu sein. Ich hatte gehofft, mit meinen Filmen erfolgreich sein zu können, aber dieses Ausmaß an Erfolg und privatem Glück war immer wieder zum Staunen. Ich hatte die perfekte Begleiterin an meiner Seite. Wäre ich ein Philosoph, würde ich sagen, dass zum perfekten Leben einfach nur der Glaube daran nötig war, dass so etwas existierte.

ENDE

Liebe Leser,

vielen Dank für das Lesen meines Buches, ich hoffe sehr, dass euch die Story gefallen hat! ;-)

Ohne begeisterte Leser wie euch wäre es für mich nicht möglich, meinen Traum zu leben und meine Fantasien in diese Romane zu packen.

Falls ihr einen kurzen Moment Zeit habt, so würde ich mich sehr freuen, wenn ihr mir eine kurze Rezension auf Amazon schenkt. Da ich nicht die Werbemittel eines großen Verlages habe, bin ich auf Empfehlungen meiner Leserschaft angewiesen und dankbar für jede Bewertung! ;-)

Herzlichen Dank,

Sarah

Über Sarah

Sarah schreibt seit ihrem sechzehnten Lebensjahr und hat schon mehrere Bestseller auf Amazon veröffentlicht. Egal, ob die Männer in ihren Büchern Milliardäre, Bad Boys oder beides sind - sie liebt es über heiße Kerle zu schreiben, die gleichzeitig ihre Liebste beschützen und herausfordern; ebenso wie über die Frauen, nach denen sie sich sehnen. Ihre unterhaltsamen Geschichten sind immer heiß und aufregend, mit vielen Wendungen und einem garantierten Happy End - genau so, wie es auch nach einem wilden Ritt im Schlafzimmer sein sollte, wenn du verstehst, was ich meine ;-)

Kontaktiere Sarah direkt auf Facebook und erhalte den Liebesroman "Die Rückkehr des Milliardärs" gratis!

www.facebook.com/sjbrooksoffiziell

Printed in Poland
by Amazon Fulfillment
Poland Sp. z o.o., Wrocław

52642407R00134